Mortelle Éternité

Denis Marquet
Élisabeth Barrière

Mortelle Éternité

ROMAN

Albin Michel

PREMIÈRE PARTIE

> C'est ainsi que nous avançons, barques luttant contre un courant qui nous rejette sans cesse vers le passé.
>
> Francis SCOTT FITZGERALD

Phuoc Long, février 1965

Ma bien-aimée pour l'éternité,

Je t'écris dans un trou à la lueur de quelques allumettes. Ici, l'homme crée l'Enfer. Pourquoi faut-il des guerres ? Bill est mort hier. Deux heures à agoniser. Je n'ai rien pu faire que le regarder.

Être sans toi... Éloigné du parfum de ton souffle, la vie déserte mon corps ; le manque me rend absent à moi-même, il crée au fond de mes entrailles un vide.

C'est pour que tu l'habites.

Trois jours et trois nuits, nous avons combattu. Les éclats de mitraille ne m'ont pas touché. Une force me protège. Ne tremble pas. Cette guerre finira. Tout sera comme avant. De nouveau, nos peaux s'aimeront.

Il y a sous ta langue du miel et du lait, tes seins sont deux coupes qui répandent le vin doux de l'amour. Ton corps manque à mon corps comme une moitié de lui-même.

Je t'aime.

Au premier instant où je t'ai vue, je t'aime s'est révélé à moi. Mais je t'aime était là, depuis toujours, et n'attendait que toi. L'amour n'a ni commencement ni fin. Pour l'éternité, nous sommes Un.

Mon aimée, souffle fort sur moi. Je survivrai à cette guerre. Rien ne pourra nous séparer.

Car l'amour est plus fort que la mort.

New York, août 2007

Lucie Milton pose l'éprouvette d'une main tremblante. Elle a réussi. Il lui a presque fallu la nuit entière pour analyser la composition chimique de la substance dont elle est parvenue à dérober un échantillon à Henry Buchanan.

Elle a froid. Elle enfile machinalement son blouson par-dessus sa blouse blanche et s'accroche à une paillasse pour ne pas s'évanouir.

Est-ce la fatigue ?

Ou le vertige face à l'inconcevable abîme ?

Les résultats qu'elle vient d'obtenir dépassent l'entendement.

Ce qu'ils impliquent la terrifie.

Elle se laisse tomber sur une chaise. Elle a besoin de réfléchir sur la conduite à tenir.

Ce qu'elle ignore c'est que, dans moins d'une heure, ce qu'elle n'aurait jamais dû découvrir lui vaudra d'être assassinée.

New York, un mois auparavant

Le commissariat du 19e district était un des plus vieux bâtiments de Manhattan. Une inscription sur le mur sale indiquait l'année de sa construction : 1887. Émue, Ann Lawrence s'arrêta quelques instants et leva les yeux sur l'immeuble étroit et tout en hauteur qui, dès qu'elle aurait salué l'agent en faction et en aurait franchi le porche, deviendrait son lieu de travail. Ainsi s'accomplirait son rêve : devenir *detective* au *New York Police Department.*

Elle s'était battue pour cela. Sa famille s'était évertuée à lui faire comprendre qu'entrer dans la police n'était pas le rêve d'une Lawrence. Ann ne s'était pas laissée influencer. Elle pensait avoir l'esprit ouvert, elle savait écouter. Mais, pour ce qui touchait à sa propre vie, elle n'avait de comptes à rendre à personne. Tout avait commencé lorsqu'elle avait décidé de s'inscrire à l'université en psychologie et non en droit. À l'annonce de ce qu'il tenait pour une trahison personnelle, son père était entré dans une fureur dont la fratrie se souvenait encore avec effroi. Puis il avait semblé faire son deuil de voir sa fille, si brillante, prendre sa suite à la tête de son opulent cabinet d'avocats. Fin de la première manche. Mais, à peine nantie d'un diplôme en psychologie obtenu haut la main, elle avait exprimé le vœu d'intégrer l'École de police. Cette fois, c'était trop pour Robert Lawrence qui, six mois durant, n'avait plus adressé la parole à sa fille. Et, même si son dépit avait fini par se calmer, depuis ces événements leurs conversations n'avaient plus jamais roulé que sur des platitudes. Quant à sa mère, aussi douce et prévenante qu'elle ait toujours été, son regard ne se déchargeait jamais d'un reproche voilé. Le crime d'avoir déçu son père... « Je ne vais pas passer ma vie à consoler mes parents de mon existence », pensa Ann. Elle entreprit de gravir les quelques marches qui menaient au seuil de sa nouvelle vie, attentive à chaque sensation de son corps. Son rêve...

Elle franchit la haute porte d'un pas décidé.

Elle y était.

Son attention fut immédiatement attirée par un étrange panneau fixé au mur de l'entrée. Étant en avance, elle s'approcha. Sous un insigne du NYPD que l'on avait encadré, une inscription était gravée dans le bois, signée par deux policiers plus de trente ans auparavant : « *Je suis un écusson, celui d'un officier de la police de New York. Juste un morceau de métal ordinaire, mais je travaille avec une personne extraordinaire qui connaît sa condition. On l'appelle en général de tous les noms, mais on l'appelle aussi quand on a des ennuis. Il est sous-payé, change d'horaires sans cesse, et connaît le danger ; mais c'est son job et il l'aime. Je suis un écusson, fier d'être porté par un homme du New York Police Department.* » Ann demeurait là, contemplant l'emblème. Dans quelques minutes, le lieutenant qui commandait l'escouade des inspecteurs lui remettrait le sien, surmonté de la même balance dorée, symbole de justice. La police, pensa-t-elle, est une vocation. Elle aurait pu être avocate dans le cabinet le plus en vue de Manhattan. Mais ce n'était pas son désir. Son désir, c'était de servir la loi.

Autour d'elle avait lieu la relève du matin, et le hall du *precinct*, immense et très haut de plafond, était sillonné d'hommes et de femmes de tous âges et de toute origine. Ann se sentit brusquement angoissée. Elle craignit d'être découverte et qu'on lui jette violemment à la figure l'incongruité de sa présence en ces lieux. Ann *Lawrence* ? La fille de Robert Lawrence ? C'était une mauvaise blague, non ? Mais elle se reprit. Serrant les poings dans ses poches, elle redressa la tête, elle l'avait instinctivement baissée, et se força à observer ses collègues qui passaient autour d'elle. La plupart portaient l'uniforme des patrouilleurs. Une minorité était en civil, vêtus en général d'une veste et d'une cravate : le code vestimentaire des inspecteurs, les *detectives*.

Ann, à sa sortie de l'École de police, avait passé un an à patrouiller en tenue comme gardienne stagiaire. Puis son diplôme en psychologie au Hunter College ainsi que ses excellents états de service lui avaient valu d'être admise, à sa demande, dans le corps des inspecteurs. C'était une reconnaissance qu'il était rare d'obtenir aussi précocement. Après une formation durant laquelle elle avait approfondi sa science du code pénal, appris l'art de mener une descente, d'interroger un témoin, de filer un suspect ou d'arpenter une rue en se faisant passer pour un quidam du voisinage, elle avait remisé son uniforme. Pour toujours, espérait-elle. Car la rue n'était pas sa vocation. Elle voulait enquêter, élucider des crimes, servir la justice.

L'escouade des enquêteurs du 19e *precinct*, à laquelle elle était affectée, se trouvait au cinquième étage. Ann pénétra dans l'ascenseur. Un jeune type en civil l'y avait devancée.

– Bonjour, vous venez pour une plainte ? Le bureau des plaintes est au deuxième.

Grand et râblé, il la dépassait d'une bonne tête et la dévisageait d'un beau regard bleu plein d'une aimable d'assurance. Elle le considéra d'un air qu'elle voulait tranquille.

– Je viens prendre mon service.

– Oh, désolé, où êtes-vous affectée ?

– Service des inspecteurs.

– C'est vous la nouvelle, s'exclama-t-il en appuyant sur le cinquième bouton. Magnifique ! Frank Millar. Nous sommes collègues.

Se détendant un peu, elle prit la main qu'il lui tendait d'un geste qui se voulait viril et sans ambiguïté, mais que démentit au même instant son regard dérivant furtivement sur ses seins avant de se planter dans le sien.

– Ann Lawrence, répondit-elle en souriant intérieurement.

Ça l'amusait toujours d'observer comment les hommes, dans ce milieu resté longtemps exclusivement masculin, se débrouillaient avec cette équation : leurs collègues féminines étaient des hommes comme les autres.

– Lawrence ? Ce nom me dit quelque chose.

L'angoisse l'étreignit à nouveau.

– Il est très répandu, dit-elle vivement.

– Vous êtes un peu nerveuse. C'est normal. Tout va bien se passer, vous verrez.

Ann s'efforça de respirer profondément. Quand les portes s'ouvrirent, elle sortit la première et le planta là sur un vague « À plus tard ».

Le lieutenant Woodruff était en retard et son assistante avait invité Ann à s'asseoir pour l'attendre. Cette dernière se remémorait ce qu'elle savait de l'homme qui dirigeait l'ensemble des inspecteurs du commissariat. La trentaine, il était jeune pour le poste qu'il occupait. Mais ses résultats étaient excellents et il était très bien noté. Ann espérait se faire bien voir : la première impression est déterminante… Une voix la tira de ses pensées. On la fit entrer.

Le lieutenant Woodruff avait un visage poupin, plus juvénile encore que ce qu'elle avait imaginé.

– Bonjour mademoiselle, lâcha-t-il sèchement.

Il compensait son air inexpérimenté par un ton d'une fermeté excessive, analysa-t-elle aussitôt.

– Vous êtes Ann Lawrence, poursuivait-il, le nez dans une fiche. Vingt-quatre ans. Licence de psychologie ?

– Oui, monsieur.

– Original…

Il leva les yeux sur elle.

– Au fait... Votre nom ne m'est pas inconnu.

Elle frémit. Pourvu qu'il n'aille pas faire le rapprochement. Ce n'était pas le moment... Appliquant une technique de PNL (programmation neurolinguistique), elle entreprit de se synchroniser avec son interlocuteur. Il avait les jambes croisées et ses doigts caressaient son menton. Elle en fit autant, s'efforçant de percevoir le rythme de sa respiration pour y accorder la sienne.

– Il y a eu un sénateur dans ma famille...

– C'est peut-être ça. Peu importe ! Vous savez sûrement comment on surnomme les membres du NYPD ?

– *The finest*. Les meilleurs...

– Bien. Depuis deux ans, notre escouade a les meilleurs résultats de la ville en matière de répression du crime. Vous êtes ici chez les meilleurs parmi les meilleurs, sachez-le.

Il lui sourit.

– Bienvenue dans la brigade, mademoiselle Lawrence.

Ann se détendit.

– Vous me semblez une très bonne recrue, ajouta-t-il en fouillant dans un tiroir. Pour vos débuts, vous ferez équipe avec mon meilleur sergent. Jeff Mulligan. Avec lui, vous allez apprendre le métier.

Il lui tendit un objet.

– Votre insigne.

Dissimulant son émotion, elle prit la plaque dorée des *detectives*, celle dont rêve tout policier.

– Je m'en montrerai digne, monsieur.

Le nez dans un dossier, il ne faisait déjà plus attention à elle.

– Avec Mulligan !!!

– Oui, et alors ?

– Oh rien, vous verrez... Le mieux, c'est que vous l'attendiez ici.

Ann se trouvait dans la cafétéria du *precinct* où un inspecteur lui avait conseillé de tenter sa chance. Depuis une demi-heure, elle cherchait sans succès son nouvel équipier.

– Mais où est-il ?

– Ça, personne ne le sait.

Son interlocuteur était un *detective* d'une quarantaine d'années au visage fendu d'un sourire désabusé bizarrement orienté vers le bas.

– Il ne prenait pas son service à huit heures ?

– À proprement parler, le sergent Mulligan ne prend jamais son service. On peut considérer qu'il est toujours en service… Ou jamais.

– Mais qu'est-ce que je fais, moi ?

– Puisque le lieutenant vous a placée directement sous ses ordres, vous devez attendre ses ordres.

– Mais s'il n'est pas là ?

– Vous devez attendre qu'il soit là. Excusez-moi, j'ai de la paperasse. Vous savez ce que c'est.

– Pas encore.

– Oui, évidemment…

Encore ce drôle de sourire désabusé.

– Et votre nom, c'est… ?

– Bert Garner. Appelez-moi Bertie.

Les cafétérias sont les meilleurs endroits pour faire connaissance. Au bout de deux heures, Ann avait rencontré une dizaine d'inspecteurs, soit pas loin de la moitié du service. Mais toujours pas l'ombre de son coéquipier.

– Avec Mulligan !!!

À chaque fois, la toute fraîche inspectrice du 19e *precinct* avait eu droit à la même exclamation. Mais les raisons ne semblaient jamais les mêmes. Un sergent avait craché par terre en entendant ce nom. Un *detective*, le plus âgé, avait laissé échapper un soupir d'admiration : « C'est le meilleur flic de New York. » Les autres n'avaient rien ajouté, sauf parfois une petite moue qui pouvait signifier tout et son contraire. Une seule certitude : Jeff Mulligan était craint... Surtout, Frank Millar, qui ne semblait pas lui en vouloir de l'avoir laissé tomber à la sortie de l'ascenseur, lui avait glissé à l'oreille :

– Jeff Mulligan est le plus grand ripoux de l'histoire du NYPD.

– Comment ça ?

– Tout le monde sait qu'il soutient une pute et qu'il rackette à tout-va. Mais il est protégé.

– Par qui ?

– Je ne vous ai rien dit.

Troublée, Ann attendait donc. Elle avait plusieurs fois quitté la cafétéria pour sillonner le service des inspecteurs, glissant ici ou là une tête dans l'embrasure des portes et demandant partout son équipier manquant. Assise sur un banc, elle en était à son cinquième mauvais café lorsqu'un rugissement lointain la tira soudain de sa torpeur :

– Lawrence !

Elle se leva dans un sursaut : « Oui », s'entendit-elle répondre, comme si son interlocuteur se trouvait en face d'elle...

Elle sortit vivement.

– Lawrence !

Ann accéléra. Et se heurta, au détour d'un couloir, à une masse dure et compacte.

– Lawrence ?

– Oui...

– Ça fait une demi-heure que je vous cherche ! À quelle heure étiez-vous censée prendre votre service ?

– Mais...

– Vous commencez bien.

L'homme la poussa dans l'ascenseur, s'y engouffra avec elle, puis appuya sur le bouton du sous-sol. Durant la lente descente de l'appareil, Ann observa à la dérobée celui qui ne pouvait être que Mulligan. Immobile face à elle, sans expression particulière, il n'adoptait aucune des attitudes conventionnelles en usage dans une telle situation : il n'avait pas le nez dans les chaussures ni le regard tourné vers le plafond, il ne sifflotait pas d'un air négligent. Les yeux tournés vers Ann, il ne la fixait pas mais n'évitait pas non plus son regard, comme s'il était indifférent à sa présence, ou pire : comme si, pour lui, elle n'existait simplement pas. Il n'est pas grand, se dit-elle. Il ne la dépassait que de quelques centimètres. Mais son corps trapu et bien planté en terre dégageait une puissance impressionnante, soulignée par l'étrange impassibilité de ses traits. Son visage n'était pas agréable à proprement parler. Le nez était épaté, les paupières tombantes sur des yeux en amande, la mâchoire épaisse... Mais la réunion de ces éléments dont aucun n'était beau dégageait une troublante impression de sauvagerie.

Les portes de l'ascenseur s'ouvrirent sur le parking du commissariat. Mulligan poussa Ann à l'intérieur d'une voiture banalisée et démarra.

– Où allons-nous ? demanda-t-elle.

– Arrêter un salopard.

La Ford avait remonté Park Avenue, puis tourné à gauche dans la 136e Rue en direction du centre de Harlem. Ann rompit le silence :

– Nous ne sommes plus sur notre district..

Mulligan pila net devant un immeuble.

– La plainte a été déposée chez nous.

– Vous avez un mandat ?

– Descendez.

Il lui donna l'ordre de monter la garde dans l'entrée puis s'engouffra dans l'escalier. Elle attendait donc, se demandant ce que signifiait exactement, dans ce contexte, « monter la garde ». La rue était peu fréquentée, les passants ne prêtaient pas attention à elle. Devait-elle interdire l'entrée tant que son supérieur serait à l'intérieur ? L'immeuble ne possédait pas de gardien et n'était pas entretenu. Les murs étaient couverts de graffitis, le sol était sale. Soudain, un cri étouffé retentit dans la cage d'escalier, suivi de bruits de lutte. On descendait. Aussitôt aux aguets, Ann sortit son 6.35 automatique et le pointa sur la porte métallique. Un frottement sourd, comme celui d'un corps qu'on traîne... Le doigt sur la gachette, Ann se remémorait les sommations d'usage. Ne pas tirer sans y être contrainte... Mulligan apparut soudain, l'avant-bras gauche serré autour du cou d'un homme de race blanche et de haute taille qu'il bâillonnait de l'autre main, l'empêchant de crier.

Elle baissa son arme. Le sergent relâcha son emprise et poussa brutalement le type, qui tomba au milieu du hall. Furieux, il se releva aussitôt et bondit sur l'inspecteur.

– Arrêtez ! hurla Ann en le braquant à nouveau.

Mais le malfrat gisait déjà par terre dans une flaque de sang qui s'élargissait lentement, cueilli net par un direct foudroyant qui lui avait disloqué le nez. Son supérieur passa aussitôt les menottes à sa victime et, se relevant, la fixa d'un regard appuyé.

– Rébellion : vous êtes témoin, il m'a sauté dessus.

– Vous avez un mandat ? lâcha-t-elle, les idées confuses.

– Pas besoin de mandat. Une entrée d'immeuble est considérée comme un lieu public.

– Mais vous l'y avez amené de force.

– Pas du tout.

– Vous le teniez par le cou !

– Geste amical.

– Vous êtes allé le sortir de chez lui. Cette arrestation est illégale.

Il la regarda, impassible :

– Qu'est-ce que vous en savez ? Vous étiez tranquillement planquée ici et ce dont vous avez été témoin, c'est qu'il m'a sauté dessus dans un lieu public. Ça suffit amplement pour l'arrêter et obtenir de n'importe quel juge un mandat de perquisition : quelqu'un qui se rebelle contre les forces de l'ordre a forcément quelque chose à cacher. Et je sais quoi.

Il ramassa son prisonnier par le col et le mit debout Titubant, l'homme peinait à ouvrir les yeux.

– Lisez-lui ses droits.

– Pardon ?

– Faites votre boulot. Lisez-lui ses droits.

« Vous avez le droit de refuser de parler. Tout ce que vous direz pourra éventuellement être retenu contre vous dans une cour de justice. Vous avez le droit de consulter un avocat… » L'esprit en fuite, Ann récitait mécaniquement le *Miranda's Act* à ce type trop groggy pour en capter le moindre mot tandis que Mulligan le traînait dehors.

– Montez à côté de lui et surveillez-le, ordonna l'inspecteur après l'avoir enfermé à l'arrière du véhicule.

Il actionna sirène et gyrophare et démarra en trombe.

On mena le prévenu dans la salle de garde du 19e *precinct* et on le mit en cellule.

– Je vais taper le DD-5 moi-même, dit le sergent. Les prochaines foutues paperasses, c'est vous qui vous y collerez.

Évidemment, songea Ann, il voulait mitonner soigneusement sa petite version des choses…

Au palais de justice, dans le bureau du substitut du procureur, Ann resta silencieuse durant tout le discours de son coéquipier. Elle se massait parfois le ventre pour calmer la crampe qui lui tordait l'estomac. Impossible de dire la vérité, elle ne pouvait pas se permettre d'entrer en guerre contre son supérieur hiérarchique le premier jour de son affectation comme *detective* ; par ailleurs, ce dernier avait pris soin qu'elle ne fût pas matériellement témoin des faits. Elle l'écouta donc, résignée mais en rage, raconter l'histoire qu'il avait consignée dans le rapport officiel : ils avaient interpellé l'homme dans le hall de son immeuble pour lui poser quelques questions relatives à une affaire de vidéos à caractère pornographique, celui-ci s'était rebellé, ils l'avaient arrêté et demandaient un mandat pour fouiller son appartement. Le substitut se tourna vers elle :

– Vous confirmez, naturellement ?

– …

– Inspecteur ?

Elle était coincée. Et elle savait que Mulligan le savait.

– Oui, s'entendit-elle répondre.

Sa carrière dans la police commençait par un mensonge. Mulligan lui adressa un sourire. Le premier depuis qu'ils étaient coéquipiers.

Le fonctionnaire de justice s'absenta quelques minutes et revint du bureau du juge avec le papier, qu'il n'avait eu aucun mal à obtenir. En sortant du palais, Mulligan lui passa affectueusement la main dans les cheveux.

– Maintenant, ma petite, tu vas comprendre.

Elle se dégagea d'un geste brusque.

Atterrée, Ann contemplait l'écran. Elle aurait voulu détourner les yeux, mais une force l'en empêchait. Était-ce une forme de respect pour les souffrances de la très jeune fille que la caméra allait chercher au plus près par des zooms serrés ?

– Mineure ? murmura-t-elle.

– Impossible de le savoir.

– Vous croyez qu'on va pouvoir identifier le violeur ?

– Une vidéo n'est jamais retenue comme preuve devant un jury, reprit Jeff, et il n'y a aucun plan de son visage. Mais c'est une base d'enquête.

Les larmes brouillaient la vue d'Ann. Un deuxième homme était apparu. À son tour, il viola la victime. Celle-ci avait le corps d'une adolescente et de longs cheveux noirs. Elle semblait d'origine mexicaine. Puis les deux criminels s'emparèrent de divers instruments métalliques qu'ils exhibèrent complaisamment devant la caméra. C'était une séance de torture qui commençait. La jeune femme sentit qu'elle n'aurait pas la force de regarder davantage, mais ce fut Jeff qui de lui-même interrompit la vidéo.

Ils se turent quelques instants. Ann, ayant tant bien que mal maîtrisé son émotion, réussit à prendre la parole :

– Bien sûr, aucun des deux hommes n'est celui que nous avons arrêté ?

– Non. Celui-ci est juste un revendeur. Mais je vous jure qu'il va me cracher des noms. Il avait chez lui des heures de ces saloperies de *snuff movies*. Il y a tout un réseau derrière lui. Et vous vouliez qu'on le laisse en liberté !

– Je voulais juste qu'on respecte la loi.

Mulligan éclata d'un grand rire.

– La loi !

La colère étreignit à nouveau la jeune femme. Mais elle se força à adopter la distance de l'analyste :

– La loi, oui. Le métier de policier consiste à la faire respecter. Si vous l'enfreignez, vous détruisez le principe même que vous êtes supposé défendre.

Elle chercha son regard.

– Et ce, poursuivit-elle, que ce soit pour arrêter un salaud ou… pour votre intérêt personnel.

L'insinuation était claire. Mais elle sembla glisser sur Mulligan. Il éjecta le DVD et le rangea soigneusement, les doigts enveloppés dans un sac en plastique.

– Ma petite, je vais vous raconter une histoire qui va beaucoup vous intéresser. J'étais jeune flic, c'était il y a une dizaine d'années, je venais de passer mon examen pour devenir sergent. Notes exceptionnelles. À vingt-cinq ans, je me suis retrouvé le plus jeune sergent du NYPD. Je croyais en la police comme vous avez l'air d'y croire. J'étais convaincu qu'on pouvait quelque chose contre le crime, et j'aimais la loi. J'étais un jeune con. J'enquêtais alors sur une affaire de meurtres de prostituées. J'étais sûr qu'il s'agissait d'un tueur en série, mais les profileurs affirmaient le contraire parce qu'ils ne trouvaient pas assez d'éléments communs entre les meurtres. J'étais obsédé par cette histoire. Je faisais du terrain, jour et nuit, je posais des questions partout. Un informateur me parle d'un suspect. Je le file, toutes les nuits, après mon service. Un soir, il lève une fille. Au moment où il entre avec elle dans un hôtel de passe, je le serre. Dans son manteau, je trouve des cordelettes et un cutter. Il allait la tuer. Perquisition. Cette ordure était un fils de famille qui habitait un penthouse sur Park Avenue ! Chez lui, on trouve les photos des cadavres de toutes ses victimes. Il donne des aveux complets. Le type est mûr pour emboutir des plaques minéralogiques le restant de ses jours dans un pénitencier d'État. Sauf qu'au tribunal… le père de cet enfoiré lui avait payé un pourri d'avocat. Et vous savez comment il s'y est pris pour démonter toute l'affaire ?

Malgré elle, Ann était captivée.

– Non...

– Il a affirmé que pour fouiller l'imperméable du suspect, mes présomptions n'étaient pas assez fortes... Vous vous rendez compte ? J'avais trouvé dans sa poche intérieure l'instrument avec lequel il s'apprêtait à égorger sa victime, mais mes présomptions n'étaient pas assez fortes : je n'avais pas le droit de fouiller ce type. Selon votre chère loi cette fille aurait dû mourir !

Mulligan fit une pause, la fixant. Elle s'obligea à soutenir son regard.

– Et qu'a décidé le juge ? demanda-t-elle.

– Relaxe. Ce salaud a récidivé, deux autres femmes sont mortes avant qu'on ne l'arrête pour de bon.

Ann se leva brusquement.

– Vous m'obligez à donner un faux témoignage devant un auxiliaire de justice, puis vous me faites le coup classique du flic désabusé dont les idéaux de jeunesse ont été brisés par la triste réalité. Mais moi...

– Vous avez appris la police dans les bouquins et votre opinion m'indiffère. Avec vos méthodes, on n'aurait jamais arrêté ce fumier, parce qu'aucun juge n'aurait délivré de mandat.

– Je ne deviendrai jamais comme vous.

– Aucun doute là-dessus, ma chérie, nous ne sommes pas du même monde. Au fait, savez-vous comment s'appelait l'avocat dont je vous ai parlé ?

Ann frémit. Le sourire de Mulligan découvrait ses canines.

– Quel hasard, n'est-ce pas ? Il portait le même nom que vous.

Ann écrasa rageusement un cafard sur le carrelage de la cuisine, en aperçut deux autres qui s'enfuyaient sous l'évier, ouvrit tous les placards à la recherche d'une bombe d'insecticide, finit par en trouver une dans la penderie de sa chambre à coucher et s'aperçut qu'elle était vide. Elle la jeta contre le mur et s'effondra sur son lit.

Elle louait un appartement dans un ancien hôtel particulier de la 88e Rue, à un bloc d'Amsterdam Avenue. C'était un quatrième étage, il n'y avait pas d'ascenseur, et l'immeuble était aux limites de l'insalubrité. En tant qu'inspectrice débutante, elle gagnait un peu moins de trente-cinq mille dollars par an, ce qui incluait les congés payés comme les heures de nuit et, une fois acquittées les taxes et les cotisations aux diverses caisses, il ne lui restait pas de quoi s'acquitter des vingt mille dollars annuels qu'exigeait son propriétaire, même en se nourrissant de conserves et en ne portant que des vêtements usés. Son père l'aidait donc financièrement et elle n'était pas près d'oublier l'expression d'ironie triomphante qu'affichait son visage lorsqu'il lui en avait fait la proposition : il savait qu'elle n'était pas en mesure de refuser. Piégée. Comme le sergent l'avait piégée l'après-midi même. Mulligan avait un point commun avec son père. Tous les deux n'attendaient qu'une seule chose : qu'elle démissionne. Qu'elle abdique. Qu'elle s'avoue vaincue. Que sa prétention de gamine inexpérimentée et surprotégée éclate contre la dure réalité. Dans leur idée à tous les deux, Ann, parce que née Lawrence, ne pouvait pas appartenir à la police.

Des larmes picotent ses yeux, elle les essuie avec brusquerie. Il faut qu'elle se reprenne. Elle s'allonge, ferme les yeux et se concentre sur sa respiration, cherchant à visualiser sa fleur préférée, le tournesol. Mais c'est Jeff qui lui apparaît. Il l'observe, le regard sarcastique...

La sonnerie du téléphone la fit sursauter.

– Frank Millar. Je vous dérange ?

Elle fut surprise du plaisir que lui procurait ce coup de fil.

– Non, Frank. Pas du tout.

– Comment s'est passée votre première journée d'inspectrice ?

– Formidable...

– Et Mulligan ?

– C'est quelqu'un de spécial. Mais je ne désespère pas de l'apprivoiser.

– Bon courage.

– Vous ne l'aimez pas.

– Personne n'aime Mulligan. On le craint ou on a besoin de lui.

– Et vous ?

– Pour sa première nuit en taule, je m'achèterai du champagne français. À propos, boire un verre, ça vous dit ?

Elle hésita un bref instant. Après le comportement odieux de l'inspecteur Mulligan, la chaleur de son jeune collègue la réconfortait. Mais elle était fatiguée.

– Ça serait avec plaisir, mais je commence tôt demain...

– Je comprends. Ça sera pour une autre fois. Bonne nuit.

– Bonne nuit, Frank.

– Au fait...

– ...

– Vous avez un lien avec l'avocat Robert Lawrence ?

Ann ferma les yeux, envahie par une immense lassitude. Elle aurait tant aimé entrer dans la police comme n'importe qui, dans l'anonymat. Mais elle portait un nom qui, sans qu'on la connaisse, la faisait apparaître chargée d'un passé qui ne pouvait qu'être haï. Un passé qui n'était pas le sien.

– C'est mon père.

Elle raccrocha.

Les trois jours qui suivirent, Ann les passa assise dans un véhicule banalisé à surveiller l'entrée d'un immeuble où il ne se produisit strictement rien d'intéressant. Le chef présumé d'un réseau de racket était supposé y résider, mais il ne sortit pas de chez lui. S'ennuyer dans une voiture en planque faisait partie des attributions d'un *detective*, elle ne l'ignorait pas. Mais c'était particulièrement désagréable lorsque votre coéquipier, censé vous apprendre le métier, ne décrochait pas un mot. À plusieurs reprises, elle avait tenté de rompre le silence pesant. Elle lui avait demandé où il était né, ce que faisaient ses parents, s'il avait une femme dans sa vie... Peine perdue, l'homme était un bloc de défense, il ne lâchait pas une information personnelle. Sauf une fois, alors que de guerre lasse et par autodérision, elle l'avait interrogé sur son signe astrologique :

– Taureau.

Surprise mais enhardie, elle lui avait demandé son ascendant.

– Pitbull.

– Pardon ?

– Taureau ascendant pitbull.

Se moquer d'elle ne lui avait même pas arraché un sourire.

Au matin du quatrième jour, la radio de bord crépita soudain.

– Central à toutes les voitures, 10-30-3 dans un *general store Trader Joe's*, angle de Lexington et de la 76e, je répète, 10-30-3…

Mulligan décrocha.

– Voiture 3-0 Edward à Central. Bien reçu, nous y allons.

– Voiture 3-0 Edward. 10-4.

Le sergent démarra brutalement, gyrophare en action, sirène hurlante, et se mit à slalomer entre les véhicules. Tout en s'accrochant, Ann tentait de se remémorer la signification du 10-30-3. Elle qui avait appris par cœur tous les codes radio à l'École de police et les connaissait normalement sur le bout des doigts, elle avait un trou de mémoire au plus mauvais moment. C'était absurde. Sourcils froncés, elle repassait nerveusement tous les chiffres dans sa tête. En vain : le 10-30-3 ne lui revenait pas. Elle ne pouvait quand même pas débarquer sur les lieux sans rien savoir de ce qui s'y passait ! La mort dans l'âme, elle allait poser la question quand soudain :

– Central à 3-0 Edward.

Du menton, Mulligan lui fit signe de décrocher.

– 3-0 Edward.

– Vol à main armée terminé. Sujet interpellé. Deux *patrolmen* sont sur les lieux.

Mulligan arrêta aussitôt sirène et gyrophare.

– On y va quand même ? demanda Ann au micro.

Le sergent éteignit la radio d'un geste brusque. Elle avait vu ses lèvres remuer d'un air méprisant, comme s'il prononçait une insulte. Elle s'en voulut de sa naïveté. On avait besoin d'inspecteurs pour l'enquête, les dépositions, la routine, elle le savait très bien. Mais le sergent Mulligan avait le don de lui faire perdre ses moyens.

Deux blocs plus loin, il y avait un attroupement et deux voitures de police, dont le gyrophare de l'une tournait encore. Mulligan ralentit, une expression brusquement concentrée sur le visage.

– Vous allez suivre mes instructions au doigt et à l'œil.

– Que se passe-t-il ?

– La situation a changé.

Ann ne remarquait rien de spécial. Le sergent arrêta son véhicule et lui fit signe de descendre. C'est alors qu'elle s'avisa que la voiture de police dont le gyrophare balayait les façades était criblée de balles. Plus loin, deux patrouilleurs refoulaient les curieux hors d'un périmètre de sécurité qu'ils délimitaient avec des rubans de plastique jaune. Montrant sa plaque, Mulligan fendit la cohue et se présenta au premier *patrolman*.

– Que s'est-il passé ?

L'homme arborait un air d'assurance, mais dans ses yeux Ann lut une émotion qu'il avait du mal à dissimuler. Dans sa gaine, son arme de service fumait.

– Nous venons d'être pris dans une fusillade. Le Central nous avait dit que la situation était sous contrôle ! Et pendant le feu, il y a une balle perdue qui…

Il regarda derrière lui, sous prétexte de désigner vaguement quelque chose à sa gauche.

– … Qui a tué un gosse.

Ann tourna la tête. Le deuxième flic avait écarté tous les badauds et, à une vingtaine de mètres, une forme gisait sur le trottoir dans une mare de sang. Elle emboîta machinalement le pas à Mulligan.

Un projectile de gros calibre lui avait fait exploser le crâne mais sur son visage demeurait dans la mort une expression tout enfantine, un peu boudeuse. Le petit, de race blanche, n'avait pas plus de huit ans. Son corps était recroquevillé, ses mains couvertes des gribouillis qu'il s'était faits en dessinant. Ann s'était écartée pour se ressaisir mais se mit brutalement à vomir. Mulligan lui tendit un mouchoir. Il avait un air étrangement absent.

– Quand ça ira mieux, vous interrogerez les deux flics et tous les témoins potentiels. Vous notez tout.

Il s'accroupit près du corps de l'enfant. À proprement parler, il ne l'examinait pas. Immobile, il le contemplait, comme s'il cherchait à l'intérieur de lui-même la réponse à un mystère.

Le deuxième policier s'approcha.

– Selon les premiers témoins, le meurtrier a réussi à désarmer un des deux collègues qui l'avaient arrêté. Il a tué l'autre et a retourné l'arme contre son propriétaire, qu'il a grièvement blessé. Il a récupéré son fusil d'assaut et a mitraillé notre voiture en sortant du *General Store*. C'est là que ce gamin a pris une balle.

– Par où s'est-il enfui ? demanda Mulligan.

– Tout est allé tellement vite... Il a remonté la rue, et puis...

– S'il s'est fondu dans la foule, remarqua Ann, on ne le retrouvera pas.

Deux coups de feu la firent sursauter. Il y eut des cris et les badauds refluèrent sous le coup de la panique.

– Il est là-haut, dit le sergent, désignant un immeuble.

Le mouvement d'une vitre au sixième étage refléta brièvement un rayon de soleil dans leur direction.

– Ce n'est pas un appartement, observa-t-il. Il est dans la cage d'escalier...

Un autre coup de feu claqua, aussitôt suivi de hurlements venus de la foule. Les deux flics, aidés d'une autre patrouille qui venait d'arriver, entreprirent de faire reculer tout le monde hors de portée des balles.

– Qu'est-ce qu'il fait là ? demanda Ann.

Mulligan, étrangement calme, avait le regard fixé sur le corps de l'enfant.

– Quand on vous tire dessus, vous vous mettez à l'abri. Il est entré dans le premier immeuble et n'ose pas en ressortir.

– Pourquoi tire-t-il ?

– Je vais lui demander, articula-t-il posément en lui tournant le dos.

La rage la saisit. Comment osait-il encore se payer sa tête en des circonstances pareilles ? Elle lui fit face, prête à l'affronter. Et resta bouche bée. Jeff était en train de vérifier le barillet de son arme.

– Vous... vous n'êtes pas sérieux ?

Comme s'il était focalisé sur ses propres sensations, il ne semblait pas lui prêter la moindre attention.

– Jeff, il est coincé. Attendez les renforts.

– Il tire sur la foule.

– Légalement, il est considéré comme un forcené. Il est sous la responsabilité de l'unité anti-terroriste.

– Et elle est où, votre unité ?

– Jeff, faites attention. Vous n'avez peut-être pas affaire à un simple délinquant...

– Ah non ?

Le sergent gardait cette expression étrange de totale concentration. Il regardait vers l'immeuble et respirait lentement.

– Il ne s'est pas enfui, poursuivit-elle, il tire sur la foule... C'est le signe de ce qu'on appelle, en psychologie, une personnalité non adaptée.

– Tiens donc...

– Ce genre d'individu commet un crime pour qu'on s'occupe de lui. Il a trouvé une scène d'où on pourra le voir et l'entendre. Il faut lui parler, lui faire sentir qu'on s'intéresse à lui... Vous m'écoutez ?

Mulligan se releva.

– Non.

Deux autres coups de feu. Une balle atteignit la voiture de la première patrouille, qui était garée devant Trader Joe's. Dans la rue devenue étrangement silencieuse, la voix du tueur se fit entendre depuis l'immeuble :

– Je veux une voiture !

C'est alors que, sur le bitume déserté de toute vie, au milieu des automobiles abandonnées par leur propriétaire, s'avança le sergent.

– Ne bouge pas ! cria le tueur.

L'injonction ne l'arrêta pas. Une détonation retentit. Ann réprima un cri. Jeff était toujours debout.

– J'ai dit : n'avance pas !

L'inspecteur prit son pistolet, qu'il avait vérifié avec tant de soin, et le jeta loin de lui.

– Je viens sans arme.

L'autre tira de nouveau, deux fois. Ann vit une balle creuser un impact dans le sol, à deux mètres de Jeff. Le criminel avait-il fait exprès de le rater ? Plusieurs voitures de police s'étaient garées près de l'endroit où Ann observait la scène. Des collègues en descendaient et se mettaient à l'abri derrière les roues des véhicules.

– Qu'est-ce qu'il te faut, cria Mulligan, que je me mette à poil ?

Jeff commença à déboutonner sa chemise, lentement. Il l'enleva, sans déclencher de réaction. Torse nu, il poursuivit sa marche. Il était musclé d'une manière impressionnante. « Ce mec est dingue », lâcha un patrouilleur non loin d'Ann.

– Ne t'approche pas de cet immeuble ou je te fais exploser la tête, hurla le forcené.

– Qu'est-ce que t'attends ? rétorqua Jeff en progressant encore.

Un nouveau coup de feu le manqua. Le forcené le visait-il vraiment, ou testait-il les réactions du sergent ? Imperturbable, celui-ci se mit à déboutonner son pantalon, sans cesser d'avancer. Il était maintenant à quelques mètres de l'immeuble, sous la fenêtre du forcené. À cette distance, un enfant de cinq ans aurait pu l'abattre.

Mais l'autre ne tira pas.

Quand Jeff entra dans l'immeuble, il était en caleçon.

C'est alors qu'un fourgon de police stoppa net dans un crissement de pneus. Une dizaine d'hommes en descendit, équipés de gilets pare-balles et de fusils d'assaut. Le dernier à s'extraire du véhicule était un homme corpulent vêtu d'une veste élégante et d'une large cravate, coiffé d'une casquette de base-ball rouge.

– Capitaine Murray, unité anti-terroriste. Alors, que se passe-t-il ici ?

Ann se présenta en exhibant sa plaque.

– Un forcené s'est réfugié dans une cage d'escalier au sixième étage d'un immeuble. Il a tué deux personnes.

– A-t-il un otage ?

– Apparemment non.
– Bon. On y va.
– Capitaine... Mon coéquipier est déjà sur place.
– Quoi ?
Elle lui résuma la situation. L'autre jura.
– Il est monté sans arme ? Autant offrir un otage sur un plateau d'argent ! Si cet abruti en réchappe, je jure que sa carrière est finie.
Il se détourna d'Ann pour disposer ses hommes.
Elle eut soudain l'impression d'être happée dans un tourbillon de couleurs et de sons et ferma les yeux en s'adossant au fourgon.
– Ça ne va pas ?
Un policier en uniforme se tenait devant elle.
Elle se força à se redresser et lui sourit.
– Vous voulez que j'aille vous chercher un peu d'eau ?
– Non, merci.
Mulligan... On n'entendait plus tirer. Avait-il rejoint le forcené ? Le capitaine donnait doucement ses ordres aux hommes rassemblés autour de lui à l'abri du fourgon. On lui apporta un porte-voix. Sans doute envisageait-il de commencer par la négociation. Une angoisse terrible tordait le ventre d'Ann dont l'intensité l'étonna.
Soudain, plusieurs policiers braquèrent leur arme sur la fenêtre qu'ils n'avaient pas cessé de surveiller. Celle-ci s'était entrouverte et une silhouette s'y découpait. Éblouie par le reflet du soleil, Ann ne put l'identifier.
– C'est terminé, cria l'homme.
C'était la voix de Jeff.
Les hommes du commando n'esquissèrent pas un mouvement. À la fenêtre, le sergent était torse nu.
– Qui est ce type ? tonna le capitaine à la casquette.
– C'est l'inspecteur Mulligan, cria Ann. C'est mon coéquipier !
– Vous êtes formelle ?

Ann quitta son abri et courut vers l'immeuble, ramassant machinalement quelques-uns des vêtements jetés par son coéquipier. Un ordre claqua derrière elle et le commando la suivit. Elle s'engouffra dans l'entrée.

– Attendez-nous ! cria-t-on.

Ignorant l'injonction, elle prit l'escalier. Un homme la dépassa en la bousculant. Elle se plaqua contre le mur pour laisser passer l'ensemble du commando.

Au sixième, debout en caleçon dans la cage d'escalier, le sergent Mulligan fumait une cigarette. À ses pieds, le corps inanimé du tueur baignait dans son sang.

– Il s'est rebellé, commenta l'inspecteur. Vous permettez ?

Il prit ses vêtements des mains d'Ann et entreprit de se rhabiller posément. Le capitaine s'approcha, menaçant.

– Vous n'allez pas vous en tirer comme ça !

– Il me manque une chaussette.

Une main la lui tendit. Un policier l'avait ramassée.

– J'aurai votre peau, Mulligan.

– Vous avez ma chemise ?

– Elle est en bas, dit Ann.

Furieux, le capitaine tourna les talons, suivi par ses hommes.

Lorsque Jeff Mulligan sortit de l'immeuble, précédé par le brancard qui transportait le tueur, il fut accueilli par une ovation qui ne sembla pas l'émouvoir le moins du monde. Feignait-il cette indifférence à toute chose, ou bien le regard des autres ne l'affectait-il réellement pas ? se demanda Ann. Parmi la foule des curieux se trouvaient déjà quelques journalistes. Le sergent les écarta du bras et s'engouffra dans la voiture où il finit de boutonner sa chemise pendant qu'Ann y prenait place.

Dans les encombrements, elle brisa le silence.

– J'ai admiré la manière dont vous avez conduit cette affaire.

– …

– Vous avez fait preuve d'une habileté psychologique magistrale.

– …

– Cet homme cherchait apparemment une sensation de toute-puissance grâce à l'impact de sa folie meurtrière. En feignant une folie plus grande encore, vous l'avez déstabilisé et privé de ce bénéfice. C'est sans doute pourquoi il n'a pas trouvé la ressource de vous abattre.

Le sergent gara la voiture devant le commissariat. Avant de descendre, il se pencha vers elle et lui murmura à l'oreille :

– Petite intello qui se prend pour un flic, vous négligez une hypothèse

Elle se raidit.

– Laquelle ?

– Et si j'étais *réellement* fou ?

Il descendit du véhicule et claqua la portière.

Le lendemain matin

– Ce type ne mérite pas sa plaque !

Ann se faisait toute petite. Personne, dans le bureau du lieutenant Woodruff, ne semblait décidé à rompre le silence. La conclusion du capitaine Murray avait ponctué une tirade d'une extrême violence contre le sergent Mulligan, auquel il était reproché d'avoir dépassé ses attributions en intervenant dans une affaire qui était du ressort des spécialistes de l'unité anti-terroriste. Jeff, sans expression, semblait étranger au débat. Le lieutenant, assis à son bureau, mordillait un stylo l'air embarrassé. Il prit finalement la parole.

– Sergent, qu'avez-vous à dire ?

– Ce type a tué un flic et un gosse. Je l'ai arrêté.

– Ça ne relevait pas de votre compétence ! Vous avez enfreint le règlement, tonna Murray.

– Au nom du règlement, il fallait le laisser tirer sur la foule ?

– Une fois dans l'immeuble, il tirait en l'air. Les examens balistiques l'ont montré.

– J'ai réussi.

– Vous avez des méthodes de fou dangereux. Dans la police, on n'a pas besoin de héros ! Je me fous que vous jouiez votre peau à la roulette mais vous n'avez pas le droit de mettre la sécurité publique en péril ! Que se serait-il passé si ce type vous avait pris comme otage ?

– Il ne l'a pas fait.

– Si n'importe quel enquêteur se met à prendre ce genre d'initiative, il n'y a plus qu'à fermer mon unité et il y aura des morts à chaque prise d'otage !

– Si je vous ai pris de vitesse, c'est que vous n'êtes pas arrivé à temps et ce pour une raison très simple.

– Et laquelle ?

– Votre service n'est pas efficace.

– J'aurai ta peau, fils de pute.

Le lieutenant Woodruff intervint.

– Sergent, pouvez-vous me dire ce qui justifiait votre intervention ?

– Il tirait.

– En l'air ! martela Murray.

– C'est vous qui le dites.

– Les examens balistiques...

Ann, à sa propre surprise, coupa la parole au capitaine :

– Lieutenant, je peux témoigner qu'au moins une balle a été tirée en direction de la rue. Elle a atteint la voiture de la première patrouille, à une dizaine de mètres du lieu où nous nous trouvions. Ce sera facile à établir. La situation d'urgence était une évidence pour toutes les personnes présentes.

Murray la regarda d'un air furieux et se tourna vers Mulligan.

– Je vais demander une enquête sur vous. Ce n'est pas votre première bavure. Vous allez avoir l'inspection générale sur le dos et vous y laisserez votre plaque.

– Avec tout le respect que je vous dois, capitaine, dit le lieutenant Woodruff d'une voix exagérément douce, cet homme est sous ma responsabilité. C'est à moi qu'il incombe de demander une enquête, ou non.

Les articulations blanches à force de serrer les poings, le capitaine leva lentement sa lourde masse.

– J'espère que vous prendrez la bonne décision, lieutenant.

– Je ferai tout mon possible pour vous satisfaire.

L'autre partit sans saluer.

– Maintenant, Mulligan, à nous deux.

Ann se demanda si elle devait se retirer mais Woodruff ne le lui ayant pas demandé, elle demeura assise. Le sergent, le corps souple et droit comme s'il était prêt à bondir, était d'un calme détaché qui ne semblait pas feint. Le lieutenant mit en marche un téléviseur sur lequel apparurent des images d'un noir et blanc légèrement bleuté, apparemment tournées par une caméra de surveillance. Elle reconnut immédiatement, dans la cage d'escalier, le corps trapu et noueux de Jeff. Était-il entièrement nu ? L'angle de prise de vue ne permettait pas de le déterminer. Il s'avançait vers le forcené. Celui-ci braquait un fusil sur lui et semblait pétrifié. Mulligan détourna l'arme et la lui arracha d'un geste précis et foudroyant. Le lieutenant arrêta l'image.

– Jusqu'ici, Mulligan, ça va. Vous jouez votre vie et votre carrière, c'est votre problème. Vous gagnez, très bien. Ce gros con de Murray ne peut rien contre vous tant que je vous soutiens et il le sait. Alors préparez-vous à m'expliquer *ça*...

Il remit le film en marche. Le sergent s'avançait vers le tueur. Avec une rapidité et une sauvagerie effrayantes, il se mit à lui casser méthodiquement la figure. Puis, fouillant le corps inanimé de sa victime, il en sortit une cigarette qu'il alluma placidement. Woodruff coupa le lecteur.

– Vous l'avez passé à tabac *après* l'avoir désarmé, et vous l'avez fait sous l'œil d'une caméra de surveillance !

– Je regrette ce deuxième point.

– Il n'y a pas de quoi rire ! J'ai convoqué une conférence de presse à la direction de la police cet après-midi à quinze heures. Vous allez m'y accompagner, naturellement. Alors imaginez qu'un journaliste découvre cet enregistrement...

– Il faudrait qu'un flic le lui donne...

– Vous croyez peut-être que vous avez des amis dans ce service ! Parmi les inspecteurs qui ont procédé à l'enquête, deux ont vu cette petite séquence. Ce qui veut dire que tout le *precinct* est au courant. Couvrir vos hauts faits va finir par me coûter ma carrière !

Jeff soutint le regard de son supérieur, un petit sourire ironique aux lèvres. Ann en déchiffra immédiatement la signification : « Et si c'étaient mes hauts faits, comme vous dites, qui la fabriquaient, votre carrière... » Le sous-entendu n'échappa pas à Woodruff.

– Ne soyez pas arrogant. Vous contribuez à nos excellents résultats, mais à force de franchir la ligne jaune vous pouvez aussi nous emmener tous dans le mur. Arrêtez d'être con, Mulligan ! Quel besoin aviez-vous de massacrer ce type ?

– Aucun besoin, chef. Juste le plaisir.

– Si cette affaire s'ébruite, je ne pourrai pas vous protéger. Aujourd'hui, il y a un flic de plus à New York qui veut votre peau, et ce n'est pas n'importe lequel. Mes appuis au QG ne pèseront bientôt plus assez lourd. Vous êtes un policier en sursis, sergent.

Le lieutenant prit un dossier et ce fut comme s'il était absolument seul dans son bureau. Jeff se leva et sortit, Ann l'imita.

Dehors, il fit volte-face et posa sa main sur son épaule.

– Merci de m'avoir soutenu. C'était courageux.

Durant une fraction de seconde passa dans le regard de cet homme une douceur infinie qui ne semblait pas compatible avec le personnage. Et longtemps, la jeune femme se demanderait si elle ne l'avait pas rêvée. Tremblant légèrement, elle chercha quoi lui répondre mais ne sut qu'esquisser un pâle sourire. Il avait déjà tourné les talons.

Assise dans un coin de la cafétéria déserte du *precinct*, Ann respirait les vapeurs d'un mauvais café, retardant au maximum le moment de retrouver la solitude de son « *home, sweet home* », comme elle l'appelait ironiquement pour elle-même. Elle avait d'ailleurs hâte d'y inviter sa mère, rien que pour le plaisir d'entendre son cri d'horreur lorsqu'elle verrait le lieu où elle vivait... Ann, en soupirant, laissa sa tête basculer doucement en arrière et se poser contre le mur. Arrête de te la jouer, se dit-elle à elle-même. En fait, elle n'avait aucune envie de se retrouver seule chez elle comme chaque soir, écroulée de fatigue devant un programme de télé sans saveur qu'elle oublierait sitôt couchée. Depuis combien de temps n'avait-elle pas eu la force d'ouvrir un livre ? Son nouveau métier lui dévorait les nerfs et lui ôtait toute énergie pour sa vie personnelle. Elle ne voyait plus personne. Pourtant, elle aurait eu besoin de se confier à quelqu'un. Mais à qui ? Certainement pas à ses chères vieilles copines du très huppé Hunter College qui n'avaient rien compris à ses choix et ne répondaient à ses messages que pour lui expliquer qu'elles étaient très occupées pour l'instant, « mais que d'ici quelques semaines... ». Il n'était pas davantage question qu'elle révèle sa détresse à ses collègues, auprès de qui elle devait s'imposer et ne montrer aucun signe de faiblesse. Elle n'allait pas prendre un psy, tout de même... Elle se sentait fragile, depuis son entrée dans la police. Il faut dire que tout était allé si vite...

En quelques jours, elle avait vécu une arrestation musclée autant qu'illégale, un faux témoignage devant une cour de justice et, pour finir (du moins l'espérait-elle), la capture d'un tireur fou venant de tuer deux personnes. Ann connaissait les statistiques, il était fort possible que de toute sa carrière elle ne revive jamais un tel événement. Le flic prompt à dégainer ? Un cliché de mauvaise série télé. Chaque année, sur les quarante mille policiers que compte le

NYPD, quelques-uns seulement étaient pris dans une fusillade. Mais son sentiment d'insécurité se trouvait renforcé par le fait que le coéquipier sous les ordres duquel elle avait été affectée était une brute. Mulligan semblait n'aimer rien tant que jouer au chat et à la souris. Impulsif, ingérable, totalement imprévisible, cet homme semblait jouir de l'inquiétude qu'il inspirait... Ann n'ignorait pas avoir compensé une anxiété profonde par un culte parfois excessif de la maîtrise de soi et Mulligan représentait tout ce qui l'indisposait. Mais au moins ne faisait-il pas semblant : face au tireur fou, il avait risqué sa vie sans hésiter. Indifférent au danger, simplement détendu et concentré comme un animal prêt à bondir, ou comme si la mort ne signifiait rien pour lui. D'où lui vient cette force ? se demanda Ann.

– Alors, Mulligan a encore obtenu un sursis à ce qu'il paraît ?

Ann sursaute. Millar lui fait face.

– Tu permets ?

Il s'assied.

– Quelques minutes de douceur avant de prendre mon service..., ajoute-t-il en la fixant.

Elle détourne les yeux, réprimant un sourire.

– Comment sais-tu qu'il a obtenu un sursis ?

Il hausse les épaules.

– Simple déduction. Tu commences sans doute à piger comment ça fonctionne, ici. Woodruff est un ambitieux. Il suit les cours du soir depuis qu'il est dans la police, l'année dernière il est sorti diplômé de la New York University et il prépare une thèse de droit. C'est un fin politique et il a un rabbin haut placé au quartier général. Il brigue un poste au service des opérations et s'il l'obtient, en route pour les étoiles ! Mais pour cela, il doit obtenir des résultats. Et c'est là que ce ripoux de Mulligan lui est utile. Seulement...

– Seulement quoi ?

– Seulement un jour, Woodruff l'obtiendra, son putain de poste, c'est tout le mal que je lui souhaite. Et ce jour-là, il n'y aura plus personne pour couvrir Jeff Mulligan. Alors...

Une expression féroce passe sur son visage.

– Ce sera la fin de sa carrière de flic.

Spanish Harlem

Les teintes criardes des enseignes de néon rouge et la gaieté factice des femmes offertes contrastaient avec la triste mine des hommes qui arpentaient en nombre la rue dédiée à leur plaisir. De loin en loin, dans l'ombre des porches, les silhouettes d'autres hommes se dissimulaient et se signalaient à la fois, discrets pour ne pas troubler la spontanéité des instincts, présents pour que l'ordre règne sur leur commerce.

Quelques filles se proposaient à Mulligan, d'autres le reconnaissaient et le saluaient d'un clin d'œil ou d'un sourire. Il aperçut Leticia. Elle lui tournait le dos, comme si elle ne s'était pas avisée de sa présence. Jeff se posta à côté d'elle, humant les parfums sales de la rue.

– Ça fait longtemps, dit-elle sans se retourner.

– Tu as mon numéro.

– Une pute n'appelle pas le client.

– *Estupida.* On monte ?

Elle se retourna et lui caressa la joue.

– C'est combien ? murmura-t-elle à son oreille.

– Trop cher pour toi.

Ils passèrent devant le crasseux petit hôtel où Leticia menait ses clients, tournèrent à droite et, deux rues plus loin, pénétrèrent dans un vieil immeuble dont la propreté détonnait dans le quartier. Leticia y était propriétaire d'un deux pièces correct qu'elle avait obtenu deux ans plus tôt à un prix défiant toute concurrence. Jeff connaissait, en effet, un employé du Service immobilier de la ville qui, contre quelques pourboires discrets, le laissait consulter la liste confidentielle des contribuables délinquants dont les biens allaient être vendus lors de la saisie de l'hypothèque. Dans ces occasions, il s'agissait d'arriver le premier. Leticia avait profité de l'information en contractant chez un usurier peu regardant un emprunt pour lequel il s'était porté caution. Elle tourna la clé, entra la première et se retourna pour se couler contre lui. La chaleur de la jeune femme lui fit du bien. Elle l'entraîna dans la chambre, le renversa sur le lit et entreprit de le déshabiller. Il se laissa faire. Lorsqu'elle fut nue contre sa peau, elle voulut toucher son sexe, mais il se serra fort contre elle. Elle ne pouvait lui caresser que le dos, ce qu'elle fit, remontant le long de sa nuque, descendant jusqu'au bas de sa colonne vertébrale. La caresse sensuelle se muait en massage apaisant, auquel Jeff s'abandonnait, laissant les tensions accumulées glisser le long de son corps puis s'en aller.

– Tu n'as pas envie ? lui murmura-t-elle.

– J'ai envie de tes bras.

Il posa sa tête dans le creux de son cou. Derrière le parfum capiteux qu'elle portait pour les clients, il cherchait son odeur à elle. Elle enveloppa son crâne entre ses deux mains.

– Ils vont me virer, dit-il.

– Tu dis ça depuis des années.

– J'ai fait une connerie.

Elle lui caressait lentement les cheveux.

– Tu en fais depuis des années.

– La police est toute ma vie.

– Tu détestes les flics encore plus que moi.

– J'en suis un.

– Tu es sûr que tu ne veux pas faire l'amour ?

– Quelque chose en moi cherche la mort.

Leticia s'écarta de lui pour le fixer.

– La mort est une mère. Elle te trouvera.

Jeff sentit son sexe dur, il renversa la jeune femme, se coucha sur elle et la pénétra.

Ensuite, ils demeurèrent enlacés un moment. Ce fut elle qui rompit le silence en plaisantant :

– Il faut que je retourne au bureau.

– Reste encore un peu, pria-t-il.

– Mon mac ne va pas être content…

Il sourit. Quatre ans plus tôt, Leticia Gonzales Esparza, poussée par la pauvreté, avait passé illégalement la frontière entre le Mexique et les États-Unis. Arrivée à New York où elle avait un lointain cousin qui travaillait dans les cuisines d'un hôtel, elle était rapidement tombée sous la coupe d'un proxénète. Un soir de solitude, Jeff était monté avec elle. Ils n'avaient fait que parler, cette fois-là. Il était revenu, comme poussé par une inexplicable nostalgie que la jeune femme éveillait en lui. Était-ce la douceur de son accent mexicain ou bien celle de ses mains qui avaient fugitivement ranimé en lui le souvenir, enfoui au plus profond de sa peau, qu'autrefois il avait été capable de goûter la saveur d'être au monde ? Un lien s'était noué peu à peu et Leticia, elle aussi, aimait laisser durer ces moments volés à la violence de sa triste existence. Le temps qu'elle passait en compagnie du policier finit par irriter son souteneur. Un matin, Jeff, montant chez elle, avait croisé ce grand Portoricain balafré dans l'escalier menant à la petite chambre sordide qu'elle occupait alors. Il y avait trouvé Leticia étendue dans son sang, le visage tuméfié. Il était redescendu, avait rattrapé le type et l'avait traîné, dans le quartier même où il faisait la loi, au vu et au su de tout le monde, jusque dans une ruelle. Ensuite, dans Harlem, on n'avait jamais plus entendu parler de lui. Et Leticia n'avait plus eu de mac. Jeff haïssait les macs.

La tête posée contre la poitrine de la jeune femme, le sommeil le gagna. Cela faisait cinq nuits qu'il n'avait pas dormi.

Au même moment, Ciudad Juarez, nord du Mexique

Une croix rose, sur laquelle est gravé un prénom. Celui de la femme retrouvée morte à cet endroit. Juarez est parsemée de ces monuments funéraires de fortune dont la fonction est d'interdire au passant d'oublier.

D'oublier qu'il circule dans la ville au monde où l'on tue le plus de femmes.

Avec plus d'un millions trois cent mille habitants, Ciudad Juarez est la cité la plus importante de l'État de Chihuahua. Elle se trouve sur la rive droite du Rio Bravo, que les Américains nomment Rio Grande et qui délimite la frontière entre les États-Unis et le Mexique. Quand on se promène sur ses berges on aperçoit, sur la rive opposée, une autre ville : El Paso. Vue d'avion, c'est une seule agglomération coupée par un vaste fleuve. Depuis la terre, ce sont deux mondes que tout oppose, séparés par une immense barricade métallique fortement gardée. El Paso, quatrième métropole du Texas, est une des villes les plus sécuritaires des États-Unis. À Ciudad Juarez, disent ses habitants, « le diable s'est installé ». En dix ans, selon Amnesty International, trois cent soixante-quinze femmes ont été assassinées. Quatre cents autres ont disparu et n'ont jamais été retrouvées. Certains affirment qu'elles sont des milliers à s'être volatilisées. Beaucoup d'hommes disparaissent aussi, mais entre les règlements de comptes et l'émigration clandestine, on ne s'en formalise pas.

Une croix rose, sur laquelle est gravé un prénom. Raul Espejo la dépasse sans la remarquer. Il est pressé. Pourtant, son pas est lent car il est attentif au moindre mouvement alentour. La nuit tombe, les rues ne sont pas éclairées et le quartier d'Anapra est dangereux. Situé dans la partie ouest de Juarez, celui-ci est bâti sur un groupe de petites collines où voisinent étonnamment de coquettes maisons aux couleurs vives serrées autour d'un supermarché ultramoderne et des bidonvilles de tôles et de carton. Raul s'arrête et sort de sa poche une petite torche électrique. Il relit une adresse sur un bout de papier, cherche sur un plan : la rue ne s'y trouve pas. Il faut dire que Juarez est une cité en perpétuelle évolution, des quartiers y apparaissent, d'autres s'évanouissent au fil des migrations. Les Mexicains du Sud à la peau brune qui n'arrivent plus à vivre de leurs cultures affluent dans la ville-frontière : candidats misérables à l'exil clandestin chez le riche voisin yankee, ou bien à un emploi dans les quelques quatre cents *maquiladoras*, ces usines d'assemblage que les multinationales, attirées par les franchises fiscales et une main d'œuvre-rendue docile par les autorités du pays, ont installées dans et autour de la métropole. Raul n'aime pas Juarez. Il s'y trouve aujourd'hui pour une seule raison : revoir son fils. Et Teresa. La mère de son fils. Puisqu'il n'ose plus dire sa femme.

Raul a trente ans. Issu d'une famille pauvre des faubourgs de Mexico, il s'est engagé dans l'armée à vingt ans. Au bout de quelques années, ses brillants états de service et son aptitude au combat l'ont conduit à se voir proposer une affectation dans les services secrets. Grade de sous-officier, primes importantes : cette ascension sociale inespérée, associée à un goût prononcé pour l'action, lui fit accepter des missions spéciales dont il ne questionna ni le sens ni le bien-fondé. Le rôle d'un militaire n'est-il pas d'obéir ? Il eut pour tâche d'éliminer des ennemis de la patrie et s'en acquitta avec une redoutable efficacité.

Puis il rencontra Teresa. Journaliste engagée, féministe dans un pays dont le machisme n'est pas une légende, elle lui dessilla les yeux. À mesure qu'elle lui faisait découvrir les iniquités et les scandales au cœur de l'État qu'il servait aveuglément, une colère montait du plus profond de lui et se muait en révolte. La démocratie au Mexique était une surface qui recouvrait une corruption profonde des élites politiques, militaires et policières, ainsi que de multiples collusions entre les détenteurs du pouvoir officiel (élus, milieux d'affaires) et les diverses mafias. Raul prit conscience que ses actions clandestines, loin de profiter au peuple, confortaient seulement l'oligarchie qui l'exploitait impunément. Il quitta l'armée.

Cet acte de courage, qui compromettait son avenir, trahissait une conscience politique qu'il était facile d'associer à la femme qu'il aimait ; il lui attira suspicion et rancœur de sa hiérarchie. Teresa fut menacée. Son journal finit par la renvoyer.

Mais le pire était encore à venir.

Raul ne lui avait jamais avoué son appartenance à un service qui avait à son actif de nombreux assassinats politiques. Quelques semaines après la naissance de leur fils, une lettre anonyme s'en chargea, détaillant à la jeune femme ses antécédents preuves à l'appui.

Ce qu'elle ne put supporter fut moins son passé que ses mensonges. Elle le quitta.

Aucun journal ne voulant plus d'elle, elle partit de Mexico avec leur enfant. Il fallut deux ans à Raul pour retrouver sa trace. Elle travaillait comme ouvrière dans une *maquiladora* de Juarez. Quelques mois et de nombreuses lettres après, il réussit à la convaincre de le revoir. Il l'aimait encore mais n'espérait plus rien. Ce qu'il voulait, c'était tenir Guillermo dans ses bras. Raul n'aurait jamais pu imaginer qu'un enfant, qu'il n'avait connu que tout bébé, pût lui manquer à ce point. C'était une douleur qui lui tordait le ventre à chaque instant et le réveillait la nuit dans les rares moments où il parvenait à trouver le sommeil.

Raul s'arrête au sommet d'une butte et observe les alentours. Au loin, de l'autre côté du fleuve-frontière, les gratte-ciel illuminés d'El Paso sont visibles. Autour de lui, les maisons bigarrées ont fait place à un amas de cabanes en tôle d'où ne filtrent que les lueurs vacillantes de torches et de chandelles. Il est perdu. Son portable ne passe pas et, de toute manière, Teresa n'a pas le téléphone. En contrebas, une lumière électrique éclaire une portion de ruelle. Une *cantina* ouverte. Peut-être pourra-t-on le renseigner.

Le cœur battant, s'efforçant de maîtriser son pas, il descend le chemin de terre. Dans ce quartier, les rues ne sont ni pavées ni goudronnées. La dernière fois qu'il a vu Guillermo, celui-ci avait à peine quatre mois. Il lui souriait, il le reconnaissait. Il a presque trois ans aujourd'hui. Son père ne lui apparaîtra que comme un étranger. Peut-être aura-t-il peur de lui. Il faudra l'apprivoiser, lui parler. Cela prendra du temps. Il sera nécessaire qu'il puisse le voir régulièrement. Teresa l'aidera-t-elle ?

La *cantina* n'est plus qu'à une centaine de mètres. Il y a une fête à l'intérieur, on entend des cris, des rires, de la musique. Raul, dans sa hâte de voir son fils, s'est mis à courir.

C'est son erreur. Il entend trop tard la camionnette qui arrive lentement derrière lui, tous feux éteints. Sans même se retourner, il sait que ce sont des professionnels car les hommes dont il sent le souffle derrière lui sont descendus du véhicule en marche sans le moindre bruit. Il accélère sa course mais la camionnette le double et lui bloque la route. Un homme masqué lui saisit le bras. Il se dégage, frappe son assaillant qui chute à terre. C'est alors qu'un éclair lui traverse le crâne, immédiatement suivi d'une douleur fulgurante.

Avant de perdre conscience, Raul se dit qu'il va mourir sans avoir revu son fils.

Il a tort. Les hommes qui hissent son corps inanimé dans leur véhicule n'ont pas pour mission de l'assassiner.

C'est bien pire.

19e *precinct*, six heures du matin

C'est ce matin-là que tout débuta pour Jeff Mulligan. Un matin dans la continuité d'une nuit banale où, comme d'habitude, les heures atones s'étaient succédé les unes aux autres, formant ce seul instant sans bornes dans lequel il lui semblait errer depuis toujours et que ne brisaient que les trop rares moments d'intensité où il risquait sa peau… Et pourtant, ce jour-là, la vie lui avait donné rendez-vous.

La porte du sergent était ouverte. Parfois, des policiers jetaient un furtif coup d'œil et passaient aussitôt leur chemin. Personne ne pénétrait jamais dans son bureau pour une raison autre que professionnelle. Jeff était tout à fait conscient de la peur qu'il inspirait et de la réputation qui était la sienne : pourri, fou, dangereux… Dans le *precinct*, il n'était pas aimé. Il n'en avait aucun désir. Ce n'était jamais pour une bonne raison qu'on l'était et, la plupart du temps, les relations humaines étaient une mascarade.

Le jour se levait doucement. Jeff, à travers la fenêtre, contemplait la lumière rosée qui montait dans le bleu sombre du ciel. Le cinquième étage, celui des *detectives*, était comme désert, ne bruissant que de conversations étouffées et du bourdonnement de quelques imprimantes. Pourtant, il était quasiment aussi peuplé qu'en plein jour, mais c'était comme si la nuit influait secrètement sur les comportements, exigeant une atmosphère plus feutrée.

Les journées étaient divisées en trois parties, de sept à seize, de quinze à minuit, et de vingt-trois à huit. Chaque inspecteur prenait tour à tour une des trois tranches et une équipe disposait d'une heure pour rendre compte à la suivante de manière détaillée. En pratique, les dépassements d'horaires étaient fréquents, et l'étage était toujours occupé à peu près par le même nombre d'hommes. Jeff, ce jour-là, devait prendre son service de sept heures à quatre heures de l'après-midi, mais il était là depuis le milieu de la nuit. Il avait de la paperasse en retard. De toute manière, il ne pointait jamais.

Jeff ne s'était pas couché. Jeff ne se couchait jamais. Il s'effondrait parfois quand son corps n'en pouvait plus de trop de veille, n'importe où, quelques minutes ou quelques heures. Il ne savait pas mesurer le temps. Il était indifférent au temps des autres. Le jour, la nuit, les cycles de veille et de sommeil ne le concernaient pas car il y avait cette force, en lui, qui ne voulait pas qu'il dorme. Peut-être avait-il trop d'énergie. Jeff n'était jamais réellement fatigué.

Ce matin-là, pourtant, un poids inhabituel alourdissait ses gestes. Son corps était engourdi, ses pensées ralenties et une impression persistante d'étrangeté ne le quittait pas. Comme un pressentiment sans objet qu'il s'efforçait en vain de chasser de sa conscience. Jeff était concentré depuis de longues minutes sur la rédaction du DD-5 concernant l'arrestation du forcené de la cage d'escalier, qu'il aurait dû remettre la veille. Il regarda machinalement sa montre : Il était six heures, les équipes de jour n'allaient pas tarder. Soudain, quelque chose attira son attention…

Ce n'était pas un bruit.

Au contraire, l'étage était soudain plongé dans un profond silence qui rappelait celui que l'on éprouve en avion, les oreilles bouchées.

C'était un imperceptible mouvement qui l'avait alerté.

Quelqu'un était là.

Les paupières étrangement lourdes, il leva les yeux de sa feuille.

Une silhouette se découpait dans l'embrasure de sa porte, dont il vit d'abord les jambes, longues, féminines, fuselées, enveloppées d'un collant noir. Une jupe noire. Un chemisier rouge ajusté sous un court manteau beige entrouvert. De longs cheveux blonds.

Et puis les yeux, tellement bleus…

La femme, d'une beauté déchirante, fixe Jeff d'un regard qui semble l'implorer. Longtemps, elle demeure là, sans un mouvement, comme si elle avait quelque chose à lui dire d'une immense importance mais qu'une puissance surnaturelle l'en empêchait. Puis elle tourne les talons. Elle a disparu.

Jeff, pétrifié, mit quelques secondes à pouvoir se lever et lui emboîter le pas. Quelques secondes de trop. Quand il sortit de son bureau, le couloir était vide. L'habituel brouhaha remplissait l'étage. Il courut jusqu'à l'ascenseur. Le hall était désert. Il emprunta l'escalier qu'il descendit quatre à quatre. À l'accueil du rez-de-chaussée se croisaient quelques policiers en uniforme qui finissaient leur service de nuit.

La femme s'était volatilisée.

19e *precinct*, huit heures du matin

Lorsque Ann se présenta à l'entrée de la salle de garde des inspecteurs, Jeff en jaillit brusquement, la prit par le bras et l'entraîna dehors. Il était suivi d'un Frank Millar à l'air maussade.

– Où allons-nous ? demanda-t-elle une fois dans la voiture.

– Voir un macchabée.

Dans la voiture fendant les encombrements sirène hurlante, Ann avait le ventre noué. Elle allait contempler sa première scène de crime. Bien sûr, elle avait vu les deux cadavres tués par le forcené. Mais une blessure par balle est rarement spectaculaire. L'impact est net, le sang sèche vite. Là, elle ne savait pas du tout à quoi s'attendre. À l'École de police, ses instructeurs expliquaient qu'on s'habituait au pire. Mais encore fallait-il d'abord l'affronter…

78e Rue, non loin du John Jay Park, plusieurs voitures de police étaient stationnées n'importe comment devant un immeuble de standing, deux d'entre elles portières ouvertes et gyrophare en action.

– De vraies mouches à merde, maugréa Frank à l'intention de la jeune femme comme ils descendaient.

– Que voulez-vous dire ?

Ils s'engouffrèrent dans le vaste hall marbré où un policier en uniforme les salua.

– C'est au douzième.

Les inspecteurs s'engouffrèrent dans l'ascenseur.

– Vous avez toujours trop de patrouilleurs sur les lieux d'un crime, poursuivit Frank. C'est comme quand vous ralentissez sur l'autoroute pour contempler un accident sur l'autre voie. Le spectacle de la mort fascine... Les trois quarts de ces mecs devraient être dans la rue.

Au douzième étage, une porte était ouverte. La plaque indiquait le nom de la propriétaire des lieux : une certaine Lucie Milton. Ils entrèrent. De fait, l'appartement grouillait de flics désœuvrés qui semblaient seulement attendre quelqu'un susceptible de leur donner un ordre. Ce qui ne tarda pas.

– Quelle est l'équipe responsable ? tonna Mulligan.

L'expression désignait la première patrouille arrivée sur les lieux qui devrait rédiger un rapport et être interrogée. Un patrouilleur se présenta aussitôt, suivi de son coéquipier. Ils avaient été prévenus par la femme de ménage qui avait découvert le cadavre et avaient aussitôt donné l'alerte.

– Les autres n'ont rien à foutre ici, dehors !

L'appartement sembla se vider en un clin d'œil. L'équipe des enquêteurs suivit le policier dans un long couloir au fond duquel une pièce était éclairée. Mulligan y pénétra le premier.

Ann, la gorge nouée, laissa passer les deux autres.

Quand elle entra à son tour, la première chose qui retint son attention ne fut pas le corps de la jeune femme blonde étendue sur le lit au milieu d'une immense tache de sang, mais l'expression pétrifiée de son supérieur.

Mulligan observait la morte avec des yeux de fou.

Pour la première fois de sa vie, Jeff crut qu'il allait s'évanouir. Ses jambes étaient en coton, il eut peur de tomber et se concentra intensément sur la sensation de ses pieds ancrés dans le sol.

C'était *elle*.

Elle était venue au commissariat, très tôt ce matin-là. Elle avait monté les cinq étages. Elle avait marché dans le couloir, d'où à travers les cloisons vitrées elle pouvait observer les inspecteurs présents. C'était devant le bureau de Jeff qu'elle s'était arrêtée. Elle l'avait observé, longuement, sans doute en hésitant sur la conduite à tenir. S'il lui avait dit un mot, un seul, peut-être lui aurait-elle parlé. Mais il s'était contenté de l'observer, comme paralysé. Elle était partie. Il aurait pu la rattraper. Instinctivement, il avait voulu la suivre mais il était resté cloué quelques instants à son siège. Et quand il s'était levé, c'était trop tard.

À présent elle était là, étendue sur ce lit, la gorge tranchée.

Mû par un réflexe professionnel, il voulut s'approcher du cadavre pour l'examiner. Mais, à sa propre surprise, son corps se dirigea vers la porte. Il sortit de la chambre.

Ann l'observait à la dérobée lorsqu'il quitta la pièce. Le trouble de son supérieur la stupéfia. Ce n'était pourtant pas sa première scène de crime… Ainsi Mulligan savait encore se laisser émouvoir par le spectacle de la mort. Frank, lui, l'air un peu trop dégagé, observait silencieusement la pièce, comme pour chercher quelque chose.

– Qu'est-ce que je peux faire ? lui demanda-t-elle.

– Rien de spécial. On attend le légiste et l'équipe de l'identité judiciaire. Tant qu'ils ne sont pas là, on ne touche à rien.

Il se dirigea dans la salle de bain attenante. Ann était seule avec la femme étendue sur le lit. Ce n'était pas le premier cadavre qu'elle voyait d'aussi près. À l'École de police, elle avait participé à un stage à la morgue de New York, et assisté à trois autopsies. Mais ici, c'était différent. Étendue sur ce lit aux draps d'un rose pastel et doux, dans cette chambre qu'elle semblait encore habiter, au milieu de ses objets familiers – des plantes vertes, un livre sur l'Himalaya, quelques photos de famille, des épingles à cheveux, un petit carnet de cuir (notait-elle ses rêves, ou ses pensées nocturnes ?) –, la victime, la beauté de son visage intacte, semblait encore vivante. Sa tête était à peine renversée, son regard n'était pas exorbité mais fixait le plafond d'un air qu'on aurait pu croire pensif, les muscles paraissaient détendus et elle aurait pu sembler sur le point de se tourner vers Ann, étonnée peut-être de sa présence au cœur de son intimité. Mais il y avait, à son cou, cette large plaie sanglante qui lui déchirait la gorge comme le sourire grotesque d'un clown. Ann sentit la tristesse exploser dans sa poitrine. Frank sortit de la salle de bain, elle se détourna pour rejoindre Jeff dans le couloir.

Celui-ci avait les yeux dans le vague. Il se reprit dès qu'il la vit. Ann posa une main sur son épaule.

– On ne s'habitue jamais, n'est-ce pas ?

Il se dégagea brusquement, une expression mauvaise sur le visage.

– À votre stupidité, non.

Elle se recula, piquée au vif.

– Allez attendre les blouses blanches à la porte, vous leur montrerez le chemin.

Il la planta là.

Jeff se force à entrer dans la chambre de la morte. Il n'a jamais ressenti une telle émotion. À ses débuts, bien sûr, il éprouvait le malaise naturel de tout jeune *detective* confronté au sang et à la mort au milieu d'une scène de crime. Mais il s'est très vite blindé. Flic est un métier, un cadavre n'est rien de plus qu'un objet, le principal indice du crime. Il est nécessaire de l'observer avec une froideur détachée. La dernière volonté d'un corps assassiné est toujours que l'on retrouve le fils de pute qui lui a fait ça et, pour s'acquitter de cette tâche, un enquêteur doit oublier qu'il a été vivant.

Mais aujourd'hui, c'est différent.

Le regard de Jeff parcourt la chambre, évitant le lit où repose cette femme.

Il n'a pas été préparé à cela.

Elle s'appelait Lucie Milton et il ne sait pas s'il pourra enquêter sur elle.

Car il la connaissait.

Étonné d'une telle pensée, Jeff tente de la chasser : à peine l'a-t-il aperçue durant quelques secondes, comment peut-il croire une telle chose ? Surmontant la force qui veut lui interdire de la voir, il fixe son regard sur le cadavre. Il détourne immédiatement les yeux, comme saisi par une étrange pudeur. Il en a observé, pourtant, des corps nus que la mort avait figés dans une posture obscène, les entrailles à l'air et l'ultime terreur, celle que tous les masques humains ne servent qu'à dissimuler, gravée sur le visage. Mais là... Une gêne incompréhensible lui serre la gorge. Lucie repose, tout habillée, dans une posture qui pourrait laisser croire qu'elle est endormie. Pourtant, elle ne l'est pas. Même dans le sommeil, surtout dans le sommeil, un être dérobe quelque chose de lui-même. Ce corps étendu sur le lit ne laisse plus rien dans l'ombre, il se donne dans une insoutenable présence. Comme si la mort était la nudité suprême. Mais l'excès de présence que confère à cette chair son immobilité définitive recouvre en même temps la plus terrible des absences. *Quelque chose* a déserté cette chair. Le souffle ? La vie ? Lucie *elle-même* ?... Ce corps offert qui ne cache rien n'a plus rien à donner.

Jeff réalise que jusqu'à ce jour il a vu des cadavres, mais que c'est la première fois qu'il la contemple, elle.

La mort.

L'équipe de l'identité judiciaire, cinq hommes accompagnés d'un sergent, fit irruption dans l'appartement. Ann voulut leur indiquer le chemin mais ils se dirigèrent spontanément vers la seule pièce éclairée. Le médecin légiste les suivit quelques minutes plus tard. D'origine asiatique, sans doute coréenne, il se dénommait Julian Lee. Ann le rejoignit dans la chambre de la victime.

Deux techniciens du labo prirent des photos de tous les angles de la pièce, s'attardant particulièrement sur le cadavre qu'ils mitraillèrent, puis ils entreprirent d'accrocher des projecteurs au-dessus du lit. Un autre pliait soigneusement les couvertures. Lorsqu'ils eurent fini, ils inspectèrent les draps. À l'aide d'une pince à épiler ils collectaient poussières, poils, cheveux qu'il glissaient méticuleusement dans de petits sacs en plastique. Ann éternua. La pièce était saturée de la poudre à relever les empreintes que deux spécialistes, pinceau à la main, déposaient sur toutes les surfaces. La jeune femme, au milieu du mouvement incessant des techniciens qu'elle ne voulait pas gêner, s'apprêtait à sortir de la pièce quand elle se retrouva nez à nez avec Mulligan, sur le visage duquel toute animosité avait disparu. Ann se demanda même si elle n'avait pas imaginé le bouleversement qu'elle avait vu en lui. N'avait-elle pas projeté sur lui sa propre émotion au contact de sa première scène de crime ?

Il s'approcha du légiste, penché sur le corps.

– Qu'en dites-vous, toubib ?

Celui-ci passa un doigt ganté de caoutchouc sur les contours de la blessure.

– Arme à double tranchant, selon toute apparence, murmura celui-ci comme pour lui-même. Un couteau de combat…

– Ce qui exclut une banale scène conjugale, observa Mulligan.

– Pourquoi ? demanda Ann.

– Cette femme avait peut-être un petit ami qui se promenait avec un poignard, mais en général une scène de ménage qui tourne mal, ça se finit plutôt au couteau de cuisine... Ce qui est sûr, c'est qu'elle se savait menacée.

– Comment le savez-vous ?

Le sergent ignora sa question et se tourna vers le légiste.

– Pouvez-vous évaluer l'heure de la mort ?

– Nous allons voir cela. Voulez-vous m'aider ? demanda ce dernier.

Il entreprit de retourner le corps par les épaules. Brusquement interdit, Jeff ne bougea pas. Ce fut Ann qui, après une hésitation, prit les pieds de la victime pour la mettre sur le ventre. Le légiste sortit de sa blouse un thermomètre et lui prit sa température. 33°2...

Il regarda sa montre. Il était 8 heures 55.

– Elle est morte autour de 5 heures 30.

La mâchoire de Mulligan s'affaissa. Cette fois, Ann l'aurait juré : il semblait perdre pieds à nouveau.

– 5 heures 30 ? Vous êtes certain de ce que vous dites, docteur ? bredouilla-t-il.

– Tout à fait, sergent. Pourquoi cette question ?

Jeff fit demi-tour et sortit sans répondre.

Millar avait été expédié au commissariat pour y entendre l'équipe responsable et rédiger les premiers rapports. Ann et Jeff attendaient depuis quelques minutes, un café à la main, dans la salle de réception de la morgue principale de New York, au coin de la 30e Rue et de la Première Avenue. Celle-ci était garnie de canapés et de fauteuils confortables, ainsi que de tables basses sur lesquelles étaient disposées des boîtes de mouchoirs en papier. Les deux autres personnes qui attendaient avec eux, vraisemblablement des proches de victimes venues reconnaître les corps, ne les utilisaient pas. Leurs yeux rougis étaient secs d'avoir trop pleuré.

Un employé invita Jeff et Ann à le suivre. Ils s'engagèrent dans un long couloir aux murs de béton tristement gris, garni sur un côté de petites portes en métal au-dessus desquelles clignotaient des cadrans digitaux affichant des températures variables mais proches du zéro. Lors de la visite qu'avait effectuée sa promotion à l'École de Police, on avait expliqué à Ann qu'il s'agissait des compartiments réfrigérés (au nombre de cent vingt-cinq, croyait-elle se souvenir) abritant les cadavres attendant autopsie, crémation ou inhumation..

Ils pénétrèrent dans une longue salle où huit tables étaient alignées, éclairée chacune par une lampe scialytique à la puissante lumière blanche. Chaque table était occupée par un corps entièrement nu. Les cadavres féminins, d'allure jeune pour trois d'entre eux, lui paraissaient petits, recroquevillés. Les seins semblaient dégonflés, le pubis était la seule partie saillante. Les corps des hommes étaient moins altérés dans leur apparence virile, comme si la mort s'attaquait de préférence aux signes extérieurs de la féminité. Autour de deux des tables s'affairaient des médecins pathologistes. Passant tout près de l'une d'elles, la jeune femme retint un sursaut en entendant le craquement d'un os broyé.

Au bout de la salle se tenait le docteur Lee assisté d'un jeune médecin, peut-être un étudiant, autour d'une table qui, de près, apparut très grande à Ann. Le cadavre de Lucie Milton était étendu, la tête reposant sur une espèce d'oreiller en bois sombre. Un micro pendait au bout d'un fil, relié à un enregistreur. Le légiste parla dans sa direction :

– 18 septembre, 2007, 10 heures du matin, docteur Julian Lee, responsable, assisté de Brian Merlinwood, stagiaire. Sont également présents Jeff Mulligan, *detective*, et Ann Lawrence, *detective*. Autopsie de Lucie Milton, vingt-huit ans. Le corps est celui d'une adulte blanche de sexe féminin normalement développée, poids cinquante-trois kilos, taille un mètre soixante-neuf. Cheveux blonds, dents soignées, iris de couleur bleue. Rigidité totale des mâchoires et des paupières. On ne constate ni lividités cadavériques ni tâche verte. Heure approximative de la mort, 5 heures 30 du matin.

Lee s'interrompit, prit un scalpel tendu par son assistant et fit une incision. Ann se contraignit à rester immobile. La voix du médecin avait laissé place à des bruits de chair découpées. Puis il y eut un craquement, suivi d'autres. Le légiste approchait ses lèvres du micro lorsque Mulligan le devança.

– Docteur...

– Oui ?

– Êtes-vous certain de ce que vous avancez concernant l'heure de la mort de la victime ?

– Aussi certain qu'on peut l'être, sergent.

– Quelle est la marge d'erreur ?

– Pour le cas présent, elle est faible. La mort est très récente.

– Pouvez-vous être précis à une heure près ?

– Certainement. Nous avons pris la température du corps à 9 heures du matin. Celle-ci était de 33°2. Cela veut dire que la mort remonte au moins à trois heures trente.

– Pour quelle raison ? demanda Ann.

– À partir du décès, un cadavre perd un degré par heure environ, pour arriver à un équilibre avec la température de la pièce.

– *Environ*, souligna le sergent.

– Écoutez, répartit le médecin sur un ton qui trahissait un commencement de nervosité, j'ai dit « environ » parce que nous autres scientifiques avons l'habitude d'employer un langage prudent, mais cette mesure est une des plus fiables qui soit.

– Il doit y avoir une erreur.

– Vous voulez une autre preuve ? Ce corps présente une rigidité cadavérique presque totale, à l'exception du bas des jambes. Celle-ci apparaît en général entre la quatrième et la sixième heure après le décès, jamais avant la troisième heure, en commençant par la face et les paupières. Le visage de cette femme était déjà atteint de rigidité à mon arrivée sur le lieu du crime à 8 heures 45. Je vous affirme donc qu'à 5 heures 30 cette femme était morte ou en train de mourir.

– C'est pourtant impossible.

– Et pourquoi cela ?

– Parce qu'à 6 heures du matin, Lucie Milton était à la porte de mon bureau.

Au même moment, au nord du Mexique

Plissant les yeux, luttant contre les cahots qui agitent violemment le véhicule, Raul tente d'apercevoir le paysage qui défile à travers la vitre sale de la camionnette blindée. Peine perdue. Est-ce le coup qu'il a reçu ou le coma dont il vient à peine d'émerger qui ont altéré sa vue ? L'habitacle dans lequel on l'a enfermé n'est pas éclairé et, dehors, tout est sombre.

Raul grimace. Un mal de crâne terrible l'élance. Mais derrière la douleur, ce sont les réflexes de survie, affûtés par les années d'entraînement et de missions spéciales, qui prennent les commandes. Il analyse les données. À quelle heure a-t-il été attaqué ? C'était la fin du jour, il s'en souvient. Une brutale rafale de vent déporte soudain la camionnette et son conducteur a le plus grand mal à la rabattre. La route est mauvaise, évoquant plus un chemin de terre caillouteux qu'une voie goudronnée. Une autre rafale, encore plus violente, semble vouloir renverser le véhicule et Raul chute. Quand il remet le nez à la vitre, il est aveuglé par un fulgurant rayon lumineux qui transperce un bref instant l'espèce d'épais nuage mouvant d'un marron terreux qui obstrue tout l'espace. En regardant dans la direction d'où vient la lumière, Raul aperçoit une boule blanche et lumineuse qui semble les accompagner, ressemblant à la lune mais trop éblouissante pour être confondue avec elle. Ce ne peut être que le soleil, filtré par… Par quoi ? Une troisième rafale bouscule rudement la camionnette et Raul a la réponse. Il a aperçu très nettement dans la lumière solaire les traînées brunâtres caractéristiques d'une tempête de sable.

Il fait jour et il est en plein désert.

Combien de temps est-il resté inanimé ? Toute la nuit et une partie de la journée, cela dépend de l'heure qu'il est. On lui a enlevé sa montre. Le coup reçu n'explique pas un si long coma, on l'a certainement drogué, sa bouche pâteuse et ses paupières inhabituellement lourdes en témoignent.

La tempête semble vouloir se calmer. Scrutant la pénombre qui s'éclaircit, Raul distingue l'immense étendue de sable à perte de vue, semée de rares arbustes et de quelques monticules espacés. Dans quelle direction l'emmènent-ils ? Il ne peut le dire. Il ne connaît pas les déserts qui entourent Ciudad Juarez. Il remarque une petite colline au loin qui ressemble vaguement à un aileron de requin et enregistre mentalement sa forme.

Cela pourra lui être utile pour se repérer.

Saranac Lake, État de New York

Les employés des pompes funèbres sont en train de descendre le cercueil de Lucie Milton dans sa dernière demeure, comme on dit. En fait, le lieu où son corps va pourrir à l'abri des regards. C'est laid, un corps en décomposition. Ça pue. Ce n'est pas humain. Jeff Mulligan, en retrait, est adossé à un arbre. Masqué par la foule qui se presse autour de la morte, il ne voit rien. Mais un enterrement, il sait ce que c'est. Le cercueil descend lentement puis il y a un petit choc. Lucie en avait, des relations. À en juger par les visages creusés et les yeux humides, elle était très aimée. Jeff n'est pas étonné. C'était une femme bien.

Comment peut-il penser cela ? Il ne l'a pas connue. D'où lui vient, alors, cette impression qu'il la connaît ? Qu'il la *ressent* ?

Une légère brise caresse son visage, apportant les parfums piquants de la montagne environnante. Il s'éloigne lentement. La cérémonie n'est pas terminée, mais il ne tient pas à être remarqué. Jeff contemple le vert des pins qui l'entourent. C'est donc ici qu'elle a vécu. Saranac Lake, au cœur des Adirondacks. Arrivé tôt, il a eu le temps d'y flâner. C'est une petite ville paisible au bord d'un lac, qui semble avoir été construite au cœur de la forêt qui l'entoure de toute part. Seul le centre-ville compte quelques hauts immeubles. Partout ailleurs, les maisons poussent au milieu des arbres. En levant la tête, on aperçoit les montagnes tout autour.

Jeff ne sait pas pourquoi il est là. L'enquête ? Il a interrogé quelques habitants. La plupart connaissaient Lucie. Celle-ci a grandi dans la montagne. Elle aimait les randonnées, se baigner dans le lac. Après des études de biologie à Harvard, elle est revenue y travailler, embauchée comme chercheuse à l'Institut Trudeau. Saranac Lake a des allures de village mais, en dépit de sa taille réduite et de sa situation, c'est une cité moderne, avec son quotidien local, un théâtre, un hôpital, de nombreux hôtels... et un centre de recherche biomédicale et immunologique, fondé en 1964, parmi les plus importants et les plus respectés au monde et qui fut le premier employeur de Lucie. Est-ce de grandir dans le prestigieux voisinage de ce dernier qui a décidé de sa vocation ? Selon les dires de tous, elle y était heureuse avant que l'AdamTech Institute ne vienne la débaucher. Est-ce que ça a été facile pour elle de quitter ce monde familier ? Ce matin, alors que Jeff déambulait sans but dans les rues aérées de Saranac Lake, plusieurs personnes lui ont souri sans le connaître. Peut-on passer sans dommage de la vie simple et conviviale d'un pays de montagnards aux solitudes agglutinées de la Grosse Pomme, où les destins se croisent en s'ignorant ? Jeff, lui, a grandi dans la jungle urbaine, au cœur de Brooklyn, dans un immeuble demeuré en attente de réhabilitation durant les quinze ans qu'il y passa, quatre étages de briques rouges, escalier extérieur rouillé, vingt-cinq mètres carrés pour quatre... Jeff chasse les images. Il n'aime pas se souvenir. Mais l'asphalte est son terreau, la violence et le désespoir l'unique horizon qu'il a connu. Saranac Lake respire une paix qu'il ne portera jamais en lui. Il n'a rien de commun avec Lucie Milton. Pourquoi est-il venu ? Pourquoi se sent-il si proche d'elle ? Si proche, alors qu'il est trop tard...

Rentré à Manhattan, Jeff se rendit dans l'appartement de la jeune femme. C'était la troisième fois qu'il y revenait. Il y resta plus d'une heure, étendu sur le lit où on l'avait retrouvée morte.

Une semaine plus tard

Ann sortit du commissariat et se dirigea vers Lexington Avenue. Elle avait rendez-vous dans un bar à l'angle de la 66e Rue. Millar l'avait invitée à aller boire un pot en début de soirée avec les *detectives* qui travaillaient sous les ordres de Mulligan.

La jeune inspectrice avait bien senti que l'invitation n'avait aucun caractère privé mais plutôt quelque chose de solennel. Cela faisait plusieurs jours que la crise couvait et cette réunion était peut-être bien le signe avant-coureur de son déclenchement. Depuis la découverte du cadavre de Lucie Milton, Jeff n'était plus le même. Question comportement, il était encore plus odieux qu'auparavant, si une telle chose était possible. C'était un homme qui donnait l'impression de se moquer éperdument d'être aimé et cette liberté lui conférait un charisme indiscutable. À présent on aurait dit qu'il aspirait délibérément à être détesté. Il pratiquait l'intimidation verbale de manière systématique et semblait jouer de la peur physique qu'il inspirait. Mais ce qui était nouveau, c'est qu'à cet aspect humainement insupportable s'ajoutaient désormais des pratiques professionnelles qui paraissaient aberrantes à la plupart. Le sergent s'était mis dans la tête qu'il avait vu la victime le matin de son assassinat, à une heure où, d'après le rapport d'autopsie, elle était déjà morte depuis au moins trente minutes. Il avait d'abord demandé une contre-expertise, procédure coûteuse et inhabituelle. Laquelle avait évidemment rendu exactement les mêmes conclusions. Puis il avait ordonné à ses hommes d'enquêter dans le commissariat même, interrogeant tous les hommes en service ce jour-là. Les inspecteurs avaient fortement renâclé, protestant qu'ils n'appartenaient pas à la police des polices. L'enquête interne avait causé d'importants remous dans le *precinct.* Et n'avait pu que confirmer le fait qu'aucun policier présent ce jour-là n'avait aperçu la victime… Enfin Mulligan, comme s'il était obsédé par cette femme, s'entêtait à fouiller son passé, négligeant les enquêtes de voisinage qui paraissaient s'imposer pour un crime de ce genre. Rien dans les antécédents de Lucie Milton n'indiquait pour l'instant qu'on aurait pu lui en vouloir. Elle ne semblait avoir que des amis. Biologiste brillante, spécialisée dans l'étude des processus du vieillissement, ses recherches lui avaient valu l'année précédente l'obtention d'un prix prestigieux, dont Ann avait oublié le nom. Employée dans un laboratoire privé, AdamTech, qui semblait bénéficier d'une capitalisation importante, Lucie Milton gagnait à vingt-huit ans plus de cent quarante mille dollars par an. Cette réussite impressionnante avait comme contrepartie un drame sentimental vécu deux mois avant sa mort : Lucie avait perdu son fiancé, un certain Steve Buchanan, chercheur dans le même laboratoire, décédé dans un accident de montagne. Jeff était persuadé que la jeune femme se sentait menacée. Il avait la certitude que le matin de sa mort elle était venue le voir, lui personnellement, avant de se raviser au dernier moment pour une mystérieuse raison. Au commissariat, personne ne croyait en la réalité de cette visite dont il n'y avait à part lui aucun témoin et dont l'heure ne cadrait pas avec l'expertise du légiste. Mais le sergent dirigeait l'enquête et ses hommes avaient dû obéir à ses ordres.

Ann pénétra dans le bar. Bien qu'il fût encore tôt, celui-ci était plein, en majorité d'hommes venus écluser des bières après le travail et qui retardaient le moment de rentrer chez eux. Millar était attablé au fond, en compagnie de Bert Garner et des deux autres *detectives* sous les ordres du sergent Mulligan : Bob Zimmermann, un jeune qui n'avait pas deux ans d'ancienneté et faisait équipe avec Millar, et John Mercuri, quadra ventripotent au sourire débonnaire et doux. La jeune femme s'avança vers eux. D'une table qu'elle longeait, un consommateur visiblement éméché la héla et tendit la main vers elle. Ann ne comprit pas le mot qu'il avait employé mais son ton grossier en disait assez. Millar se leva si brusquement que sa chaise tomba. Il empoigna le type par le col, le leva, para le coup qu'il tentait de lui donner et d'une torsion du bras le fit violemment ployer, lui bloquant la tête contre la table.

– Patron, cria-t-il dans le silence soudain, je ne veux plus voir ce type ici.

Un gros homme qui mesurait près de deux mètres quitta son poste derrière le bar et s'avança.

– Bien sûr, inspecteur, je suis désolé.

Il prit le type par le bras, lui tendit son manteau et le conduisit vers la sortie.

– Vos bières sont pour moi. Ne remettez plus les pieds dans cet établissement.

L'autre sortit, sans réaction.

Millar prit Ann par la taille et la fit asseoir. Celle-ci hésitait entre plusieurs attitudes. Elle prit le parti de sourire.

– Merci, cow-boy. Mais tu sais, je suis capable de me défendre toute seule.

Il lui rendit son sourire.

– Ça m'aurait enlevé le plaisir de le faire.

– On peut vous laisser, lâcha Garner de son ton traînant.

– Non, non, dit Frank. C'est une réunion de travail. Ou, plutôt, de crise.

Ann leva un sourcil.

– Crise ?

Mercuri lui adressa son bon sourire. On disait que, dans les interrogatoires, il jouait toujours le rôle du gentil et que, sur le terrain, il n'avait pas son pareil pour calmer le jeu.

– Tu arrives à peine et tu dois te dire que tout ce qui se passe est normal, que c'est ça la police…

– Toi qui as la chance incomparable de faire équipe avec Jeff Mulligan, renchérit Frank, comment vis-tu ça ?

« Nous y voilà, pensa Ann. Ils attendent que je hurle avec les loups… »

– C'est dur, dit-elle après réflexion. Mais j'apprends beaucoup.

– Qu'est-ce que tu apprends ? grinça Frank. À te faire humilier sans broncher ?

– Ou la technique des arrestations abusives ? renchérit Garner en finissant sa chope. J'ai été son coéquipier pendant quatre ans, je me demande comment je suis encore flic. Ce mec m'a fait fabriquer des fausses preuves, donner des faux témoignages devant une cour de justice. Grâce à Woodruff, il passe entre les gouttes. Mais c'est de pire en pire, et il va finir par nous mettre tous dans la merde !

Mercuri prit la parole. Il ne souriait plus :

– Depuis qu'il m'a fait interroger les collègues du commissariat dans le cadre d'une enquête, tout le monde me surnomme la police des polices. Mulligan, non seulement personne ne peut le blairer, mais il fait détester tous ceux qui bossent avec lui…

– Moi, martela Garner, j'ai dix-neuf ans de service. Dans un an, je peux partir en retraite avec demi-paye. C'est pas le moment de me faire virer !

– Ni de te faire tuer, ajouta Millar.

– Tu peux le dire ! Avec lui, j'ai été pris dans trois fusillades.

– Et comment s'est-il comporté ? demanda Ann.

– En quinze ans de service, je n'ai pas utilisé mon arme une seule fois. En quatre ans avec Mulligan, trois fusillades !

– Comment s'est comporté le sergent ? insista-t-elle.

Millar intervint :

– Mulligan est parfait dans ces coups-là, tout le monde le sait. Le problème, c'est qu'il les recherche. C'est un putain de héros, il se croit dans un film. Au NYPD, il y a des milliers de flics, et des bons, qui n'auront jamais été confrontés à une seule fusillade durant toute leur carrière.

– Il n'empêche qu'en cas de danger on peut compter sur lui.

– Il peut vous tirer de la merde. Mais c'est lui qui vous y met.

– C'est un fou dangereux et violent, renchérit Garner. Il se fout de tout et de tout le monde.

– C'est un métis, lâcha Mercuri.

– Quelles sont ses origines ? intervint Ann.

– Sa mère est mexicaine. Je ne veux dire aucun mal des *latinos*, dans toutes les communautés il y a des gens bien et des brebis galeuses... Mais il faut reconnaître que Mulligan est issu d'un milieu où la délinquance est forte. Il a grandi dans un environnement dont il n'a pas su se détacher.

– Je ne suis pas d'accord, protesta Ann. Je le crois profondément honnête...

Il y eut des ricanements. La jeune femme poursuivit sans en tenir compte :

– ... mais il est désespéré. Il est peut-être trop idéaliste pour ce monde.

– C'est pas ça qu'on appelle le complexe de Stockholm ? se moqua Garner.

Mercuri intervint :

– Tu es nouvelle dans la police. Cet homme te fascine.

– Voire plus..., lâcha Garner.

Ann rougit. Millar prit la parole avec une certaine brusquerie :

– Au sujet de l'homme, chacun pense ce qu'il veut. Si je vous ai réunis, c'est pour parler du flic. Il a résolu des cas difficiles dans le passé. Mais nous savons tous qu'il est *border line.* Moi, je crois qu'il est en train de basculer et de devenir incompétent.

Ann se mordit les lèvres pour ne pas prendre la parole. Pourquoi était-elle tenaillée par ce désir de défendre Mulligan ? Celui-ci n'avait fait que l'humilier. En outre, plaider sa cause la faisait mal voir de ses collègues.

– Mulligan est persuadé d'avoir vu la victime au commissariat. Le légiste affirme que c'est impossible. Et aucun policier n'a vu cette femme.

Zimmermann rit :

– Et ce n'était pas le genre de nana à passer inaperçue au commissariat.

– Je suis d'accord. Il est probable que le sergent a eu une hallucination. Ça fait un moment que tout le monde sait qu'il est fou, il n'y a que le lieutenant pour refuser de l'admettre…

L'inquiétude étreignit soudain Ann. Était-il possible que Mulligan soit réellement malade ?

– Cette affaire est importante. Une femme égorgée dans le 19e district, ça n'arrive pas tous les jours. C'était une chercheuse brillante, connue des milieux scientifiques, elle a eu sa photo dans la presse… Le QG met la pression sur Woodruff. Mulligan nous fait enquêter sur la victime comme s'il voulait tout savoir de sa vie. À rentrer dans son délire, nous perdons un temps précieux. Parce qu'il y a une hypothèse bien plus simple, c'est celle du crime crapuleux. Un type la suit chez elle et la tue. Ou bien un flirt qui tourne mal…

– D'après l'autopsie, dit Garner, elle n'a pas été violée.

– D'accord. Ça ne sert à rien d'échaffauder des théories, il faut agir.

– Mais comment ?

Millar baissa la voix :

– Voilà ce que je vous propose. Dès la découverte du corps, nous aurions dû procéder à une enquête de voisinage. Le temps joue contre nous. Il faut s'y mettre maintenant.

– Mais le sergent…, gémit Mercuri.

– On ne lui dit rien, le coupa Millar. On en fait le minimum sur ce qu'il nous demande pour ne pas éveiller ses soupçons. Et à côté on mène l'enquête à notre manière, en dehors des heures de service, s'il le faut. Qu'est-ce que vous en dites ?

– Je suis d'accord, appuya Garner.

– Moi aussi, renchérit Zimmermann avec un enthousiasme un peu forcé.

Mercuri hésita un temps.

– Moi aussi, finit-il par dire.

Tous les yeux se tournèrent vers Ann. Millar la regardait avec intensité. Elle sentait en elle une immense confusion. On attendait qu'elle prenne parti. Elle avait horreur de ça. Concernant l'enquête, ils avaient probablement raison. Au sujet de Jeff, elle sentait au plus profond d'elle-même qu'ils se trompaient.

– Je fais équipe avec le sergent..., commença-t-elle.

– C'est bon, la coupa Millar. On a compris.

Il jeta un billet sur la table et se leva. Les autres l'imitèrent. Tous partirent sans un regard pour elle.

Mulligan lui a ordonné de le suivre. Ils vont interroger des témoins, lui a-t-il seulement dit. Dans la voiture banalisée, il ne desserre pas les lèvres. Ann aimerait lui parler, évoquer le fossé qui se creuse avec ses hommes. Mais elle ne peut pas divulguer le contenu de la réunion confidentielle de la veille. Elle est déjà mal vue parce qu'elle n'a pas voulu se démarquer du sergent devant ses hommes, inutile d'encourir l'accusation de trahison.

Elle se contente de l'observer. Il semble avoir une parfaite maîtrise de lui-même : cela la rassure un peu. Mais bien des psychotiques ont un comportement normal en dehors des crises...

Ils remontèrent la 79e Rue en direction de Central Park où ils suivirent la *Transverse n° 2*, prirent Amsterdam Avenue jusqu'à la 91e Rue où ils s'arrêtèrent devant un immeuble.

Au septième étage, ils sonnèrent à une porte peinte en rouge. Une femme ouvrit, qui pouvait avoir entre quarante et cinquante ans. Un immense sourire dévoilait ses dents blanches.

– Je suis Mia Seldon, soyez les bienvenus ! déclama-t-elle en s'effaçant.

Les cheveux longs teints au henné, de nombreux bracelets exotiques sur ses bras nus, elle était vêtue d'un ample sari indien multicolore et tout son intérieur était dans le même style. Des portraits de sages orientaux voisinaient avec des peintures géométriques et colorées, d'amples tentures bigarrées étaient suspendues d'un mur à l'autre. Des brûleurs d'encens parfumaient la pièce d'une odeur âcre et douceâtre à la fois. Ann se sentit quelque peu écœurée.

– Mais asseyez-vous donc !

La jeune femme regarda autour d'elle. Il n'y avait pas de siège, seulement d'immenses coussins posés à même le sol. Résignée, elle en choisit un qu'elle cala contre le mur afin de s'adosser. Jeff s'accroupit.

– Nous avons seulement quelques questions à vous poser.

– J'ai du thé au chaud, dit la maîtresse des lieux en se dirigeant vers la cuisine.

Cette femme avait les traits marqués, elle devait avoisiner la cinquantaine, mais ses attitudes étaient celles d'une jeune fille. Une vieille jeune, s'entendit penser Ann. Dans un moment elle va nous offrir un pétard...

– J'ai aussi du jus d'herbe d'orge, est-ce que... ?

– Je crains que nous n'ayons pas beaucoup de temps, madame, coupa le sergent en gardant un ton courtois que sa coéquipière ne lui connaissait pas.

Elle revint au salon et s'assit en tailleur à même le sol. Ses yeux s'étaient embués.

– Naturellement, excusez-moi. Vous souhaitez parler de Lucie.

– S'il vous plaît.

– Que voulez-vous savoir ?

– Vous étiez une amie proche...

– Plus que cela.

Jeff leva un sourcil.

– Que voulez-vous dire ?

Elle eut un petit rire.

– Pas ce que vous avez pensé, en tout cas...

Mulligan parut un instant confus, ce qui surprit Ann.

– J'ai connu Lucie quand elle avait cinq ans. J'étais sa baby-sitter. Je suis devenue amie avec sa maman. Puis, tout naturellement, quand elle a grandi, avec elle. Je voulais dire que je faisais un peu partie de sa famille.

Une larme coulait le long de sa joue.

– Vous vous voyiez souvent ?

– Une fois par semaine environ.

– Vous étiez sa confidente ?

– Comme elle l'était pour moi. La différence d'âge importait peu. Il y avait en elle une telle maturité...

– Y a-t-il eu dans sa vie, selon vous, des événements qui pourraient être mis en rapport avec son assassinat ?

– Je ne sais pas. Qui aurait pu avoir envie de la tuer ? Tout le monde l'aimait.

– Un homme qui l'aurait aimée... un peu trop ? intervint Ann.

– Depuis la mort de son fiancé, elle ne voyait personne.

– Steve Buchanan a disparu dans un accident de montagne, n'est-ce pas ? s'enquit Jeff.

– Oui. C'est d'autant plus cruel que c'est elle-même qui l'avait initié à l'escalade.

– Elle était très sportive...

– Ce n'est pas le mot. C'était une femme très athlétique, capable de grandes performances physiques, c'est certain. Elle était dure à suivre ! Mais ce n'était pas cela qui l'intéressait.

– Que voulez-vous dire ?

– Elle n'était pas comme ces alpinistes qui veulent... vaincre la montagne. Non, elle en était amoureuse. De la montagne, de la nature, de la vie...

Évoquer le souvenir de la jeune femme apaisait Mia Sheldon. Les yeux brillants, plongée dans ses souvenirs, elle semblait oublier que c'était d'une morte dont elle parlait.

– C'était une femme de l'aube. Dès qu'elle découvrait un nouvel endroit, il fallait qu'elle le contemple à la lumière de l'aurore. Elle prétendait que c'était cette lumière qui révélait l'âme d'un endroit. Une manie, en quelque sorte. Ça faisait rire tous ceux qui la connaissaient, on la taquinait là-dessus... D'ailleurs, avant d'acheter son appartement, elle avait exigé de le visiter à l'aube. J'aurais aimé voir la tête de l'agent immobilier, contraint de faire l'article à cinq heures du matin ! Mais sinon, elle ne l'aurait pas acheté. Elle pouvait être incroyablement têtue, surtout quand...

– Comment se comportait-elle avec ses proches ? la coupa le sergent.

La question surprit Ann.

– Elle était... chaleureuse.

Elle s'interrompit pour les regarder, comme si elle voulait être certaine qu'ils avaient bien compris.

– Ce que je veux dire, c'était que tout en elle dégageait la chaleur. Quand elle entrait quelque part, on ressentait tout de suite sa présence physique : apaisante et sensuelle en même temps. C'était un don, chez elle. Elle n'était pas bavarde, mais...

« Ce n'est pas avec ça qu'on va avancer dans notre enquête », pensa Ann avec humeur. Elle regarda Jeff écouter l'interminable tirade qu'il ne songeait pas à interrompre, comme fasciné par le portrait qui lui était brossé. Parler de la morte était certainement bénéfique pour cette femme. Il est normal, dans une phase de deuil, d'idéaliser l'être que l'on a perdu et d'avoir besoin d'être écouté. Mais un *detective* n'est pas un confident ni un psy, et les besoins de l'enquête auraient exigé des questions précises et cadrées que son coéquipier ne semblait pas enclin à poser. Ann secoua la tête. Les inspecteurs sous ses ordres avaient peut-être raison. Le sergent semblait s'intéresser davantage à la victime qu'à son meurtrier.

Enfin, il lui posa une question :

– Vous a-t-elle semblé changée quelque temps avant sa mort ?

– La disparition de son fiancé l'avait transformée. Elle ne s'en remettait pas.

Jeff s'était légèrement crispé, Ann l'aurait juré.

– Ce n'est pas qu'elle se soit renfermée, poursuivait la femme. Mais... Comment dire ? Elle habitait moins ses gestes, elle était comme à distance d'elle-même. Vous comprenez ?

C'était tellement contraire à sa nature… Elle était même parfois fébrile. Depuis une semaine, particulièrement.

– Un événement nouveau ?

– Je l'ignore.

Jeff se leva enfin. Il s'approcha de la femme et lui tendit une carte.

– Merci. Vous avez mes coordonnées. S'il vous vient un souvenir, une idée, une impression, n'importe quoi, appelez-moi à n'importe quelle heure du jour et de la nuit.

– Je n'y manquerai pas, inspecteur, dit-elle.

Elle avait à nouveau les larmes aux yeux.

– Celui qui l'a tuée, ajouta Jeff avec fièvre, je l'aurai. Quel qu'en soit le prix. Lucie ne méritait pas de mourir.

À cet instant, Ann fut convaincue qu'il était fou.

Dans les jours qui suivirent, Mulligan ne confia à Ann que des tâches administratives. L'enquête, il la menait seul et sans rien lui en dire.

Les autres inspecteurs travaillaient de leur côté dans le plus grand secret. Ils se réunissaient parfois pour échanger des informations, se taisant lorsqu'elle approchait. Ils se méfiaient d'elle.

Le soir, quand elle rentrait chez elle, Ann s'écroulait sur le canapé de son petit salon. S'en extraire pour se réchauffer un plat au micro-ondes lui demandait un immense effort de volonté.

Jamais elle n'avait ressenti un tel sentiment de solitude.

Au milieu du désert de Juarez

La camionnette roula durant deux heures au moins dans ce désert aride semé de rares cactus. Puis elle freina et s'arrêta. Des bruits de voix, le grincement d'une grille. Elle redémarra et longea au ralenti un interminable mur de béton gris. Lorsque la vue fut de nouveau dégagée, Raul n'en crut pas ses yeux. Tout était devenu vert. Il n'était plus dans le désert, mais dans un immense jardin planté d'arbres verdoyants où se dissimulaient de nombreux bâtiments modernes et coquets de trois ou quatre étages. Tout autour, il était possible d'apercevoir le haut mur couvert de barbelés qui ceinturait l'ensemble. Aux quatre coins, des gardes lourdement armés veillaient au sommet de miradors métalliques.

Un vigile en uniforme ouvrit la portière arrière de la camionnette et le fit descendre. Deux gardiens armés braquaient sur lui leurs fusils-mitrailleurs. Ils le conduisirent à travers un agréable chemin dallé bordé de rhododendrons jusqu'à un bâtiment dans lequel on le fit entrer. Sans un mot, on l'enferma dans une pièce aux murs nus seulement meublée d'une chaise et d'une table en bois sur laquelle étaient disposés un verre et une carafe d'eau fraîche. Raul la but tout entière.

Ses geôliers le firent attendre encore près d'une heure. Il eut ainsi tout le temps de penser.

Le point important était qu'on ne lui avait pas bandé les yeux pour l'acheminer jusqu'à ce lieu. Cela signifiait plusieurs choses. D'abord, que l'on ne comptait pas le laisser repartir vivant. Ensuite, que ses ravisseurs ne le connaissaient pas, ne savaient rien de son passé et l'avaient probablement choisi par hasard. Car ils ne semblaient pas imaginer une seconde qu'il allait nécessairement tenter de s'échapper.

Et qu'il avait les moyens de réussir.

Plus il réfléchissait, plus Raul se persuadait que son enlèvement n'avait rien de personnel. C'était autre chose.

Mais quoi ?

Quel était ce lieu dans lequel on l'avait conduit ?

L'étage des inspecteurs est un *open space* délimité par des cloisons basses qui sont censées séparer les bureaux mais tiennent davantage du paravent que du mur. Toutes les conversations s'y mélangent en un brouhaha qui donne mal à la tête à Ann, même quand elle parvient à n'y plus faire attention. Sur un lieu de travail, tout le monde est supposé posséder un caractère extraverti, pense-t-elle amèrement. Seuls les sergents et le lieutenant ont droit à un espace privatif et à ce luxe inouï : une porte, qu'ils ne ferment d'ailleurs presque jamais. Les parois de leurs bureaux sont en verre et munies de stores qu'ils ne tirent que dans des circonstances que tout le monde sait alors exceptionnelles.

Ce matin-là, le lieutenant Woodruff a tiré les stores et fermé sa porte quand le sergent Mulligan a fait irruption dans son bureau en vociférant, y amenant quasiment de force un Millar livide. On entend pourtant des cris qui laissent filtrer la violence de l'échange. Tous les *detectives* tendent l'oreille. Il est question d'une analyse que Mulligan semble reprocher à Millar d'avoir commandée au labo sans son aval. Celui-ci se défend. La voix de Woodruff est inaudible. Il doit être le seul à garder son calme. Ann se demande de quoi il s'agit.

La porte s'ouvre brusquement, le sergent sort.

– Lawrence !

Ann se lève en hâte et lui emboîte le pas.

Dans le bureau de Mulligan, Ann a hésité un instant avant de s'asseoir, son supérieur l'ayant fait sans l'y inviter. Celui-ci l'observe en silence. Elle se force à soutenir son regard.

– Étiez-vous au courant ? finit-il par lâcher.

– De quoi ?

Il plisse les yeux pour mieux scruter ses pensées et la jeune femme a l'impression qu'il lui braque une lampe sur le visage.

– Ces imbéciles enquêtent dans mon dos. Au sujet de Lucie Milton ! Ne me racontez pas d'histoire : vous le saviez !

– Je savais seulement qu'ils en avaient l'intention.

– Et vous ne m'avez rien dit !

– Je n'avais pas à le faire.

– Vous êtes sous mes ordres !

– Ça ne me donne pas l'obligation de m'immiscer dans des affaires internes au service.

– Alors vous êtes de leur côté.

– Je ne suis du côté de personne.

– Mais vous les approuvez !

– Comme vous me l'avez aimablement fait remarquer, je ne suis qu'une petite flic débutante, encore incapable de se faire une idée des compétences de ses collègues. Alors s'il vous plaît, ne me mêlez pas aux problèmes que vous posent vos subordonnés.

– Vous saviez qu'ils avaient retrouvé un couteau.

– Je l'ignorais. L'arme du crime présumée ?

– Cette racaille de Millar a demandé une expertise sans me consulter. Woodruff l'appuie.

– Peut-être a-t-il de bonnes raisons de le faire…

– Un gosse aurait vu un Noir à capuche sortir précipitamment de l'immeuble de Lucie Milton et jeter le couteau ; il l'aurait ramassé…

– Et vous ne croyez pas que ça mérite réellement une expertise ?

– Je sais mener une enquête et...

La voix de Millar interrompit Mulligan :

– J'ai une bonne nouvelle pour vous, sergent ! Et pour toute l'équipe.

L'inspecteur s'encadrait dans l'embrasure de la porte du bureau. Il prit un temps pour savourer son effet.

– Le résultat de l'expertise est tombé. Nous connaissons le meurtrier de Lucie Milton.

Sur l'écran de la salle de réunion était projetée la fiche anthropométrique d'un homme de race noire âgé de vingt-cinq ans.

– Simon Brooks, commenta Frank Millar. Arrêté il y a trois ans pour meurtre et agression sexuelle. On avait retrouvé son sperme, identifié génétiquement par le labo, sur le corps de la victime, morte égorgée. Ce salopard avait bénéficié d'un non-lieu pour une erreur de procédure.

Ann frémit. Elle s'attendait à l'inévitable couplet sur les pourris d'avocats. Mais ce fut Woodruff qui prit la parole :

– Quels sont vos éléments, inspecteur ?

Sur l'écran, l'ordinateur projetait maintenant plusieurs relevés d'empreintes digitales.

– Nous avons retrouvé au domicile d'un témoin une arme blanche, sur laquelle le laboratoire a décelé des traces de sang. Après analyse ADN, il est confirmé que ce sang est celui de Lucie Milton.

– Et le lien avec le suspect ?

– Le manche de ce couteau comportait trois empreintes partielles. L'une d'entre elles comptait cinq points de similitude avec celle de Brooks, une autre quatre.

– C'est insuffisant devant un tribunal ! s'exclama Jeff.

– Je ne l'ignore pas, sergent. Nous avons en effet mis beaucoup de temps à retrouver cette arme.

L'allusion était limpide. Les empreintes digitales se dégradent en quelques jours et l'enquête de voisinage avait débuté tard. Ann se retint de se tourner vers Jeff.

– Cela ne donne pas la certitude requise par une cour de justice, poursuivit Millar, mais nous savons tous que la probabilité pour que ces empreintes ne soient pas celles de Brooks est mathématiquement extrêmement faible. En outre, le mode opératoire du meurtrier de Lucie Milton ressemble point par point à celui adopté par le suspect lors de la première affaire. Il suit la victime chez elle, la force à le faire entrer, puis l'égorge...

Ann ne put s'empêcher de prendre la parole :

– Le Grand Jury ne pourra retenir la similitude avec une affaire pour laquelle il a bénéficié d'un non-lieu.

Frank la gratifia d'un sourire sarcastique, comme pour lui signifier : « Je sais de quel côté tu es. »

– Nous ne sommes pas encore au tribunal. Je ne fais que répertorier un faisceau de présomptions pour orienter notre enquête. Et celui-ci me semble suffisant pour que nous considérions cet homme comme notre principal suspect.

Jeff tapa violemment du poing sur la table.

– Pas d'accord ! Tu nous parles d'une affaire pour laquelle ce type n'a même pas été condamné, et il s'agit d'un crime sexuel. Or Lucie Milton *n'a pas été violée.*

– Sergent, vous savez ce que signifient cinq points de similitude ?

Jeff se leva brutalement en renversant sa chaise et s'approcha de son subordonné.

– Rien, hurla-t-il, ça ne signifie rien !!!

Ann vit une peur animale passer dans le regard de Millar.

– Sergent, asseyez-vous ! ordonna Woodruff.

C'était la première fois qu'elle l'entendait élever la voix.

– On reprend ses esprits, on se maîtrise, on se contrôle, poursuivait le lieutenant. Nous sommes une équipe, on n'est pas obligé de s'aimer mais on reste professionnel, c'est compris ?

Jeff s'était rassis, le visage détendu, l'air indifférent. La rage qui l'avait saisi avait disparu comme elle était venue.

– Les éléments présentés par l'inspecteur Millar me semblent suffisants pour considérer ce Brooks comme notre principal suspect, conclut Woodruff. On enquête tous dans cette direction.

Il se tourna vers Jeff.

– J'ai bien dit : *tous*.

L'enquête fut brève. L'arme du crime avait été achetée trois semaines plus tôt par le suspect dans une armurerie à deux blocs de chez lui. Le vendeur le reconnut formellement. En outre, il avait utilisé sa carte de crédit. Arrêté, Simon Brooks ne nia d'ailleurs pas être le propriétaire du poignard. Sa ligne de défense fut d'affirmer que celui-ci lui avait été dérobé, deux jours avant le meurtre, par deux malfrats qui l'auraient braqué en pleine nuit alors qu'il s'apprêtait à rentrer chez lui. Les éléments à charge étaient largement suffisants pour obtenir l'inculpation devant un Grand Jury.

– Cette fois, il ne s'en tirera pas, affirma Millar dans le bureau du lieutenant.

Un pot informel avait été organisé, qui réunissait tous les inspecteurs sous les ordres de Mulligan. Il s'agissait de fêter une enquête rondement menée, qui ne risquait pas d'être mise à mal au tribunal par un avocat expert en vice de procédure. On trinqua au Pepsi dans une ambiance tendue. Woodruff félicita toute l'équipe, avec une mention spéciale pour le sergent. Personne ne fut dupe. Le lieutenant savait que Jeff n'était pour rien dans ce succès, Jeff savait que le lieutenant savait et Frank Millar savourait sa victoire une étincelle dans le regard. Son chef avait ruiné, auprès de ses hommes comme de son propre supérieur, une part importante de son crédit.

Ann, quant à elle, avait perdu sur tous les tableaux. Elle n'avait pas suivi la dissidence par loyauté envers Jeff et celui-ci ne lui en savait aucun gré, la soupçonnant même de collusion avec ses subordonnés. Mal vue de tous pour des raisons opposées, elle se retrouvait marginalisée.

Il lui arrivait de plus en plus souvent de se demander si elle était bien faite pour la police.

– Ils se trompent.

Cela faisait trois fois que Jeff répétait cette phrase à mi-voix, comme pour lui-même. Leticia, silencieuse, lui caressait doucement les cheveux. Ils étaient nus l'un contre l'autre.

– Je *sais* qu'ils se trompent.

La jeune femme lui embrassa le front.

– Tu penses trop.

– Elle se savait menacée. Elle est venue me demander de l'aide. Si j'avais eu le bon réflexe…

– Tu ne peux pas être le sauveur de toutes les femmes en détresse.

– Comment aurait-elle pu prévoir qu'elle allait se faire agresser par un criminel sexuel ? Ces types-là ne préviennent pas !

– Elle est peut-être venue pour autre chose…

– Non !

La réponse avait claqué si brutalement que Leticia eut un mouvement de recul.

– Excuse-moi, lui dit Jeff en la prenant dans ses bras.

– Pourquoi prends-tu tellement à cœur…

– Dès que je m'endors, je rêve d'elle. Elle est là, devant moi. Elle me demande de l'aide.

– Elle est morte, Jeff.

– Oui, elle est morte ! Sa chair se putréfie, les vers la grignotent ! Tous les jours, je me répète cela. Mais quand la nuit tombe…

– J'ai envie de toi.

– Une pute peut encore avoir envie de faire l'amour ?

– Avec toi, oui.

Jeff se tourna vers elle. Elle se serra contre lui en lui pétrissant la nuque. Alors il la prit avec une sauvagerie désespérée. Elle hurla comme elle n'avait jamais hurlé.

Quand il jouit à son tour, ce fut en murmurant le prénom de Lucie.

Leticia le serra longtemps en le berçant.

Une grille. Puis une autre. Encore une autre. À chaque fois, le maton, un grand type nonchalant qu'un sourire en coin ne quitte jamais, utilise une nouvelle clé. Le trousseau attaché à sa ceinture par une chaîne métallique en comporte plus d'une douzaine. Chaque son résonne comme dans un hall de gare.

Il ouvre une dernière porte.

– Désirez-vous que je reste à l'intérieur, inspecteur ?

– Inutile.

– Il est dangereux.

– Moi aussi.

– C'est un déséquilibré.

– Moi aussi.

Le sourire en coin disparaît un instant. Le gardien ouvre la lourde porte et laisse entrer Jeff. Derrière lui, le cliquetis de la clé qui referme à double tour.

Brooks, les mains entravées, est assis au bout d'une longue table. Jeff l'observe en silence un long moment. L'autre ne semble pas troublé. Sans expression, il fixe loin devant lui un invisible point qui ne semble appartenir qu'à son propre monde intérieur. Mais il n'est pas fou. Les psychiatres l'ont déclaré responsable de ses actes.

Jeff s'approche du prisonnier et se penche vers son oreille :

– As-tu tué Lucie Milton ?

– Non !

Le sergent pose sa main sur son épaule et commence à serrer. L'autre se raidit.

– Tu es un enfoiré d'assassin.

– Je ne l'ai pas tuée !

– Laquelle ?

– Je ne suis pas un assassin.

Jeff serre davantage.

– Ne me mens pas. De quel crime es-tu réellement innocent ?

L'autre grimace de douleur.

– Lucie Milton !

– Tu n'as pas de chance, mon grand : tu es acquitté pour un crime que tout le monde sait que tu as commis et tu vas passer ta vie en taule pour un autre dont tu es innocent. L'ironie du sort, n'est-ce pas...

Il relâche sa pression.

– À moins que... Je peux peut-être t'aider.

– Et pourquoi vous le feriez ?

– Je veux coincer le véritable meurtrier.

Le prisonnier lève la tête et regarde Jeff pour la première fois. Celui-ci fait le tour de la table et s'assied en face de lui.

– Pourquoi a-t-on retrouvé ton couteau avec le sang de la victime ?

– On me l'a volé.

– Raconte.

– J'ouvrais la porte pour rentrer chez moi, deux lascars m'ont braqué un flingue sous le nez.

– Il était quelle heure ?

– Trois-quatre heures du mat'...

– À quoi ils ressemblaient ?

– Je les ai pas trop vus. Il faisait noir et puis j'étais un peu... Un peu allumé, vous voyez ?

– Ils t'ont parlé ?

– Pas un mot. L'un des deux m'a fouillé et m'a pris ma lame.

– Et quoi d'autre ?

– Rien d'autre.

– Tu te fous de ma gueule ? Tu avais bien du fric...

– Ils m'ont rien tiré d'autre ! Je sais que c'est dingue. Vos collègues non plus ne m'ont pas cru.

Jeff réfléchit quelques instants. Au tribunal, une telle version des faits ne sera pas davantage recevable. Si Brooks disait la vérité, tout avait été calculé pour faire de lui le coupable indiscutable. Le sergent en était certain : le meurtre de Lucie avait été habilement maquillé en crime crapuleux. Ce qui prouvait sa préméditation.

– Moi, je te crois, dit-il en se levant. Et tu sais pourquoi ?

– Non.

– Parce que ton histoire n'est pas croyable.

Pendant plus d'une semaine, on ne vit plus Mulligan au commissariat. Il demeura injoignable. Ses hommes en conclurent qu'il digérait sa déconvenue loin des regards. Millar, durant cette période, fut constamment de bonne humeur. Ann, quant à elle, était inquiète. Elle pensait de plus en plus clairement que Jeff était atteint d'un trouble psychologique dont elle n'arrivait pas à mesurer la gravité.

Désœuvrée, elle se mit à la disposition du lieutenant. Celui-ci, ignorant combien de temps durerait l'absence du sergent Mulligan, ne lui donna pas de nouveau coéquipier. Ann passa ainsi quelques jours cantonnée à son bureau à taper les DD-5 et autres formulaires administratifs dont les inspecteurs se faisaient un plaisir de se décharger sur elle. Ann avait toujours rêvé de résoudre des affaires criminelles. Et elle se retrouvait affectée à des tâches de secrétariat !

Un soir, rentrée chez elle, le téléphone sonna. C'était son père.

– Comment va ma petite fliquette ? Sais-tu qu'aujourd'hui est un grand jour ?

– Pourquoi ?

– Ton frère a remporté cet après-midi même sa première affaire au profit du cabinet Lawrence !

Ann sentit un pincement au cœur. Sean et elle s'adoraient, mais leur père les avait toujours plus ou moins mis en compétition.

– Formidable, articula-t-elle du ton le plus neutre possible. Tu le féliciteras de ma part.

– Tu vas avoir l'occasion de le faire de vive voix. Nous organisons une petite *party* samedi soir afin de marquer le coup. Il n'y aura que des proches et des intimes.

– Malheureusement, je suis de garde.

– Comment ça ?

– Je suis de garde ce week-end jusqu'à dimanche après-midi.

– Tu es en train de me dire que tu ne pourras pas assister à cette fête ?

– Je suis désolée.

– Mais enfin ma chérie une garde, ça se déplace, tu ne crois pas ? C'est important !

– Qu'est-ce qui est important ?

– La première affaire de Sean ! Il va réaliser une superbe carrière. Il est très prometteur. Presque autant que tu l'étais…

Cette dernière remarque réveilla la colère cachée d'Ann, mais son ton resta calme :

– Je n'ai pas le souvenir que tu aies organisé la moindre *party* pour fêter mes succès.

– Quels succès ?

– Si peu de choses… J'ai eu les meilleures notes de ma promotion pour mon diplôme de psychologie au Hunter College.

– Ah, ça…

– Et puis, cette année, j'étais la plus jeune à être admise dans le corps des inspecteurs.

– Ma chérie, tu sais que nous sommes tous très fiers de toi... Mais tu as fait tes propres choix, et..

– Et mes choix ne valent pas une fête.

– Tu as raison. Samedi soir, nous fêterons également tes brillants succès. Alors, c'est entendu, nous t'attendons vers dix-sept heures...

La volte-face de son père décontenança Ann, mais elle s'obstina :

– Je t'ai dit que je ne pouvais pas.

– Déplacer une garde ? Use de ton charme.

– Tu embrasseras bien tout le monde de ma part. Au revoir, papa.

En raccrochant, Ann lâcha par mégarde le combiné qui heurta durement le sol et se fendit en deux. Elle ne dormit pas de la nuit.

Spanish Harlem, trois heures du matin

Les lumières s'éteignent progressivement. Les rideaux des sex-shops s'abaissent un à un. Les filles quittent leur poste pour rentrer dormir. Quelques-unes se font la bise comme des collègues de bureau. Jeff marche, humant l'air avec bonheur. Il sent au cœur de sa chair un silence profond qui s'installe. Il ne pense plus, son corps est prêt. Il va passer à l'action.

Un des problèmes majeurs que rencontre un *detective* soucieux d'efficacité est celui des indics. La plupart des affaires résolues le sont grâce à des renseignements qui n'ont pas comme origine des témoins ni des indices matériels, mais ce qu'on appelle plus pudiquement des informateurs. En réalité, des criminels notoires qui n'ont aucun scrupule à trahir d'autres criminels. Jeff les méprise. Mais il sait qu'il en a besoin. Un bon flic a de bons indics. La difficulté, c'est que la motivation d'un informateur n'est pas seulement la protection que peut lui apporter plus ou moins légalement l'inspecteur auquel il offre de bonnes pistes, mais surtout l'argent. Les renseignements coûtent cher. Il y a un budget pour cela, mais les ressources des polices municipales ne leur permettent pas de rivaliser avec les agences fédérales, qui ont donc l'exclusivité des meilleures sources de renseignement.

Le sergent Mulligan, lui, a toujours eu d'excellents informateurs. Parce qu'il a ce qu'il appelle sa banque personnelle.

Et ce soir, précisément, il va retirer de l'argent.

Octavio Sanchez est un homme heureux. Cette nuit encore, la recette a été bonne. En moins de trois ans, il est devenu un des principaux maquereaux de Spanish Harlem. Bien sûr, il n'est pas au niveau de ces caïds qui contrôlent cinquante putes par l'intermédiaire d'hommes de main et touchent leur pactole sans jamais s'approcher de l'une d'elles. Lui fait plutôt dans l'artisanat. Sept filles travaillent pour lui, sur de bons emplacements qu'il a réussi à sécuriser. Pour en arriver là, il a fallu des intimidations et des sévices physiques, quelques meurtres, aussi. Dans Harlem, les places sont chères. Mais Octavio ne recule devant rien. Il n'a pas de limite. On le surnomme *El Loco*.

Lentement, il recompte l'argent de la nuit. Sur une passe à cent dollars, il leur en laisse trente. Généreux. Les filles ne se plaignent pas. Deux mille huit cent soixante-dix dollars. Une nuit pas exceptionnelle, mais une bonne nuit quand même. Octavio va aller la finir dans une boîte chicos de Spanish Harlem. Puis il dormira jusqu'à quatorze heures, comme tous les jours. Putain de belle vie. Le proxénète glisse quelques coupures dans son portefeuille et dépose ce qui reste de l'argent dans un coffret métallique déjà bien garni de beaux billets verts. Dans ce métier, à moins d'être un parrain qui peut se permettre de faire blanchir son argent, pas question d'avoir un compte en banque, sinon on se retrouve avec l'Internal Revenue Service aux fesses, la pire race de flics de toute l'Amérique. Alors il faut dépenser beaucoup. Ça tombe bien, Octavio s'y entend pour claquer de la monnaie.

L'immeuble ne paye pas de mine, mais il est propre et ravalé, ce qui dans ce quartier est un signe de grande opulence. Jeff s'est glissé dans l'embrasure d'une porte à deux numéros de l'adresse de celui qu'il attend. Invisible, il le guette. L'homme ne va pas tarder. Il a ses habitudes.

À trois heures quarante-cinq précises, Jeff tressaille. Un instant plus tard, la lourde porte de l'immeuble grince. Il a senti sa proie avant même de l'entendre. Sanchez sort et se dirige vers lui. Il est vêtu d'un long manteau noir et porte une cravate rouge.

Au moment où il passe à sa hauteur, Jeff s'extrait d'un mouvement souple et silencieux de sa cachette et, sans prononcer un mot, lui pose entre les deux yeux le canon de son Ruger Security Six. Pétrifié, le mac n'esquisse pas un mouvement. Jeff presse durement l'arme sur son front

– Conduis-moi chez toi.

L'autre a un mouvement de recul mais, la surprise passée, il semble se reprendre. Son regard est plus acéré, il réfléchit. Qui est son agresseur ? Que veut-il exactement ?

Jeff, d'un geste parfaitement spontané qui le surprend lui-même, abat brusquement l'imposant canon de son revolver sur l'arête du nez de sa victime, lequel éclate dans un flot de sang. Sanchez vacille et met un genou à terre. Jeff le relève par le col en lui braquant son arme sur la nuque

– Conduis-moi chez toi.

Aveuglé par le sang qui lui couvre le visage, l'autre obtempère en titubant. Il ouvre la porte de son immeuble, pénètre dans l'ascenseur ouvert, tâtonne pour trouver le bouton du cinquième, trébuche à plusieurs reprises dans le couloir du palier à tel point que Jeff doit le retenir. La main tremblante, il peine à introduire la clé dans la serrure de son appartement. Quand la porte est ouverte, Jeff pousse violemment l'homme qui s'écroule sur l'épaisse moquette bleue qui tapisse son salon. Puis il pose son revolver sur sa tempe et lui glisse à l'oreille :

– Je déteste la manière dont tu gagnes ton fric. Alors tu vas me le donner. Où le planques-tu ?

Affolé, l'autre secoue la tête. Jeff le gifle violemment puis l'agrippe par les oreilles en plantant ses yeux dans les siens :

– Regarde-moi !

Une expression d'effroi passe sur le visage du bandit. Jeff sait l'effet que produit son regard lorsqu'il sent en lui ce calme absolu des moments d'action. Il pose le canon de son arme sur le genou droit du mac.

– Je compte jusqu'à trois et tu boites toute ta vie. Un…

– Attendez !

– Où sont tes dollars ?

L'autre désigne un coffret posé sur une étagère. Jeff se lève et s'en empare.

– Tu ne caches même pas ta thune…

Il renverse le contenu du coffret sur le sol. Il y en a pour au moins vingt mille dollars. Sans prendre le temps de compter, Jeff engouffre le tout dans un sac en toile, puis prend posément son Ruger par le canon et assène un coup de crosse sur le crâne de sa victime.

– Ton argent pue, je vais te le blanchir : il va servir une très bonne cause.

Il quitte les lieux en fermant délicatement la porte.

Jeff passa trois nuits au cœur de la pègre, en immersion totale. Quand il débarquait dans un de ces bars à filles que les malfrats de tout ordre aiment à fréquenter, il lui suffisait le plus souvent d'un signe discret pour que l'homme à qui il souhaitait parler le rejoigne dans un coin. Il débarquait à n'importe quelle heure au domicile de ses informateurs potentiels ou les abordait dans la rue, ne leur laissant pas le choix de le suivre ou non. Très vite, son enquête personnelle mobilisa beaucoup d'hommes dans le milieu. Il était notoire que Mulligan payait bien. En outre, on savait qu'il était préférable d'avoir de bons rapports avec lui. Beaucoup s'en étaient aperçus à leurs dépens : il n'avait pas son pareil pour pourrir l'existence de celui qui s'opposait à lui. Harcelés, quelques-uns avaient quitté Manhattan. Deux fois, ses victimes s'étaient rebiffées et avaient tenté de l'abattre. Le fait était exceptionnel. Tous les gangsters le savent, on n'assassine pas un flic à New York, car c'est l'assurance d'avoir la totalité du NYPD mobilisé contre soi jusqu'à résolution de l'affaire. La Mafia en a même fait une règle d'or et, mis à part le cas d'une fusillade où la mort d'un homme est alors considérée comme accidentelle, l'un de ses membres qui y déroge a tout intérêt à être retrouvé par la police avant de l'être par ses coréligionnaires. Quoi qu'il en soit, les agresseurs de Jeff avaient connu un sort suffisamment dissuasif pour que celui-ci n'ait plus été menacé depuis plusieurs années.

Ce déploiement de forces clandestin ne tarda pas à porter ses fruits. Un nommé Mehmet Ozalici lui téléphona un matin à sept heures trente. Il était trafiquant de stupéfiants à ses heures et accessoirement l'obligé de Jeff, lequel l'avait laissé fuir lors d'une arrestation groupée dans le cadre d'une affaire de braquage quelques années plus tôt. Il avait des renseignements à lui communiquer. Jeff lui donna rendez-vous une heure plus tard au Jefferson Park.

Le rôle capital des indicateurs dans les enquêtes de police est dû au fait que, dans le milieu, à peu près tout se sait. C'est, en effet, la réputation qui détermine le niveau d'un malfrat dans la hiérarchie implicite, mais très précise, qui régit les rapports au sein de la pègre. Il est donc important de faire connaître ses exploits.

Depuis plusieurs jours circulait la rumeur qu'un tueur professionnel assez connu dans le Queens avait réalisé le crime parfait. Avec l'aide d'un complice, il aurait assassiné une jeune femme en imitant le mode opératoire d'un criminel sexuel et en utilisant son propre poignard. Ozalici lui donna deux noms, une adresse et demanda son argent.

Jeff dissimula son extrême excitation. L'indic n'aurait rien avant qu'il n'ait vérifié l'information. Ce dernier quitta Jeff en maugréant. Mais il savait qu'il serait payé.

Le tueur présumé se nommait Ed Lombardi, son comparse James Fletcher. Jeff décida de commencer par ce dernier. Moins impliqué puisque simple complice, il serait plus enclin à témoigner devant une cour de justice contre une réduction de peine.

Il prit contact avec Fletcher un après-midi à la sortie d'un bar de la 112e Rue-Ouest et s'invita dans sa voiture. C'était un gros type qui vous regardait par en dessous avec l'agressivité craintive d'un chien maté par les coups.

– Lucie Milton, ça te dit quelque chose ?

L'autre avala sa salive.

– Lucie comment, inspecteur ?

– Simon Brooks ?

– Non plus.

Il n'arrivait même pas à dissimuler son trouble. Ce n'était pas un coriace.

– Tu es mouillé jusqu'au cou. Brooks t'a identifié.

– Impossible !

– Pourquoi ?

– Je...

– Parce que tu portais un foulard sur le visage quand tu l'as agressé ?

– Vous n'avez rien contre moi.

– Mais je ne suis pas contre toi. Au contraire. Je veux sauver ta vie.

– Ma vie ?

– Tu connais Ed Lombardi ?

– De nom...

– Quelle serait sa réaction s'il apprenait que tu l'as donné sur l'affaire Lucie Milton ?

– Je ne le donnerai pas.

– Naturellement, ce n'est pas ton genre. Mais on n'est jamais à l'abri d'un tragique malentendu... Imagine : je te place en garde à vue. Pendant ce temps, je raconte partout que tu l'as mouillé pour meurtre... Et puis je te relâche dans la nature.

Fletcher était livide. Il savait qu'aucun flic digne de ce nom ne recourrait jamais à un tel procédé. Mais il connaissait la réputation du sergent Mulligan.

– Qu'est-ce que vous voulez ?

– Tu me donnes Lombardi et je t'accorde une protection en tant que témoin. Tu seras en sécurité jusqu'au procès.

– Et après ?

– Lombardi sera en taule pour vingt ans.

– Il a des amis.

– Ils n'iront pas te chercher à l'autre bout du pays. Quoi qu'il arrive, tu es grillé ici.

Le bandit se tint la tête à deux mains, semblant réfléchir intensément. Jeff l'observait en silence, sachant qu'il allait céder.

Le type se redressa, massant ses tempes et ses sourcils. Lentement, il prit son souffle pour répondre.

Il n'en eut pas le temps.

Une ombre se découpa derrière la portière de la voiture et la vitre explosa dans le fracas d'un coup de feu. Fletcher s'écroula sur Jeff, le crâne éclaté. Une autre détonation retentit, et c'est la vitre du côté de Jeff qui vola en éclats. C'était sur lui qu'on avait tiré la seconde fois, mais un réflexe ou un pressentiment l'avait incité à se baisser juste à temps. Le tireur avait disparu. Jeff se redressa. Le temps de se dégager du corps lourd giclant de sang lui fit perdre de précieuses secondes.

Quand il réussit à s'extraire du véhicule de Fletcher, il aperçut la silhouette d'un homme disparaître à un carrefour. Il se mit à courir. Le tueur avait une cinquantaine de mètres d'avance. Mais Mulligan courait vite. Surtout, il courait longtemps. Et dans l'action, il ne ressentait jamais aucune fatigue. C'était comme si son corps évacuait de lui-même tous les signaux de faiblesse, prêt à consumer la totalité de son énergie jusqu'à s'écrouler mort. C'est cette vacuité qu'au fond il recherchait : Jeff rêvait de mourir dans l'action.

L'homme bifurqua encore et il le reperdit de vue. Il accéléra davantage, bousculant des passants, et le repéra de nouveau. Il traversait la 110e Rue, Jeff en fit autant. Une voiture manqua le renverser, c'est à peine s'il s'en avisa. Il suivit sa proie dans Central Park.

Ce type lui avait rendu un fier service en abattant Fletcher. Il essayait de le semer en louvoyant entre les bosquets. Mais Jeff gagnait du terrain. Ce n'étaient pas les sous-fifres qui l'intéressaient. Même Lombardi n'était qu'un exécutant. L'homme que Jeff voulait regarder dans les yeux était celui qui avait souhaité et ordonné la mort de Lucie. Et ce tueur allait l'y mener. Celui-ci n'avait plus qu'une dizaine de mètres d'avance. Il était grand et très massif, trop pour courir vite et longtemps. Soudain il se retourna et Jeff roula sur le côté. Un coup de feu avait claqué. L'inspecteur se releva aussitôt, mais l'autre s'était réfugié derrière un épais rocher strié de granit et tirait de nouveau. Jeff s'abrita derrière un arbre et ouvrit le feu à son tour. Une femme poussant un landeau se mit à hurler, deux joggers se couchèrent dans l'herbe.

« Tu ne m'échapperas pas, pensa Jeff. Tu as voulu anéantir ma seule piste, maintenant c'est toi qui vas me mener à ton commanditaire… »

Les coups de feu cessèrent.

Un silence profond régna durant quelques secondes sur ce coin de parc. Les oiseaux s'étaient tus ou envolés. Les passants abrités n'osaient bouger. Dans l'allée, seul un chien trottait placidement, ignorant de la folie des hommes.

Le tueur ne pouvait pas demeurer là longtemps. Les coups de feu avaient alerté ses collègues, pensa Jeff, dans quelques minutes, ils seraient sur les lieux. D'un autre côté, l'homme se doutait que l'inspecteur n'avait pas l'intention de l'abattre, puisqu'il constituait sa meilleure piste. Il allait forcément tenter une sortie. Le regard de Jeff embrassa les alentours. La femme au landeau s'était abritée derrière un autre rocher une dizaine de mètres derrière le bandit. La prendre comme otage était sa seule chance.

Jeff devait le devancer.

Tirant soudain à feu nourri, il s'arracha de son abri d'un bond. S'étant décalé par rapport au rocher de son antagoniste, il vit ce dernier courir en direction de la jeune maman. Jeff le mit en joue et tira, visant les jambes. L'autre, arrêté net dans son élan, s'écroula au sol, tordu de douleur. En une seconde, Jeff était sur lui. Il le désarma et lui empoigna la gorge, le canon de son Ruger posé sur son front. Il le tenait.

Il prit quelques secondes pour observer sa proie. Le tueur mesurait plus d'un mètre quatre-vingt-dix et devait avouer sur la balance un bon quintal de muscles purs. Son visage buriné, ses cheveux lisses et noirs et sa petite moustache trahissaient ses origines sud-américaines. Il avait les yeux mi-clos, comme s'il sommeillait. Puis il remua les lèvres :

– *Chinga tu madre, cabrón.*

Jeff sursauta. Il avait employé une expression vulgaire typiquement mexicaine qui évoquait pour lui les joutes viriles de son adolescence dans la communauté immigrée de Brooklyn. Durant une fraction de seconde, son attention faiblit.

Le tueur en profita.

D'un geste fulgurant, il saisit le revolver de Jeff et lui tordit le poignet si brutalement qu'il le lâcha. De la main gauche, il lui entoura la gorge. Jeff eut l'impression que ses doigts étaient si longs et puissants qu'il pouvait l'étrangler d'une seule prise. Le souffle coupé, il bascula et le tueur se retrouva sur lui. Dans sa main droite était apparu un long poignard qui s'abaissait vers sa poitrine. Jeff eut le réflexe de lui saisir l'avant-bras. Mais il ne put qu'à peine ralentir son mouvement. Lorsque la lame fut à cinq centimètres du revers de sa veste, le tueur suspendit son geste et plongea son regard dans celui de Jeff. Ce dernier luttait de toute son énergie pour repousser le couteau, en vain. Le visage du Mexicain ne laissait voir aucune trace d'effort. Il lui souriait presque aimablement, mais ses yeux, bien que brillant d'une lueur étrange comme venue du fond des enfers, étaient froids comme ceux d'un poisson mort.

– Dis *adios, puerco...*

Le poignard était juste au-dessus de son cœur. Son adversaire était trop fort, d'une force presque inhumaine.

Jeff sut qu'il allait mourir.

Tout fut alors ralenti. Le temps semblait se dilater. Quelque chose, tout au fond de lui, se détendait totalement. Il était bien. C'était plus que de l'acceptation. Ce tout dernier instant avant le grand plongeon dans le néant, Jeff avait toujours désiré le vivre en pleine conscience. Le monde était absurde, la vie une erreur. Depuis la mort de sa mère, il n'avait plus jamais eu peur. À présent que la délivrance était proche, c'était de la curiosité qu'il éprouvait. Jusqu'où demeurerait-il conscient avant l'extinction définitive ? La mort, au tout dernier instant, lui délivrerait-elle un ultime secret ? Jeff n'avait jamais été heureux, mais ce qu'il ressentait s'en rapprochait peut-être.

Le Mexicain frappa.

C'est à ce moment précis et du fond de ce bien-être inconnu, qu'une énergie nouvelle et totalement inattendue monta soudain en lui.

Lucie.

Elle refusait qu'il meure.

Elle avait besoin de lui, ici.

Alors, spontanément, son corps dévia le coup. Le tueur ne s'y attendait pas. Jeff bloqua le poignard contre le sol herbeux et toucha son adversaire au menton d'un uppercut puissant. Celui-ci ne sembla pas l'ébranler. Mais une manchette à la gorge immédiatement enchaînée lui fit lâcher l'arme, permettant à Jeff de se dégager une fraction de seconde. Immédiatement l'autre se ressaisit. Sa puissance était incroyable. Mais le désir de vivre qui avait soudain envahi Jeff rendait l'issue du combat indécise.

C'est alors qu'une sommation retentit. Le tueur se releva instantanément. Deux patrouilleurs le tenaient en joue à dix mètres. Une autre équipe arrivait par l'autre côté de l'allée. Sans la moindre hésitation, il fit feu et abattit l'un des hommes. La riposte immédiate de son collègue l'atteignit à l'épaule gauche. Il voulut tirer à nouveau mais Jeff dévia son bras et le frappa de toutes ses forces à la tempe. À peine secoué, il répliqua d'un coup de coude qui cueillit l'inspecteur au milieu du front. Sonné, Jeff le lâcha. Tenant l'autre patrouille à distance par un feu nourri, le Mexicain s'enfuit en courant. Le patrouilleur le plus proche déchargea son arme sur lui, en vain. Lorsque Jeff put se relever, il était loin.

– Faites bloquer toutes les issues du parc, ordonna-t-il au policier en montrant sa plaque.

L'autre paraissait en état de choc.

– Je l'ai touché. Je suis sûr que je l'ai touché.

– Faites ce que je vous dis !

L'homme sursauta et, semblant reprendre ses esprits, sortit son téléphone pour appeler le Central.

Jeff s'approcha du corps du patrouilleur abattu. Il était mort.

Son meurtrier s'était enfui. Il avait une balle dans la cuisse, une autre dans l'épaule. Un troisième projectile l'avait probablement atteint.

Jeff était sûr qu'on ne le retrouverait pas.

Quelque part dans le désert de Juarez

Le jour naissant tirait doucement Raul de son sommeil. Il lui fallut quelques secondes pour se rappeler où il était. Il se tourna plusieurs fois dans les draps soyeux en s'étirant. Sa chambre était vaste et confortable, presque luxueuse, davantage en tout cas que celles qu'il avait pu s'offrir lors de ses rares vacances avec Teresa.

Il était dans le camp depuis deux jours. Et il n'avait toujours pas la moindre idée du lieu où on l'avait amené ni de l'objectif de ses ravisseurs. Tout était tellement étrange, ici.

Il s'habilla d'un maillot de bain, d'un short et d'un T-shirt, tous de couleur grise, appartenant à la garde-robe qu'on lui avait fournie à son arrivée. Il avait dormi nu. La chambre n'était pas climatisée. Pourtant, la chaleur était supportable dans cette étrange oasis au milieu du désert, certainement à cause de l'épaisse végétation qui y poussait, soigneusement entretenue par une intense irrigation. Sans doute avait-on creusé plusieurs puits, et Raul n'osait même pas imaginer à quelle profondeur... Ceux qui avaient bâti ce mystérieux camp de villégiature forcée avaient apparemment des crédits sans limites.

Mais quel était leur but ?

Sa chambre était dépourvue de clé, il la quitta en poussant la porte. Suivant un couloir à ciel ouvert sur lequel donnaient de multiples portes semblables à la sienne, il se dirigea vers l'escalier et descendit les trois étages du petit immeuble où étaient logés la totalité des résidents du camp.

Il était huit heures du matin et la salle à manger n'était pas encore très peuplée. On aurait dit que les captifs, ayant oublié comment ils étaient arrivés là, se croyaient réellement en vacances dans un club et en adoptaient horaires et habitudes. Raul salua un homme qui dégustait un croissant en lisant et se dirigea vers le buffet. Il n'avait encore parlé à personne. Il avait d'ailleurs l'impression que les gens se parlaient peu. Ils nageaient dans la piscine, se reposaient au soleil dans des transats, lisaient les livres mis à leur disposition dans une bibliothèque qui ne comportait que des romans de gare datant tous d'au moins trente ans... Pas de télévision, pas de téléphone, aucun lien avec le monde extérieur. Les rares conversations dont il avait capté des bribes concernaient la question de savoir si la nuit avait été bonne ou si l'on appréciait la nourriture.

Mais il était temps pour lui d'en apprendre un peu plus.

Après avoir garni son plateau-repas d'un café, de confiture et de deux petits pains, Raul se dirigea résolument vers la table de l'homme au croissant et lui demanda la permission de s'y asseoir. Celui-ci, âgé d'à peu près quarante ans, avait un air de profonde fatigue et des cernes gris sous les yeux. Il acquiesça avec une expression d'indifférence et se replongea dans son livre. Raul avala son petit déjeuner et se décida à entamer la conversation.

– Vous êtes ici depuis longtemps ?

L'autre leva un sourcil et le regarda comme s'il avait prononcé une incongruité.

– Vous non, à ce qu'il semble...

Interdit, Raul ne sut quoi dire durant quelques secondes. C'est alors qu'il remarqua une tache rouge sur la peau de son compagnon, courant sous le T-shirt du côté droit à la hauteur de sa poitrine, remontant jusqu'au bas de la gorge. C'était comme si l'épiderme avait été brûlé ou irradié.

– Vous venez d'arriver, c'est ça ?

– Oui, dit Raul. Je suis désolé si ma conversation vous importune.

L'autre se détendit un peu. Se penchant vers lui, il chuchota :

– Nous devons parler de choses anodines. Vous comprenez ?

– Pas très bien, répondit Raul sur le même ton. Qu'est-ce qui vous est arrivé ? ajouta-t-il en désignant la marque sur la peau de son interlocuteur.

– Savez-vous qu'un match de volley est organisé à dix-sept heures ? reprit l'homme d'une voix plus forte qui trahissait un commencement de nervosité.

Il fixait un point derrière Raul, qui se retourna. Un homme s'avançait vers eux. Il ne portait pas la tenue des vacanciers-détenus, mais un uniforme bleu sombre sans signe particulier, composé d'un pantalon droit et d'une chemise à manches courtes. À sa ceinture, une arme de poing et une matraque.

– Faites-vous du sport ? poursuivait son interlocuteur, de la peur dans la voix.

– Bonjour messieurs, fit une voix derrière Raul. Belle journée, n'est-ce pas ?

– Magnifique, répondit l'autre.

Au moment où Raul se retournait, le gardien posa ses deux mains sur ses épaules et entreprit de lui masser la nuque, d'un geste trop ferme pour être agréable.

– Et notre nouvel ami, est-ce qu'il se sent bien ?

Raul voulut se lever mais il l'en empêcha d'une forte pression. L'homme était d'une vigueur impressionnante.

– Vous êtes ici pour vous détendre et pour vous amuser. Vos compagnons sont ici pour les mêmes raisons. Il faut éviter soigneusement tout ce qui rend nerveux. Certaines questions, certains sujets de conversation ne sont pas propices à la relaxation... Vous saisissez ?

Raul hocha la tête dans une attitude de soumission. Il était inutile de se rebeller maintenant.

– C'est bien, mon ami, dit le garde-chiourme en relâchant sa pression. Prenez du bon temps.

Il fit demi-tour.

Son codétenu quitta la table en le saluant d'un bref mouvement de tête.

En regagnant sa chambre, Raul observa les hommes et les femmes qu'il croisait et un détail, qui lui avait jusqu'alors échappé, le frappa.

À quelques exceptions près, dont lui-même, tous les prisonniers de ce mystérieux camp manifestaient des anomalies physiques. Certains marchaient en claudiquant, d'autres avaient la peau marquée de traces de brûlures ou de cicatrices, d'autres encore présentaient des tumeurs à divers endroits du corps...

Ce lieu mystérieux avait des allures de centre de soins pour grands malades.

Sauf qu'on y entrait en parfaite santé.

Raul s'allongea sur son lit. Il avait le ventre noué.

– Vous n'ignorez pas qu'on va me demander de sérieuses explications ? Alors vous avez intérêt à me les fournir.

Mulligan n'avait jamais vu Woodruff aussi nerveux. Il n'arrivait même plus à garder l'apparence de maîtrise froide et distante dont il avait coutume.

– J'étais à la poursuite d'un tueur qui venait d'abattre un de mes témoins. Il a ouvert le feu. J'ai riposté.

– Un de vos témoins ?

– James Fletcher. Il était de la bande à Lombardi, un caïd du Queens.

– Il a été tué où ?

– Dans sa voiture. 112e Rue.

– Vous étiez présent ?

Jeff désigna sa veste tachée.

– C'est son sang.

– Ça s'est passé quand ?

– Début d'après-midi.

Le lieutenant décrocha son téléphone.

– Allô ? Lieutenant Woodruff, 19e *precinct.* Je voudrais des précisions sur l'homicide de la 112e Rue. Aujourd'hui, oui. Je ne quitte pas.

Il regarda Jeff.

– Sur quelle affaire enquêtiez-vous ?

L'inspecteur s'apprêtait à répondre mais son supérieur reprit sa conversation téléphonique.

– Comment ça, aucun meurtre ? Vous êtes certain ? Je vous conseille d'effectuer une vérification. Un de mes hommes était sur place ! L'endroit exact, Mulligan ?

– Angle 112e et Manhattan Avenue. Une Corvette grise.

Woodruff transmit l'information et raccrocha.

– Ces imbéciles n'ont entendu parler de rien.

– Le meurtre a pourtant eu lieu devant témoins.

– Et donc, vous étiez sur quelle affaire ?

– Lucie Milton.

Woodruff ouvrit des yeux ronds.

– Vous vous foutez de ma gueule ?

– J'ai des éléments nouveaux.

– Cette affaire est close !

– Brooks est innocent. C'est Lombardi l'assassin.

– Quelles sont vos preuves ?

– J'ai mon réseau d'informateurs.

– Formidable. Vous n'aurez qu'à dire ça devant un Grand Jury.

– Chef, ce meurtre a été commandité. Je venais de convaincre Fletcher de témoigner contre Lombardi lorsqu'il a été abattu.

– Devant n'importe quelle cour, Brooks en prend au minimum pour vingt ans. Ça ne vous suffit pas ?

– Je veux le meurtrier de Lucie.

– De *Lucie* ? Je suppose que vous voulez parler de la victime ? Mulligan, vous n'allez pas bien.

– Il faut rouvrir l'enquête.

– Vous avez enquêté sur une affaire close et un patrouilleur est mort à cause de ça. La presse va encore s'intéresser à nous et je peux vous dire qu'au QG, ils en ont marre de voir votre nom mentionné chaque fois qu'il y a une sale histoire. Cette fois-ci, je ne sais pas ce que je vais bien pouvoir leur raconter pour sauver votre cul, alors écoutez-moi bien : si vous enquêtez encore sur l'affaire Milton, je vous suspends. C'est clair ?

– Le meurtre de Fletcher est la preuve que je ne me suis pas trompé.

– Sergent, est-ce que vous avez un vague souvenir de ce que signifie le mot « preuve » ?

– C'est au moins un élément nouveau qui justifie une réouverture de l'enquête.

– Vos investigations personnelles n'étant pas réglementaires, elles ne pourront pas être versées au dossier. Il n'y a donc aucun élément nouveau dans l'affaire Milton. En outre...

Le téléphone sonna.

– Lieutenant Woodruff. Oui. Pardon ? Vous êtes absolument sûr ? Bien. Je vous remercie.

Il se tourna vers Mulligan.

– Aucune Corvette grise. Aucun cadavre. Aucune trace.

Jeff eut un bref instant l'impression de perdre l'équilibre. Il désigna sa veste ensanglantée.

– Ce sang...

– Souhaitez-vous que les *Internal Affairs* vous demandent des explications sur sa provenance ?

– Il y avait des passants.

– Je peux lancer un appel à témoin. Mais...

– Mais ?

– Y avez-vous *vraiment* intérêt, sergent ?

– Que voulez-vous dire ?

– La mort d'un flic fait du bruit. Si vous mentionnez le prétendu meurtre de votre Fletcher dans le cadre de l'enquête sur la fusillade de Central Park, il faudra rendre public que vous enquêtiez sur une affaire officiellement résolue. C'est une infraction caractérisée au règlement et elle a causé la mort d'un de nos hommes. Avec vos antécédents, je ne pourrai rien pour sauver votre plaque.

– Et la vérité ?

– Qu'est-ce que la vérité ?

– Je vois...

Jeff fixa quelques instants son supérieur en gardant le silence. Puis il se leva et se dirigea vers la porte. Au moment où il sortait, Woodruff l'apostropha.

– Rentrez dans le rang, Mulligan. C'est votre dernière chance.

Incapable de trouver le moindre repos, Mulligan marcha toute la nuit, espérant en vain dissiper le trop-plein d'énergie inemployée qui lui donnait des douleurs dans tout le corps.

Que pouvait-il, à présent ?

Son unique témoin avait été abattu. Le meurtrier s'était échappé. Et, dans les minutes qui avaient suivi l'assassinat, *quelqu'un* en avait effacé toutes les traces : cadavre, sang, voiture. Ce qui supposait une organisation parfaitement rodée et dotée de moyens impressionnants.

Et qui était en train de gagner la partie.

Le lieutenant croyait-il seulement que ce meurtre avait réellement eu lieu ?

Jeff se sentait ligoté, impuissant.

Il donna un coup de pied rageur dans une poubelle dont le contenu se renversa.

– Lucie, murmura-t-il… Pardonne-moi.

La décision de Robert Lawrence de fêter les résultats de sa fille autant que ceux de son fils sonnait pour Ann comme une reconnaissance de ses manquements à son égard. Connaissant l'immense orgueil de son père, elle en fut touchée et se résolut finalement à déplacer sa garde. Le peu d'empressement que montrèrent ses collègues à la satisfaire ne la découragea pas. C'était précisément parce qu'elle se sentait si isolée au sein de la famille professionnelle qu'elle s'était choisie qu'Ann tenait à saisir la main que lui tendait sa famille de sang... Elle parvint donc à se libérer et se rendit à la *party* familiale.

Ce fut un sommet d'hypocrisie.

On la fêta en même temps que son frère mais, parmi les membres de la famille rassemblée autour de Robert Lawrence, personne n'ignorait que la fierté que ce dernier affichait de manière égale à l'égard de ses deux enfants n'était réelle que pour l'un d'entre eux. Les sourires et les gestes d'affection que tous prodiguaient à Ann d'une manière un peu trop appuyée résonnaient en elle comme un « nous t'aimons... quand même » qui lui perçait le cœur. Les efforts de chacun pour lui faire sentir à grand renfort de tendresse qu'elle n'était pas jugée lui proclamaient cruellement à quel point personne ne la comprenait. Que l'on ait besoin d'insister ainsi sur son appartenance à la fratrie signifiait bien que ses choix de vie l'en avaient écartée. Dans sa propre famille, elle était devenue une étrangère. Mais ce qui lui fut le plus insupportable fut cette manière appuyée de son père de lui entourer sans cesse les épaules en l'appelant « ma petite fliquette », où le ton affectueux le disputait à un paternalisme qui confinait au mépris.

Et puis soudain, elle comprit tout. Son père n'avait pas renoncé à la voir réintégrer sa sphère d'influence. Son insistance pour qu'elle vienne à cette fête, loin d'être une tentative de réconciliation, n'était qu'une stratégie typique de l'avocat retors qu'il était. La sachant ambitieuse, il se doutait bien qu'elle serait piquée par tout ce cirque sincère de la famille autour de la réussite de Sean et que la flagornerie hypocrite qu'elle aurait à subir ne ferait que la renvoyer à ce que lui considérait comme son échec professionnel. Il avait « reniflé » ses difficultés et, loin de chercher à l'aider, avait pensé que c'était le bon moment pour avancer ses pions...

Elle s'éclipsa peu avant vingt heures et rentra chez elle.

Un message de Frank Millar l'attendait sur son répondeur. Il lui proposait de sortir. Cela faisait une semaine qu'il ne lui avait pas adressé la parole. Elle accepta. Il l'attendait dans un bar sur Broadway Avenue. Dès qu'elle entra, il vint à sa rencontre et la prit par la taille pour la conduire à sa table. Il s'était mis sur son trente et un : costume sombre, chemise de soie, mocassins brillants. Quand elle eut commandé un *americano*, il lui demanda de ses nouvelles. Elle n'eut pas le cœur de donner le change.

– C'est une période un peu difficile, avoua-t-elle.

– Je comprends. Tes débuts d'inspectrice n'ont pas été évidents. Ce n'était pas vraiment un cadeau de te mettre dans les pattes de Mulligan.

Elle ne souhaitait pas parler de Jeff.

– Tout est nouveau, répondit-elle évasivement. Il faut un temps d'adaptation.

– Les premiers mois, je m'endormais tous les soirs l'estomac noué.

– Ah oui ?

La spontanéité de l'aveu la surprenait.

– Tu sais, on se forge une carapace. Au *precinct*, il n'est pas question de montrer ses faiblesses. Mais c'est un métier dur. Pour tout le monde.

– Sans doute.

– Ta famille accepte tes choix ?

Elle leva un sourcil. Il était décidément plus fin qu'elle ne l'aurait cru.

– Il le faudra bien.

– Ton père a la réputation d'être un homme dur.

Elle n'avait pas davantage envie d'aborder le sujet de son père.

– Il faut se méfier des réputations.

– Bien sûr.

Il vida son verre et prit une longue inspiration.

– Tu sais, Ann, il y a peut-être eu des malentendus entre nous, à un certain moment. Mais j'ai toujours été convaincu que tu ferais une formidable *detective*.

Il se pencha vers elle.

– Tu es faite pour la police.

Elle ne savait pas s'il était sincère ou voulait lui faire plaisir, mais la phrase la toucha plus qu'elle ne l'aurait voulu. Millar, malgré leurs désaccords, tenait à effacer l'ardoise : c'était une preuve de générosité de sa part et un geste chaleureux plutôt bienvenu ce soir-là ! Mais surtout, il lui prodiguait les encouragements qu'elle aurait tant voulu entendre d'une autre bouche. Celle de son père ? Surtout celle de Jeff, s'avoua-t-elle, dépitée. Elle sourit à Millar :

– Merci.

– Si nous allions dîner ?

Il l'emmena dans un restaurant français, dans lequel on présenta à la jeune femme une carte où le prix des plats n'était pas mentionné. Elle en déduisit que Frank faisait une folie. Ils burent deux bouteilles d'un excellent bordeaux qui la rendit légèrement euphorique. À la fin du repas, il lui prit la main. Elle ne la retira pas. Cela faisait plusieurs mois qu'elle n'avait pas eu d'amant. Il la ramena chez lui.

Il lui fit l'amour avec beaucoup d'attention mais d'une manière tellement conventionnelle qu'elle eut peu de plaisir. On aurait dit qu'il récitait une leçon. Quand il eut fini, il la serra fort contre lui et lui fit une déclaration passionnée. Dès qu'il s'endormit, elle s'habilla et rentra chez elle.

Durant tout le temps qu'elle avait passé au lit avec lui, une image ne l'avait pas quittée : celle du corps de Jeff Mulligan.

Cette même nuit, ce dernier est rentré tard dans le trois pièces qu'il loue sur la 109e Rue.

Il a bu plus que de raison mais ne se sent pas assez ivre. Même l'alcool ne peut plus rien pour lui.

Il voudrait oublier Lucie Milton.

Il voudrait oublier qu'il ne peut rien pour elle.

« Pauvre insensé, dit une voix dans sa tête alors qu'il se sert un dernier whisky dans sa cuisine, elle est morte et enterrée, qu'est-ce qu'elle en a à faire que tu retrouves son meurtrier ? »

Elle est venue me voir.

Elle m'a demandé de l'aide.

Et je n'ai rien pu faire. Pourquoi ai-je hésité, pourquoi ne me suis-je pas levé tout de suite ? J'aurais pu la rattraper. Et elle serait vivante, aujourd'hui.

« Mais elle est morte, imbécile. Morte, morte, morte. Tu ne peux plus rien. »

Jeff finit son verre et s'en ressert un autre. Pourquoi l'image de cette femme ne peut-elle le quitter ? Est-ce parce qu'il est convaincu que l'on se trompe sur son meurtrier ? Depuis qu'il est flic, il en a connu des affaires non résolues, et il sait bien que les assassins sont plus nombreux dans la nature que dans les prisons d'État... Un vrai *detective* se réjouit d'une enquête réussie et ne s'afflige pas d'un échec.

La vérité, c'est qu'elle l'obsède. Il pense sans cesse à elle. Il rêve d'elle.

Lucie.

Belle jusque dans la mort.

D'où lui vient cette impression qu'il aurait pu l'aimer ?

Qu'il n'y a qu'elle qu'il aurait pu aimer…

Un autre verre.

Amour de ma vie, pourquoi t'ai-je rencontrée trop tard ?

Jeff se réveille en sursaut. Une intense douleur lui vrille le côté droit du visage. Un peu de sang… Où est-il ? Il reconnaît le sofa du salon à côté duquel il a dû s'écrouler ivre. Il se sera blessé en tombant… La télé est allumée, mais sans le son. Il tâtonne, trouve la télécommande et l'éteint. Quelle heure est-il ? Dehors, il fait nuit noire. Un craquement. Il tressaille. Qu'est-ce qui a pu le réveiller d'un sommeil si profond qu'il parvient à peine à s'en extraire ? Étrange impression… d'une présence. Ses yeux veulent se fermer, sa bouche est pâteuse. Une force en lui le contraint à s'asseoir. Il observe la pièce en clignant des yeux. Personne. Et pourtant… Jeff se lève avec difficulté, va chercher son revolver dans la poche de sa veste suspendue au porte-manteau de l'entrée. Il inspecte la cuisine. Le sol est taché de vomissures et couverts de fragments de verre. C'est lui-même qui a dû renverser la bouteille de whisky… Il n'en a aucun souvenir. Il se dirige vers sa chambre. Au moment où il s'apprête à y entrer, quelque chose l'arrête. Une impression. Une odeur inhabituelle…

Il y a quelqu'un.

Jeff pousse violemment la porte du pied et balaye la pièce de son arme. Vide. Mais les effluves d'un parfum de femme envahissent ses narines. Il pénètre dans la salle de bain attenante. Personne. Fébrilement, il fouille tout son appartement. Il est seul. Mais l'impression que quelqu'un est là ne le quitte pas. La mystérieuse fragrance semble le suivre de pièce en pièce. Ce n'est pas seulement un parfum de femme. C'est le parfum d'une femme, l'odeur d'une peau, aussi réelle que s'il la tenait dans ses bras.

Jeff retourne dans la salle de bain et se douche la tête à l'eau glacée. Il doit reprendre ses esprits. Devient-il fou ?

Car cette présence n'est pas indéterminée.

Il la sent, *elle*.

Quand il sort de la salle d'eau, l'impression s'est un peu dissipée. Jeff s'habille et sort de chez lui. Ce n'est que sur le chemin qu'il prend conscience de sa destination.

Il se dirige vers l'appartement de Lucie Milton.

Jeff n'avait plus la clé de l'appartement de Lucie car l'investigation policière était close. Comme le lieu du crime pouvait encore receler d'importantes pièces à conviction pour l'accusation, la porte avait été placée sous scellés. Il la força, avec doigté mais non sans quelque bruit. Il s'introduisit dans cet espace qu'il connaissait si bien, que Lucie avait habité et où elle était morte.

C'était comme s'il y avait vécu.

Son premier geste fut d'aller remplir une bouteille en plastique d'eau du robinet et d'arroser les plantes. Il n'était pas passé depuis la clôture officielle de l'enquête et certaines d'entre elles avaient souffert. Il y en avait plusieurs dans chaque pièce. Lucie devait les aimer et en prendre soin. Puis, comme chaque fois, il mit un CD des Beatles dans le lecteur (Lucie était une fan de ce groupe, elle avait tous leurs disques et plusieurs livres leur étant consacrés) et déambula lentement d'une pièce à l'autre, sans but, observant les meubles et les objets, les effleurant parfois du doigt, intimidé comme face au sacré. Lucie aimait les voyages, avec une prédilection pour l'Asie d'où elle avait ramené de nombreux souvenirs qu'elle classait soigneusement : un homme agenouillé dans une position de prière provenait de Thaïlande, un bol du Tibet, un bouddha méditant du Cambodge... Jeff se demanda si elle priait elle-même. Était-elle croyante ? Mia Seldon en était convaincue. Mais deux autres amis lui avaient assuré que non : « Elle était trop terrienne, elle n'était pas intéressée par l'au-delà ; elle aimait trop ce monde. » Jeff, lui, ne l'aimait pas, et ne croyait pas davantage en un autre. Peut-être Lucie aurait-elle pu le convaincre que cette putain de vie valait la peine d'être vécue ?

Dans la salle de bain, il se saisit machinalement d'un flacon de parfum nommé *Porte d'Or* et l'ouvrit.

Il frémit.

C'était celui qu'il avait respiré chez lui quelques minutes plus tôt !

Le parfum de Lucie.

Il le huma de nouveau, avec frénésie, comme s'il cherchait à ressusciter sa présence.

Mais quelque chose manquait.

Son odeur à elle, l'odeur de sa peau était cruellement absente. Il n'y avait plus qu'une artificielle fragrance vidée de cette odeur de femme, effluve de la présence vivante de Lucie, qu'il avait humée, il en était sûr, dans son appartement.

Il jeta rageusement le flacon dans la baignoire où il se brisa avec fracas.

Il s'allongea sur le lit de Lucie et feuilleta son petit carnet de cuir noir qu'il connaissait par cœur. Ce n'était pas vraiment un journal, elle y notait des impressions, des pensées. L'une d'entre elles, particulièrement, l'avait frappé : « La mort est là pour nous rappeler de vivre. » Elle y griffonnait aussi des dessins d'animaux, douée pour croquer en quelques traits l'expression caractéristique d'une panthère ou d'un ours... Elle avait une prédilection pour les animaux sauvages.

Il alluma l'ordinateur de Lucie.

Il savait qu'il ne le fallait pas, qu'il allait avoir mal, une nouvelle fois. Mais il ne put s'empêcher d'aller fouiller encore dans la correspondance entre la jeune femme et son amoureux. Elle écrivait à Steve Buchanan des mails tendres et sensuels et Jeff, durant quelques secondes, parvenait à imaginer que c'était à lui qu'ils étaient destinés. Puis la réalité le rattrapait, le ramenait brutalement dans un monde où il n'avait jamais espéré aimer ni être aimé.

Un monde où il avait rencontré la femme de sa vie quand il était trop tard.

Comme chaque fois, il alla jusqu'au bout de sa souffrance, et lut les lettres jusqu'à la toute dernière – ce mystérieux message de Steve écrit dans une langue que Jeff ne comprenait pas et qu'il identifia comme étant du latin : *Noli me tangere. Nondum ascendi ad patrem meum.*

Dehors, le jour se levait. La lumière de l'aube, qu'elle avait tant aimée, semblait dissiper la présence de Lucie. Jeff eut soudain froid et remit sa veste. Au moment de couper l'ordinateur, il eut le pressentiment que c'était la dernière fois qu'il pénétrait en ce lieu où, étrangement, il s'était senti bien. Il fit une copie du disque dur. Il parcourut l'appartement, vérifiant que tout était en place, éteignit les lumières et ouvrit la porte.

Sur le palier, deux patrouilleurs l'attendaient, leur revolver braqué sur lui. Jeff voulut leur montrer sa plaque. Mais déjà, ils baissaient leur arme.

– C'est vous, sergent… Un voisin a été alerté par le bruit. Il nous a prévenus.

– Il croyait à un cambriolage, dit l'autre.

Ils avaient l'air embarrassés.

Ils n'ignoraient pas que la présence du *detective* n'était pas légale.

Jeff, lui, savait que rien au monde ne pourrait empêcher qu'ils fassent leur rapport réglementaire.

Sa vie de flic venait probablement de prendre fin.

Quelque part dans le désert de Juarez

Raul fut tiré brutalement de son sommeil par l'irruption dans sa chambre de deux gardiens. L'aube pointait à peine. Ils ne répondirent à aucune de ses questions, le firent monter dans une fourgonnette et l'emmenèrent dans la zone interdite. Celle-ci était une partie du camp séparée de l'espace de villégiature par un long mur de béton dont la seule ouverture était gardée par une lourde porte blindée. Un des gardiens l'ouvrit grâce à un code digital. Là se dressait un bâtiment qui différait des autres par son allure austère : murs gris et nus, fenêtres étroites et clairsemées, il ressemblait à un bunker. Dans un long couloir aux parois d'un blanc d'ivoire, Raul croisa deux hommes et une femme qui portaient une blouse semblable à celle du personnel soignant d'un hôpital. Il ne vit aucun malade. On le conduisit dans un bureau où l'attendait un autre type d'allure jeune. Sur la poche de sa blouse était cousu son nom : PR STEVE BUCHANAN. Il lui fit signe de s'asseoir en lui souriant d'un air affable que démentait un regard étrangement terne, comme vidé de vie.

– Nous allons parler un peu.

Raul s'assit sans un mot. Depuis son enlèvement, il n'avait rencontré que ses codétenus, avec lesquels il était impossible d'aborder un sujet qui ne soit de pure futilité, ou ses gardes-chiourme qui ne répondaient à aucune question. Peut-être allait-il enfin apprendre quelque chose.

– Je voudrais d'abord vous remercier de votre présence en ce lieu, commença Buchanan.

Raul sentit ses poings se serrer. Ce type avait-il comme seul objectif de se foutre de sa gueule ?

– Je n'ignore pas, naturellement, que de votre point de vue, vous n'avez pas eu le choix. C'est pour moi une raison supplémentaire de vous exprimer ma gratitude et, à travers elle, celle de toute l'humanité.

Le professeur parlait avec une étrange voix éteinte au ton monocorde.

« C'est un fou », pensa Raul. Et cette perspective était peut-être plus effrayante que toute autre.

– Le hasard vous a choisi pour servir une cause. Le rêve de toute l'humanité depuis les origines. Ce rêve, un homme a décidé de le réaliser. Pour cela, un immense génie est nécessaire et, aussi, une détermination totale. Si nous réussissons, nous obtiendrons un bénéfice infini pour la race humaine. Notre vœu est d'atteindre celui-ci au moindre prix. Vous faites partie du prix.

– Je ne comprends rien à ce charabia.

– La compréhension vous sera donnée. S'il vous suffisait de savoir une chose, c'est celle-ci : d'ores et déjà, vous êtes un héros, et l'avenir se souviendra de vous.

– Pour quelle raison ai-je été enlevé ?

– Aujourd'hui, nous allons procéder sur votre personne à quelques examens médicaux. Ceux-ci sont indolores. Nous avons besoin de vous connaître parfaitement.

– Pourquoi m'avez-vous enlevé ? cria Raul.

Dans son dos, la porte s'ouvrit et les deux gardiens se postèrent à côté de lui. Buchanan fit un signe et les deux sbires firent lever Raul.

– Une pièce après l'autre, le puzzle se constituera…

Au moment où il franchissait la porte, il entendit une dernière fois la voix détimbrée du professeur :

– Lorsque vous serez prêt, vous direz oui.

Lorsque Jeff franchit la porte du bureau de Woodruff, ce fut avec la pensée qu'il allait y essuyer sa toute dernière engueulade.

– Sergent, avez-vous conscience de la situation dans laquelle vous me mettez ?

Le ton du lieutenant était presque doux, ce qui ne présageait rien de bon.

– Vous pénétrez de nuit, sans mandat et par effraction, dans un appartement sous scellés, pour enquêter sur une affaire officiellement close... Du pain bénit pour la défense de Brooks, cela suffit à faire invalider toute l'enquête ! Grâce à vous, il s'en sort une deuxième fois.

– Brooks est innocent.

– C'est votre intime conviction, Mulligan, répondit le lieutenant sur un ton patient, mais ce n'est pas la conclusion de l'enquête officielle, menée par vos propres hommes. Ceux-ci, indépendamment de l'animosité qu'ils vous portent pour des raisons variées, ne comprendraient pas l'absence d'une sanction exemplaire à l'égard d'un supérieur qui ne trouve rien de mieux à faire de ses nuits que de détruire leur travail.

– Offrez-leur ma peau.

– Il n'y a pas qu'eux. Au-dessus de moi, il y en a un certain nombre qui me la réclament depuis belle lurette. Je suis obligé de vous demander votre plaque.

Jeff s'y attendait et, pourtant, l'intensité de la douleur qui lui tordit les viscères le prit au dépourvu. Gardant contenance, il tendit l'objet à son supérieur qui le prit entre ses doigts et le contempla quelques instants.

– Vous ne m'avez pas aidé à la sauver, sergent.

– Je sais.

Woodruff planta ses yeux dans ceux de Jeff.

– Nous sommes très différents, vous et moi. Mais nous avons un point commun.

– Ça m'étonnerait...

– Je n'ai pas plus d'illusions que vous sur le putain de système que nous sommes censés défendre. Les discours sur la justice me font bâiller ou me donnent envie de vomir, selon les moments... Nous arrêtons de petites ou moyennes racailles au profit d'un ordre et d'une loi qui ne font que servir les intérêts des très grands pourris qui dominent le monde. Vous êtes en colère et vous vous détruisez. Moi, je préfère me faire une place. Mais...

Surpris, Jeff ne pouvait s'empêcher d'écouter avec attention.

– ... Au NYPD, vous êtes le ver dans le fruit, Mulligan. Ça m'amuse. Je me suis démené pour vous faire durer.

– Un petit jeu...

– Pas seulement. Des comme vous, il en faudrait plus. Personnellement, je n'ai pas le courage d'une telle intégrité. Malheureusement, vous avez fini par péter un plomb.

Jeff se leva. Il en avait assez des petites analyses de ce type dont sa vie de flic ne dépendait plus.

– Et c'est peut-être ce qui va vous sauver, ajouta Woodruff, imperturbable.

Le sergent s'immobilisa.

– Que voulez-vous dire ?

– Un flic en voit, des choses atroces, n'est-ce pas ? On a beau se blinder, on est des hommes... Le cadavre de trop...

– Je ne comprends pas.

– Asseyez-vous, sergent.

Jeff obtempéra.

– Nous exerçons un bien dur métier... Savez-vous le nombre annuel de policiers qui se retrouvent en congé pour troubles nerveux ou psychologiques ? Entre quatre et six cents, selon les millésimes. Plus de un pour cent chaque année. La police de New York a un très bon contrat d'assurance. Si j'affirme que vous êtes malade et que votre état est lié à l'exercice de vos fonctions, plutôt que de vous suspendre en attendant l'enquête interne qui aboutira fatalement à votre révocation, je peux vous obtenir un charmant petit séjour en maison de repos aux frais de la princesse...

– Vous voulez me faire passer pour fou ?

– À qui donc allez-vous faire croire que vous ne l'êtes pas ?

– Je ne suis pas malade.

Woodruff tourna entre ses doigts la plaque de Jeff, l'air absorbé.

– Pas malade, pas guéri. Pas guéri, pas de plaque. Réfléchissez bien.

– Si j'accepte de me faire soigner, je pourrai être réintégré ?

– C'est votre seul espoir.

Jeff réfléchit un instant puis se leva et se dirigea vers la porte.

– J'accepte.

– Et puis, ajouta le lieutenant au moment où il quittait son bureau, qu'est-ce qui vous dit qu'un petit séjour en maison de repos ne vous fera pas du bien ?

Jeff traversa l'étage des inspecteurs. Tous les regards étaient braqués sur lui, certains narquois, d'autres hostiles. Seule Ann s'approcha de lui et lui emboîta le pas.

– Que vous a dit le lieutenant ?

– Qu'est-ce que ça peut vous faire ?

– Je suis votre coéquipière.

– Plus maintenant.

– Ils vous ont viré ?

– Au risque de décevoir beaucoup de monde, pas encore.

– J'en suis heureuse.

Il s'arrêta net et la toisa.

– Et si vous arrêtiez d'essayer de vous faire bien voir de tout le monde ?

La jeune femme le contempla quelques secondes avec une expression d'incrédulité.

– Sergent Mulligan, il faut que je vous fasse une confidence.

– ... ?

– En matière de psychologie, vous êtes la personne la plus stupide que j'aie jamais rencontrée.

Elle le planta là et retourna à ses dossiers.

DEUXIÈME PARTIE

Hasard : masque que la vie pose sur son propre sens, afin que ceux qui en ont besoin puissent encore croire en la volonté.

Tariq DEMENS

Juillet 1969

Ma bien-aimée pour l'éternité,

Je t'écris pour ne pas hurler.

Je t'écris pour ne pas te parler.

Je t'écris pour me libérer de ces mots que tu ne peux entendre et que jamais tu ne liras. Cette lettre n'a d'autre sens que de recueillir ma douleur. Et ainsi te l'épargner.

Je te mens, mon amour.

Je te mens par amour.

Ce mensonge me sépare absolument de toi. Ce mensonge me voue à la plus abominable des solitudes. Ce mensonge est la dernière preuve d'amour qu'il m'est donné de t'offrir.

Une preuve que jamais tu ne recevras.

Malédiction que ce savoir que je ne peux partager... Malédiction, cette science que j'ai tant aimée... La maladie qui ronge ton corps vénéré, dans mon langage de médecin je te la peins de mots lénifiants et tu m'écoutes, avec ce regard grave et confiant, ces yeux d'enfant à qui la cruauté des choses n'a pas encore enseigné à douter...

Et ce n'est pas te mentir qui me tue, mais que tu me croies sans l'ombre d'un vacillement.

Car tu me crois, n'est-ce pas ?

Dis-moi que tu ne la connais pas, Celle qui déjà étend ses ténèbres sur ta chair aimée…

Ta mort, toi la plus belle des Vivantes.

Ou feindrais-tu, toi aussi, cette aveugle foi en moi, afin de m'épargner la douleur de ta douleur ?

Me mens-tu par amour, mon amour ?

Je ne sais pas.

Je ne sais rien.

Toi et moi, sommes-nous déjà si loin ?

Avant de t'emporter, nous a-t-Elle déjà séparés ?

Deux semaines plus tard...

– Il est nécessaire que je vous tranche la gorge.

Jeff sursauta. Le type s'était assis sur l'herbe à côté de lui, légèrement en retrait. Il ne l'avait pas entendu approcher. Sans doute les médicaments...

– Une voix me l'ordonne, ajouta son interlocuteur, les yeux brillant d'une lueur inquiétante.

– Va jouer ailleurs. J'ai envie d'être seul.

– Mais il n'y a rien de personnel. Vous m'êtes très sympathique. C'est le maître.

– Le maître ?

Le fou ferma les yeux quelques secondes, comme s'il écoutait une voix à l'intérieur de lui-même. La petite trentaine, les cheveux trop soigneusement peignés avec, sur le côté, une raie blanche à force d'être marquée, son visage ne quittait jamais une expression d'affabilité légèrement hallucinée.

– Il me dit que c'est de la plus haute importance. Hélas, je ne peux pas.

– Ah non ?

– Il me faudrait un couteau. Ici, on ne nous donne pas de couteau.

– Peut-être à cause de dingues comme toi ?

– Je ne suis pas dingue. Cette voix est tout à fait réelle. J'ai été à l'université, vous savez.

– Formidable.

– J'ai une théorie. Une mutation génétique a appauvri les capacités perceptives de l'humanité. Aujourd'hui, malheureusement, la grande majorité des hommes est incapable de percevoir l'autre côté des choses.

– L'autre côté ?

– Alors ils nomment fous ceux qui n'ont pas encore dégénéré. Voilà pourquoi nous sommes enfermés. Intéressant, non ?

– Très. Tu me fiches la paix, maintenant, d'accord ?

L'autre eut brusquement un regard angoissé. Il saisit Jeff par la manche.

– J'ai tellement peur de l'oublier. Vous me le rappellerez, n'est-ce pas ?

– Quoi donc ?

– De vous trancher la gorge.

– Laisse donc monsieur en paix, Colbert, dit une autre voix.

C'était le prêcheur. Ce grand type efflanqué et grisonnant, qui dispensait sa métaphysique à qui voulait l'entendre, semblait se prendre pour un membre du personnel soignant. Écartant Jeff d'un geste impérieux, il prit l'autre par l'épaule et entreprit de lui murmurer à l'oreille des paroles qui le calmèrent aussitôt. Jeff les planta là et traversa le jardin en direction du bâtiment central. Il avait besoin de silence et, dehors, on n'était jamais tranquille. Il regagna sa chambre et s'étendit sur le dur matelas de son lit métallique.

Une semaine qu'il était interné, il en avait déjà marre de tous ces fêlés. Car la « maison de repos » évoquée par le lieutenant Woodruff s'était révélé être un authentique asile de fous

À son arrivée, il avait été reçu par le toubib qui dirigeait la clinique, un certain Morrow. Il lui avait présenté celle-ci comme un établissement d'avant-garde :

– Ne vous formalisez pas de la compagnie de patients qui peuvent vous paraître des cas un peu… spéciaux. Ce sont des méthodes nouvelles. Le cloisonnement aliéné / non-aliéné n'a plus lieu d'être, vous comprenez ? Qu'est-ce que la normalité ? Nous ne le savons pas. L'idée centrale est que, plutôt que de les isoler, le placement de véritables psychotiques en compagnie de personnes « normales », entre guillemets, va les aider à devenir eux-mêmes « normaux ». Entre guillemets.

Une semaine plus tard, Jeff se demandait si un tel mélange ne risquait pas plutôt de rendre vraiment dingues ceux qui entraient dans la clinique à peu près en bonne santé. Était-ce la répétition de conversations dénuées de sens avec des maniaques tourmentés par leurs hantises ? Ou les médicaments qu'on lui administrait quotidiennement qui amoindrissaient sensiblement ses facultés ? Jeff avait en tout cas l'impression que le sol de ses certitudes passées s'effondrait sous ses pieds. Avait-il rêvé, le matin où il avait vu Lucie à une heure où elle était censée être morte ? L'assassinat de Fletcher, dont ne subsistait aucune trace, avait-il réellement eu lieu ? Pourquoi avait-il été pris d'une obsession, qui, à présent, lui semblait lointaine et incompréhensible, pour la victime d'un meurtre ? Et pourrait-il un jour récupérer sa plaque ?

Pour cela, il fallait qu'il guérisse, avait dit Woodruff.

Était-il réellement malade ?

Car une dernière question le préoccupait : son petit discours d'accueil pour que l'inspecteur ne s'étonne pas, lui qui était normal, d'être placé au milieu des fous, le docteur Morrow ne le dispensait-il pas *à tous les entrants* ? Jeff, après tout, n'avait pas eu accès à son dossier médical. Aux yeux de tous ici, il était peut-être considéré comme un fou parmi les autres…

Il n'y avait qu'un avantage à sa situation : depuis qu'il était traité, Jeff était moins assiégé par la pensée de Lucie. Baigné jour et nuit dans une étrange anesthésie douce, il ne souffrait quasiment plus.

Plongé dans ses pensées, il s'endormit et fut réveillé par la cloche du dîner. Il quitta sa chambre et rejoignit la salle à manger. Il y avait une file d'attente à l'entrée, comme tous les soirs, car le protocole voulait que chaque patient se présente devant le box des infirmières pour y recevoir un verre d'eau et quelques pilules qu'il était invité à avaler sur-le-champ. Jeff absorba les médicaments qu'on lui tendait et se dirigea vers une table inoccupée. Le dénommé Colbert le rejoignit bientôt et, très aimable, lui demanda l'autorisation de s'asseoir à ses côtés. Il était suivi du prêcheur qu'il regardait avec une sorte de dévotion. Jeff leur fit signe de s'installer à tous les deux.

– Vous souhaitez toujours me trancher la gorge ?

– Oh, non !

Le prêcheur prit la parole avec un léger sourire .

– J'ai convaincu monsieur que c'était une erreur.

– Je m'en réjouis, marmonna Jeff en mâchant ses carottes râpées.

– J'ai compris que je ne devais plus écouter cette voix. C'était un démon et mon nouveau maître l'a chassé.

– Votre *nouveau* maître ?

– Monsieur Colbert devrait plutôt m'appeler son serviteur, dit le prêcheur. Considérez-moi également comme le vôtre.

– Passez-moi le sel.

– Volontiers. En tant que prêtre de la Sainte Église de la Désespérance, je suis au service de toute créature qui souffre en enfer.

– C'est donc plutôt là-bas que vous devriez officier, fit observer Jeff.

– Feriez-vous donc partie de ces gens qui méconnaissent que nous *sommes* en enfer ?

– J'avais négligé ce détail.

– Ouvrez les yeux, monsieur Mulligan.

« Comment connaît-il mon nom ? » se demanda Jeff.

– Comment appelez-vous un monde, poursuivait l'autre, peuplé d'ombres ternes qui se croisent dans la plus totale des solitudes, chacune enfermée dans les mirages de ses chimères, s'imaginant vivre des relations quand elles ne savent qu'entrelacer des projections qui, destinées à fuir les rivages de l'esseulement, ne font que les y rejeter plus désespérées encore quand la vérité se fait jour ? Un monde où la seule chose que désirent véritablement les êtres est d'oublier qu'ils existent en poursuivant des buts absurdes qui les dressent toujours plus les uns contre les autres, où les stratégies de chacun pour souffrir un peu moins génèrent une guerre de tous contre tous qui grossit sans relâche la détresse universelle ? Un monde où le quart de l'humanité qui ne meurt pas de faim se désole de n'avoir pas la volonté de cesser de s'empoisonner d'excès alimentaires, un monde de tiédeur obscène et de quotidien mécanique où, tous, nous errons saturés d'envies et privés de désir, un monde…

– Assez, prêcheur, assez ! Vous m'avez convaincu ! Nous sommes en enfer et j'étais dans l'illusion.

– Rassurez-vous, la plupart des humains sont dans votre cas. Et savez-vous pourquoi ? Ça les soulage. D'abord, de penser qu'il peut y avoir pire. Ensuite, d'espérer quelque chose ici-bas. Et c'est là précisément que réside la bonne nouvelle que j'apporte…

– Enfin, une bonne nouvelle ! Et quelle est-elle ?

– Il n'y a aucun espoir.

Jeff manqua s'étrangler.

– Au nom de toute l'humanité, prêcheur, merci !

– Vous devriez montrer plus de respect, dit Colbert sur un ton sévère.

– Laissez, mon ami, repartit le prêcheur. Cet homme est de bonne volonté. Je sens qu'il écoute. Considérez ceci, monsieur Mulligan. De quoi souffrons-nous ?

– Eh bien…

– Je vais vous le dire. De la peur. Et pourquoi avons-nous peur ?

– Vous allez me le dire.

– Parfaitement : à cause de l'espoir. Si nous prenions conscience qu'il n'y a rien à attendre de ce monde, alors nous serions délivrés de la peur et nous attendrions sereinement la fin de notre misère.

– Car elle aura une fin ?

– Naturellement. L'Enfer n'est pas éternel. Comment un Dieu juste et bon aurait-il pu concevoir une telle atrocité ? L'horreur est de courte durée. La mort nous en délivrera.

– Dans ce cas, pourquoi ne pas l'écourter davantage ? Pour quelle raison ne vous suicidez-vous pas ?

Le prêcheur ferma les yeux quelques secondes.

– Ah, c'est une excellente question, monsieur Mulligan, dit-il sur un ton légèrement rêveur. Mais c'est interdit. Sans doute sommes-nous condamnés à expier ici-bas une mystérieuse faute dont nous ignorons tout. Le plus terrible des interdits divins...

Le prêcheur, les yeux brillants d'une émotion qu'il avait du mal à contenir, se tut. Colbert buvait son silence comme il avait bu ses paroles.

Jeff repoussa brusquement son dessert, se leva et quitta la salle à manger. Il avait mal à la tête. Il aurait aimé balayer cette impression, insistante, que le prêcheur avait peut-être un peu raison.

C'est alors que, dans le couloir, quelques mètres avant sa chambre, un jeune blondinet hirsute l'accosta.

– Il y a une femme, là, qui vous attend.

– Pardon ?

– Il faut une sacrée patience, avec vous...

– De quoi tu me parles ?

Le regard du fêlé fixait quelque chose derrière Jeff. Puis il lui fit un clin d'œil.

– Elle est canon, en plus !

Jeff se retourna brusquement. Évidemment, il n'y avait personne. Énervé, il repoussa l'autre d'une bourrade. Celui-ci trébucha et tomba sur le derrière à la manière comique d'un clown.

– Aïe ! pleurnicha-t-il d'une voix subitement devenue enfantine.

Jeff lui tendit la main et le releva, honteux de n'avoir pas su doser sa force.

– Je suis désolé.

– Ça ne fait rien. Vous avez un côté brutal mais ta maman est morte et votre cœur est pur, je ne dois pas avoir peur du monsieur.

– Qu'est-ce que tu racontes, encore ?

– C'est elle.

– Elle QUOI ?

Jeff s'aperçut qu'il avait crié. Il fallait qu'il se calme.

– Elle me dit des choses. Elle vous attend.

– Est-ce que tu la vois ?

– Bien sûr.

– Décris-la-moi.

Dans les secondes qui suivirent, Jeff eut, pour la première fois, réellement peur de sombrer dans la démence.

– Elle est blonde. Elle a des putains de belles jambes et des yeux bleus comme une prière. Elle porte un chemisier rouge, une jupe et une paire de collants noirs et elle t'attend beaucoup, beaucoup.

Les jambes flageolantes, Jeff tourna les talons et pénétra dans sa chambre.

Ce n'était pas la description de Lucie, le matin où elle était venue le voir au commissariat. Le jour où elle était morte.

Cela ne pouvait pas l'être.

C'était un hasard. La description de n'importe quelle femme.

Pas Lucie...

Jeff se réveille en sursaut.

Ainsi, ce n'était qu'un rêve... Un simple rêve.

Durant quelques secondes, il voudrait mourir.

Il était dans ses bras. Elle le serrait contre elle. Il se sentait aimé.

Il se frotte le visage, tentant de recouvrer ses esprits.

C'est comme si elle était encore là. Il la sent. « Lucie », voudrait-il appeler… Mais il n'ouvre pas la bouche.

Un instant, il croit humer son parfum. Il le respire. L'impression se dissipe.

Qu'est-ce qui a pu le tirer si brutalement de son sommeil ?

Les interstices des stores laissent filtrer la lumière blafarde des deux réverbères plantés dans la cour. Jeff, s'habituant à la pénombre, commence à mieux distinguer les contours de sa chambre.

Quelque chose n'est pas normal.

C'est la porte.

Elle est entrouverte.

Il se lève. Qui a pu ouvrir sa porte ? Pieds nus, il fait quelques pas dans le couloir silencieux. Il n'y a personne.

Jeff referme sa porte, puis l'entrebâille, faisant jouer le loquet. Elle n'a pas pu s'ouvrir toute seule.

Frissonnant, il se recouche. Il ferme les yeux. Puis les rouvre, balayant du regard le moindre recoin de la petite pièce.

Il ne veut pas devenir fou.

Il ne veut pas.

Ann fut reçue par le lieutenant Woodruff qui lui annonça que son coéquipier serait désormais Frank Millar. Décontenancée, la jeune femme garda le silence.

– Je précise que c'est à sa demande express. Cela ne vous convient pas ?

– Si, si, lieutenant.

– C'est un excellent inspecteur. Il est promis à une brillante carrière et vous apprendra beaucoup.

– J'en suis sûre.

Plus tard, Frank l'emmena déjeuner dans une pizzéria un peu à l'écart, par souci de discrétion, selon ses propres mots. Elle lui demanda des explications.

– Tu n'es pas contente de faire équipe avec moi ?

– Si, mentit-elle mollement.

Il lui prit le poignet d'un geste doux et lui caressa l'avant-bras.

– Travailler ensemble, ça va être formidable. J'ai toujours envie d'être avec toi.

Il la fixait avec tendresse. Elle s'efforça de sourire. Au bout de quelques secondes, elle retira sa main.

– Ne crois-tu pas que cela peut poser des problèmes...

– De quoi parles-tu ?

– Ce mélange du travail et du côté...

– Sentimental ?

Elle acquiesça, bien qu'elle eût préféré un tout autre mot.

– Il s'agit de poser une démarcation nette. Cela demande un minimum de rigueur, c'est certain. Mais je ne crois pas que ce soit un obstacle.

– Tu en es vraiment sûr ?

Il prit un air protecteur.

– Oui, mon cœur. Durant le service, il sera bon de se comporter en simples collègues et de s'abstenir de gestes tendres. Peut-être aussi devrons-nous dissimuler notre amour. Enfin… Tant que nous ne jugerons pas nécessaire de l'officialiser vraiment…

Ann frémit. Il voyait loin…

– Ceci étant, si tu sens que c'est trop dur pour toi, il te sera toujours possible de changer de coéquipier. Je te promets que je ne le prendrai pas mal.

Il lui caressa la joue.

– Je désire tout ce qui est bon pour toi.

Ann se laissa embrasser quelques secondes par-dessus la table et évita les sujets personnels pendant tout le reste du déjeuner. Le soir, elle alla chez lui faute de raison de décliner son invitation, mais le quitta tôt.

Rentrée chez elle, elle fut prise de forts vomissements. Au terme d'une nuit sans sommeil, elle appela un médecin qui lui prescrivit trois jours de repos, durant lesquels elle écrivit et déchira trois fois une lettre de démission et chercha vainement dans son carnet d'adresses une relation à qui elle aurait pu se confier.

Chacune des nuits qui suivirent, Jeff rêva de Lucie Milton. Il s'extrayait de ces songes avec difficulté, sans souvenir précis, avec seulement l'impression de sa présence qui, à mesure qu'elle se dissipait, ne laissait qu'un atroce sentiment d'absence. Elle lui manquait chaque jour davantage.

Plusieurs fois, il trouva de nouveau ouverte la porte de sa chambre qu'il avait fermée avec soin. Un soir, alors qu'il traversait un long couloir désert, les lourds battants coupe-feu qu'il allait pousser s'ouvrirent d'eux-mêmes devant lui avec un grincement. Il crut à un courant d'air, même s'il n'avait pas senti le moindre souffle. Le phénomène se reproduisit. Toujours sans témoin. Jeff se disait de plus en plus souvent qu'il était fou, et cette pensée était la seule qui pouvait encore le rassurer : il s'accrochait à elle comme au dernier témoignage de sa différence avec les autres pensionnaires de l'asile qui, eux, méconnaissaient leur maladie mentale. Malgré les médicaments, il souffrait de plus en plus d'être séparé de la femme qu'il aimait. Les seuls moments où la douleur se calmait étaient ceux qu'il passait *avec elle*. Bientôt, ce ne fut plus seulement la nuit. Il gardait la conscience que ce n'était pas Lucie en chair et en os. Mais il sentait parfois sa présence avec une telle intensité qu'il ne pouvait pas ne pas s'abandonner à l'impression de douceur et de bien-être qui l'envahissait alors, faisant taire la voix en lui qui suggérait que, s'il ne résistait pas, il allait bientôt sombrer irrémédiablement dans la psychose.

Un matin, après le petit déjeuner qu'il avait pris à l'écart, perdu dans de sombres pensées, il aperçut le prêcheur qui sortait avec une précipitation inhabituelle du bâtiment principal. Par une fenêtre, il l'observa qui traversait la cour d'honneur en direction du parc. Poussé par une intuition, il le suivit de loin. Au bout de cinq minutes d'une marche rapide, il ne le vit plus et crut l'avoir perdu. Mais un bruit attira son attention sur sa gauche. Le bosquet qui bordait le chemin présentait une trouée, il s'y engouffra. Une dizaine de mètres plus loin, les arbres s'éclaircissaient.

Le prêcheur était là.

Les lèvres remuant comme s'il psalmodiait une prière... il pointait sur sa tempe un revolver !

Sans penser, Jeff se rua sur lui et saisit la main qui tenait l'arme.

– *Noli me tangere !* hurla alors l'autre.

Jeff sursauta. Ces mots, qu'ils ne comprenait pas, évoquaient cependant quelque chose pour lui. Mais quoi ?... Son adversaire profita de son bref moment de flottement pour tenter de le repousser.

– Ne me touche pas, car je ne suis pas encore retourné vers mon Père !

Jeff lui tordit le bras.

– Donne-moi ce flingue.

– Malheureux, qu'as-tu fait ?

– Je t'ai sauvé la vie, imbécile.

Le prêcheur se rua soudain sur lui avec une rapidité fulgurante, tentant de reprendre le pistolet. Déséquilibré, Jeff roula à terre et le fou lui sauta dessus. Mû par sa pulsion de mort, il était malgré son âge d'une force inattendue. Il mordit violemment le poignet de Jeff afin de lui faire lâcher l'arme et ce dernier dut lui placer un puissant direct au plexus pour lui faire desserrer sa prise. À genoux, l'autre, muscles bandés, s'apprêtait déjà à repartir à l'assaut lorsque soudain, dans le fracas d'un coup de tonnerre, les premières gouttes d'une brutale averse se déversèrent sur eux.

Le prêcheur changea brusquement d'expression.

Dans une attitude extatique d'une sensualité stupéfiante, il leva lentement le visage vers le ciel en ouvrant les mains comme pour recueillir l'eau du ciel à laquelle il s'offrait tout entier.

– L'eau... L'eau ! Quelle merveille !

Décontenancé, Jeff se releva lentement.

– Elle l'aimait tant... Oh, comme elle regrette la pluie et toute l'eau du monde, là où elle est aujourd'hui...

– De qui parles-tu ?

– La Lumière. Elle demande ton aide.

– Mon aide ?

Mais le prêcheur, tout à son ravissement, ne l'écoutait plus.

Rentré, Jeff confia le revolver à un infirmier. Il fut convoqué par le docteur Morrow, à qui il narra les événements. Sortant de son bureau, il croisa le prêcheur, toujours en extase, que deux psychiatres menaient aux soins. Pensif, il se dirigeait vers sa chambre lorsqu'une voix le fit sursauter :

– Lucie !

Il se retourna. Juste derrière lui, un pensionnaire qu'il n'avait jamais vu exécutait un pas de danse en chantant à tue-tête :

– « *Lucy in the sky with diamonds...* »

Jeff reconnut la chanson des Beatles. Se forçant à respirer lentement, il poursuivit sa marche. Il arrivait à sa porte lorsque, surgissant d'un couloir sur la gauche, parut le blondinet. Il approchait de Jeff, le fixant avec un drôle de regard. Lorsqu'il fut à un mètre de lui, ses yeux toujours dans les siens, il se mit à entonner :

– « *Help ! I need somebody, help...* »

Une autre chanson des Beatles.

Le groupe qu'elle préférait...

Jeff, tremblant sur ses jambes, dut s'appuyer contre le mur. *Lucy... Help...* Et les paroles du prêcheur qui résonnaient dans sa tête : « Elle demande ton aide... »

Elle...

La Lumière.

Lucie...

Ce prénom, sur lequel il avait tant rêvé, il s'en souvenait, signifiait : « la lumière ».

« Elle demande ton aide. »

Je deviens fou.

Rassemblant ses dernières forces, Jeff tituba jusqu'à sa chambre et s'écroula sur le lit.

Elle demande ton aide.

Non !

Elle est morte ! Morte et enterrée. Ce sont des coïncidences. Le hasard ! Il y a des centaines de millions de fans des Beatles dans le monde, tout le monde fredonne leurs chansons. Jeff se leva et se passa le visage à l'eau froide. C'était de la pure paranoïa. Il n'y avait pas de signes, pas de signification. Rien à interpréter. Les facéties aveugles et cruelles du hasard.

Rien de plus.

Lucie est morte.

Tu dois récupérer ta plaque.

Rien de plus.

Repoussant rageusement les pensées, refusant toute sensation, Jeff se laissa sombrer doucement dans un demi-sommeil hypnotique.

Au moment où il croyait s'endormir pour de bon, quelque chose tira brutalement Jeff de son anesthésie.

Tétanisé, il crut durant quelques secondes que son cœur allait définitivement s'arrêter.

La porte de sa chambre, qu'il avait claquée quelques instants plus tôt, venait de s'ouvrir d'un coup vers l'intérieur.

Malgré l'effroi qui engourdissait ses membres, mû par un réflexe d'enquêteur, l'inspecteur se précipita dans le couloir. Celui-ci était désert, mais Jeff fut alerté par un grincement provenant d'une allée perpendiculaire. Il s'y engagea. L'accueillit le sourire édenté et ravi d'un vieillard à la longue barbe grise assis dans un fauteuil roulant. Se pouvait-il que ce soit lui qui… ? Non. Il n'aurait pas eu le temps matériel pour se mettre hors de vue après l'ouverture de la porte. Et, de toute manière, Jeff aurait entendu son fauteuil grincer.

Il regagna sa chambre et referma la porte. Dès qu'il eut franchi le seuil, il eut soudain très froid. Il alla se blottir sous les couvertures. Mais cela ne suffit pas. C'était comme si un air glacé venait le chercher jusque sous les épaisseurs qui le couvraient, se faufilant sous sa peau, traversant toute sa chair. Il frissonnait, ne pouvant empêcher ses dents de claquer.

Soudain, il y eut une brève lueur et un mouvement fulgurant dans son champ de vision sur le côté gauche, tandis qu'un fracas le faisait sursauter.

Les yeux exorbités, Jeff contemplait comme au ralenti des dizaines de petits éclats cristallins s'éparpiller en scintillant sur le carrelage de sa chambre.

Le verre.

Celui qui était posé au milieu de la table.

Il venait de traverser la pièce et de se briser contre le mur d'en face.

Pétrifié, Jeff n'arrivait plus à respirer. Lui qui, au combat, n'avait jamais ressenti la peur, lui qui était prêt à mourir à chaque instant et n'attendait au fond que cette mort qu'il avait tant de fois défiée et qui, toujours, s'était dérobée – toute sa chair était envahie d'une terreur sans nom qui lui glaçait le sang.

Il n'y avait aucune explication.

Sauf une. Mais il ne pouvait se résoudre à l'envisager.

Et pourtant…

De nouveau, *il la sentait.*

Elle.

Mais là, ce n'était plus la présence aimante qui l'avait enveloppé si souvent de son infinie douceur.

Cette fois, Lucie était en colère.

Durant ses trois jours d'arrêt maladie, Ann ne répondit pas aux appels de Frank, ni d'ailleurs à aucun autre. Lorsqu'elle réapparut au *precinct*, elle accepta de déjeuner avec lui et lui annonça qu'elle rompait. Elle fut surprise de voir qu'il ne s'y attendait pas le moins du monde. Il ne la crut d'abord pas, puis argumenta, enfin la supplia. Humilié d'être allé aussi loin, il la quitta en colère. Elle ne le revit pas de l'après-midi.

Le lendemain, il prit son service avec elle comme si de rien n'était. Durant plusieurs jours, ils enquêtèrent ensemble sans évoquer le moindre sujet personnel. Frank semblait même d'humeur gaie et Ann en fut rassurée, entrevoyant la possibilité que tout rentre finalement dans l'ordre.

Mais au bout d'une semaine, alors qu'ils déjeunaient d'un sandwich dans une voiture durant une planque, il lui présenta une petite boîte noire enrubannée. Tendue, elle l'ouvrit. Elle contenait une très jolie bague, une émeraude sertie de petits diamants pour laquelle il s'était certainement endetté. Il lui fit, sur un ton trop solennel, une demande en mariage. Le plus doucement qu'elle put, elle refusa le bijou et la proposition. Il le prit très mal.

– Je ne suis pas assez bien pour toi, c'est ça ?

– Ça n'a rien à voir, Frank.

– La fille de l'avocat Robert Lawrence veut bien s'encanailler avec un flic, mais elle épousera seulement quelqu'un de son rang !

Mâchoires serrées, Ann se contraignit à garder le silence. À quoi bon plaider sa cause ? Le seul fait qu'elle s'appelle Lawrence la transformait, aux yeux de tous les abrutis qui peuplaient ce service, en un merveilleux support de leurs petites projections personnelles et aucun, pas même Jeff Mulligan, n'en avait quoi que ce soit à faire de comprendre qui elle était vraiment… Surtout pas Jeff Mulligan, songea-t-elle avec une colère teintée d'amertume. Elle n'avait décidément pas digéré la toute dernière remarque dont il l'avait gratifiée.

Le jour même, Frank sollicita et obtint un autre coéquipier. Ann se retrouva avec Bert Garner. Celui-ci, dès la première minute, fit preuve à son égard d'une mauvaise humeur qui ne le quitta plus.

De ce jour, tous les *detectives* du commissariat se montrèrent avec Ann d'une extrême froideur, ne lui adressant à peu près jamais la parole, répondant à peine à ses questions. Ses journées devinrent un enfer.

Chaque soir, devant son reflet dans le miroir brouillé par quelques larmes qu'elle essuyait avec rage, Ann se jurait à elle-même qu'elle ne craquerait pas.

Elle ne sut jamais ce que Millar avait raconté sur son compte.

Quand il se réveilla du lourd sommeil provoqué par le somnifère dont il avait lui-même fait la demande, Jeff se souvint que c'était le jour bi-hebdomadaire de son entretien avec le psychiatre. Pour la première fois, il s'y rendit de bonne grâce. Ce crâne d'œuf qui, du haut de sa science, s'efforçait de le classer dans un de ses tiroirs ne lui avait jamais été sympathique. Mais ce jour-là, après les événements de la veille, le bureau du docteur Walker lui donna l'impression d'un havre de normalité dans la folie ambiante par laquelle il se sentait gagné. Il désirait guérir de ces hallucinations de plus en plus fréquentes et, après tout, c'était bien le boulot d'un psychiatre... Quand il s'assit en face de son médecin, Jeff était disposé à jouer franc-jeu, en tout cas dans une certaine limite. S'il lui donnait suffisamment d'informations sur ce qu'il vivait, il établirait peut-être un diagnostic. Mettre un nom sur les troubles dont il souffrait serait déjà rassurant. Un premier pas vers la guérison. L'autre leva le nez de son dossier et lui sourit.

– Comment allez-vous, mon cher Steve ?

Jeff sentit sa mâchoire s'affaisser. Walker le regardait aimablement, comme si de rien n'était.

– Pardon ?

– Je vous ai demandé comment vous vous sentiez...

– Non. Comment m'avez-vous appelé ?

– Mais Ste… euh… Oh, pardonnez-moi, Jeff, dit le toubib en consultant sa fiche.

Le temps s'était brutalement figé. Jeff n'était plus maître de ses pensées, qui défilaient avec une rapidité stupéfiante dans sa tête. En une saisie foudroyante, tellement brutale qu'il lui sembla que son crâne explosait, Jeff eut, durant un instant, l'impression que tout faisait sens. Les éléments épars qui, chacun pris séparément, semblaient échapper à toute rationalité, dessinèrent soudain un schéma d'une effrayante cohérence.

Steve était le prénom de l'amoureux de Lucie.

Noli me tangere. La phrase en latin que le prêcheur avait criée…

Jeff s'en souvenait, à présent : c'était la première partie du tout dernier message adressé à Lucie par Steve, juste avant sa mort.

Lucy in the sky… Help…

Elle demande ton aide.

Elle t'attend…

C'était comme si, autour de Jeff, tout conspirait pour le ramener à Lucie.

Mais c'était plus que cela.

On aurait dit… que se cachait derrière ce réseau de signes une mystérieuse direction, vers laquelle il était orienté malgré lui par une force…

Par Lucie ?

Non, c'était impossible. Le psychiatre le fixait avec un drôle de regard vaguement inquiet. Jeff tenta de se reprendre :

– Pourquoi m'avez-vous appelé Steve ?

Il n'avait pu s'empêcher de gronder. Une lueur d'effroi passa dans le regard du médecin.

– Je suis désolé, c'était une erreur. Un lapsus…

– Avez-vous actuellement un patient qui s'appelle Steve ?

– Oui, bredouilla l'autre, c'est probablement ça, je…

– En êtes-vous sûr ?

– Eh bien…

– Vérifiez !

Le médecin, apeuré, sembla hésiter sur la conduite à tenir. S'il pensa appeler de l'aide, il n'en fit rien et compulsa nerveusement son fichier.

– Alors ?

– Écoutez, non, je n'ai pas de malade prénommé Steve actuellement, mais vous savez...

Jeff se leva et sortit sans un mot.

Il passa toute la journée dans son lit, les yeux fixés sur le plafond, à ressasser tous ces événements qui convergeaient si mystérieusement, semblant lui indiquer la voie.

Il y avait aussi les portes qui s'ouvraient sans explication. Cela, il ne l'avait pas rêvé.

Comme si...

Comme si Lucie l'invitait à quitter ce lieu.

Cette nuit-là, Jeff escalada les hauts murs surmontés de barbelés qui entouraient l'asile et s'évada.

Désert de Juarez, hôpital clandestin

Raul est en enfer.

Le son sourd et feutré des machines. Le rythme lancinant des bips.

Des fils, partout.

Deux perfuseurs irriguent à intervalles réguliers les veines gonflées de ses poignets. Sa tête et sa poitrine sont reliées à plusieurs instruments qui analysent en temps réel les réactions de son organisme.

On l'a attaché à son lit métallique par des sangles épaisses qui lui entament les avant-bras et les chevilles.

C'est à cause des réactions de son corps à la douleur.

Celle-ci est, à certains moments, si intense qu'il a l'impression de devenir fou. Lui, qui a connu les entraînements commando des unités spéciales, où les limites de la résistance à la souffrance physique sont sans cesse repoussées...

Il arrive que son corps soit tout entier tétanisé par une crise atroce de crampes qui semblent affecter le moindre de ses muscles.

Et son ventre, qui le fait souffrir à chaque seconde... Depuis trois jours, on ne lui a rien donné à manger.

De toute manière, il ne pourrait rien avaler.

Deux ou trois fois par jour, un médecin vient lui présenter une échelle de un à dix sur laquelle Raul doit situer la virulence de sa douleur. Dix étant le maximum de souffrance qu'il imagine que son corps puisse tolérer. Au début, son doigt s'arrêtait autour de quatre, cinq. Au fil des jours, il est monté jusqu'à huit, puis neuf. Une fois, était-ce la veille ou l'avant-veille, au comble de la torture, sa main tremblante a désigné un point très au-delà de dix. Un peu plus tard, la douleur refluait. Sans doute avait-on diminué les doses…

Ce n'était nullement par compassion. Le test de l'échelle n'a pas davantage pour but de le soulager.

Le professeur Steve Buchanan le lui a expliqué : on ne lui donne pas de morphine, et ce pour deux raisons. D'abord, celle-ci risquerait d'interférer avec les substances qu'on lui administre. Ensuite, il est plus facile d'étudier les effets de ces dernières si on dispose du paramètre de la douleur.

Quelle substance lui administre-t-on ?

Le professeur a refusé de le lui dire.

Raul, qui n'a pas le souvenir d'avoir pleuré depuis sa toute petite enfance, sent le long de sa joue perler une larme qu'il ne peut essuyer. Guillermo… Le reverra-t-il un jour ? L'image du corps de Teresa le visite également. Il s'en étonne d'abord. Mais au cœur de ce calvaire, il ne peut se mentir.

Il l'aime encore.

Les bras de Teresa sont le seul lieu au monde où Raul se soit jamais senti en paix, détendu, heureux. Lui qui, jamais, n'avait su s'abandonner vraiment au contact d'un corps de femme, comme il aimait s'y endormir… Contre sa chair vibrante, irradiant l'amour, Raul, enfin, ne ressentait aucun malaise. Le corps de Teresa était son seul véritable foyer.

Dans les moments où le lancinant tourment lui laisse quelques secondes de paix, une question hante son esprit.

Pourquoi n'a-t-il pas tenté de fuir lorsqu'il résidait dans le camp ? Il bénéficiait d'une liberté de mouvements relative. Neutraliser les gardes qui avaient pour tâche de le surveiller n'était pas au-dessus de ses forces. Surtout, il était en bonne santé.

À présent, le voilà ligoté, supplicié, ruiné… Il ne peut plus rien.

Pourquoi ne s'est-il pas évadé tant qu'il en était temps ?

Raul connaît la réponse.

Pauvre imbécile…

S'il n'a rien tenté quand il en avait la possibilité, c'est qu'il voulait *savoir*. Pénétrer de l'autre côté du miroir.

Il y est, à présent. Il n'en sait pas beaucoup plus.

Et il est perdu.

– J'ai tout détruit.

Jeff était venu se réfugier chez Leticia au milieu de la nuit. Elle l'écoutait, allongée tout contre lui.

– Je ne serai plus jamais un flic.

– Pourquoi ne retournes-tu pas à l'asile ?

– Si j'y étais resté, je serais devenu complètement dingue.

Il lui raconta les phénomènes qui avaient provoqué son évasion. Pensive, elle garda le silence un long moment.

– Tu crois que je suis fou ?

Elle marqua une hésitation.

– Ta mère ne te racontait pas des histoires à propos des morts, quand tu étais petit ?

Il se raidit.

– Je n'ai pas de souvenir de ma mère.

– Tu as perdu tes racines…

– Je n'ai jamais compris le sens de ce mot.

Elle sourit, caressant ses cheveux noirs et la peau mate de son visage.

– Au Mexique, on met moins de barrières entre le monde des morts et celui des vivants. On parle avec ceux qui ne sont plus là. Et parfois, ils répondent…

– Je ne crois pas à ces superstitions.

– Que pèse ce que tu crois par rapport à ce que tu as *senti* ?

D'un geste nerveux, Jeff rejeta la couverture et s'assit.

– C'est impossible !

– Qu'est-ce qui t'a poussé à quitter l'asile ?

– Les hallucinations d'une bande de fous et le lapsus d'un imbécile de psy…

– Ou l'impression d'être appelé ?

– Les fantômes n'existent pas.

Elle l'observa quelques secondes et se mit à rire doucement.

– C'est la première fois que je vois de la peur en toi.

– De quoi aurais-je peur ?

– De ce qui t'échappe.

Il demeura songeur.

– Leticia… Qu'est-ce que tu penses, toi ?

– Je pense qu'il n'est pas bon de trop penser. Le réel est tissé de mystère. Fie-toi à ce que tu ressens.

Jeff garda le silence un long moment. Puis il se leva et commença à s'habiller.

– Il me reste une chance infime de redevenir un jour inspecteur. C'est de résoudre cette affaire.

Il embrassa la jeune femme et se dirigea vers la porte.

– Je vais fouiner du côté de ce Steve Buchanan… Puisque c'est la piste qu'« on » semble m'indiquer.

Routt National Forest, Colorado

Conduisant fiévreusement dans les lacets sinueux de la route escarpée qui le conduisait à Steamboat Springs, Jeff était d'une humeur de chien. On lui aurait demandé ce qu'il venait faire au cœur des montagnes Rocheuses, il aurait été incapable de le dire.

Une heure plus tôt, il avait atterri à Hayden Airport et loué une voiture. La petite ville d'où le fiancé de Lucie était parti pour son ultime randonnée n'était qu'à quarante miles de l'aéroport. Jeff y serait dans dix minutes. Il avait mal à la tête.

Son esprit travaillait à plein régime, mais comme une machine qui aurait tourné à vide. Il cherchait des éléments concrets, des faits précis sur lesquels fonder des conjectures solides pour donner à son enquête une direction définie. Mais il n'avait rien. Tout ce qu'il savait, c'est qu'il s'était fixé comme destination les lieux où ce zombie de Steve Buchanan avait été aperçu pour la dernière fois afin d'enquêter sur sa mort. Mais dès qu'il s'efforçait d'aller plus loin et se demandait quel était exactement le sens de sa démarche, il ne rencontrait qu'un brouillard épais dont il ne pouvait extraire que cette affirmation totalement absurde : « C'est Lucie qui t'indique cette piste pour te conduire à son assassin. »

S'il était honnête, il devait se l'avouer : telle était la seule raison pour laquelle il s'était enfui de la maison de fous où il tentait de regagner le droit d'exercer son métier de flic.

Mais depuis son évasion, il n'avait plus jamais senti la présence de Lucie. Ce qu'il avait éprouvé à l'asile lui semblait lointain, abstrait, invraisemblable. Plus il lui semblait retrouver la raison, plus son entreprise lui paraissait insensée.

Il savait seulement que tout retour en arrière était désormais impossible.

Compte tenu de son passif, sa défection l'avait trop compromis. Même s'il revenait se faire soigner, il ne serait pas réintégré dans la police. En outre, il ne souhaitait pas retourner au milieu des aliénés, dans ce lieu où le monde ne semblait pas obéir à ses lois habituelles.

Leticia avait sans doute raison sur un point : il avait peur. Mais il n'adhérait pas pour autant à ces croyances d'un autre âge.

Sa dernière carte : retrouver le véritable meurtrier de Lucie. Pour autant qu'il ne se fût pas, là aussi, fourvoyé sur toute la ligne... Car son intime conviction que la jeune chercheuse n'avait pas été victime d'une agression fortuite était fondée sur le fait qu'il l'avait aperçue au commissariat le matin de sa mort, et qu'elle se sentait donc menacée.

Le problème, c'est que c'était à une heure où, d'après l'expertise du légiste, elle était déjà morte.

Avait-il rêvé ?

Pouvait-il avoir raison contre tous ?

Indifférent aux chatoiements des neiges éternelles qui paraient les sommets de part et d'autre de la route, Jeff accéléra nerveusement.

Sa seule chance de retrouver une vie normale était désormais d'aller au bout de sa folie.

La route s'aplanissait, des maisons apparaissaient. La voiture de Jeff pénétra dans Steamboat Springs. Le dernier lieu de villégiature connu de ce Steve était l'hôtel Bunkhouse. Jeff y avait réservé une chambre. Il tourna un peu dans la petite ville qui se révélait plus vaste qu'il ne l'avait imaginé et finit par demander son chemin. Après s'être garé dans le parking de l'hôtel, il se présenta à la réception et gagna sa chambre. Il s'étendit sur son lit sans prendre le temps de manger. Exténué et nerveux à la fois, il ne pouvait empêcher les pensées de tourner sous son crâne.

Lors de l'enquête officielle sur la mort de Lucie, il avait fait établir un dossier sur Steve Buchanan. Il l'avait reparcouru sur son ordinateur portable. Celui-ci était porté disparu lors d'une randonnée en montagne le 17 mai 2007. On n'avait jamais retrouvé son corps. Il travaillait pour l'AdamTech Institute, tout comme Lucie. C'était, aux dires de tous, un chercheur extrêmement brillant et plein d'avenir.

Deux jeunes gens en pleine réussite, amoureux l'un de l'autre, décédés à trois mois d'intervalle… Y aurait-il un rapport ? Steve et Lucie seraient-ils morts pour les mêmes raisons ? La lumière sur la disparition de Steve aiderait-elle à connaître l'assassin de Lucie ?

Est-ce dans cette direction qu'il était… guidé ?

« Délire paranoïaque », s'entendit-il penser. Sa tête le lançait toujours plus vivement.

Il avala le contenu d'un sachet d'aspirine dilué dans un verre d'eau, qui ne lui fit aucun effet.

La nuit passa sans qu'il pût fermer l'œil.

Au matin, Jeff interrogea le patron de l'hôtel. C'était un homme d'une cinquantaine d'années, grand, râblé, le visage buriné par le soleil des montagnes. Il se souvint sans peine de Steve.

– Le jeune New-Yorkais disparu au printemps ? Pauvre gars… Ça devait arriver !

– Pourquoi ?

– Voilà un type qui se pointe, et visiblement pas au meilleur de sa forme, si vous voyez ce que je veux dire. Pâle, les yeux cernés, le regard dans le vague… Et, dès le lendemain de son arrivée, il se met en tête de s'embarquer dans une randonnée pour montagnard chevronné. Alors qu'il était gros comme une maison qu'il n'était jamais monté plus haut que l'Empire State Building, et encore en ascenseur !

– Qu'est-ce qui vous fait dire ça ?

– Déjà, un type qui connaît la montagne ne part pas en baskets pour une excursion à plus de trois mille mètres, surtout au mois de mai.

– Vous le lui avez dit ?

– Vous pensez bien ! Il m'a répondu qu'il faisait beau.

– Ce n'était pas vrai ?

– Vous êtes bien comme lui, vous ! Vous n'avez pas entendu dire qu'en altitude le temps peut changer en quelques minutes ? Ça n'a pas manqué, d'ailleurs. Il y a eu des orages. Et comme ce pauvre gars est parti sans carte ni boussole...

– Quel rapport ?

L'hôtelier lorgna Jeff comme s'il avait affaire au dernier des crétins.

– Le mauvais temps vous fait disparaître un sentier avant que vous n'ayez eu le temps de dire ouf. Et une fois que vous êtes perdu en montagne... Pour finir, il n'avait même pas de sac à dos.

– Vous allez encore me prendre pour un imbécile mais...

Le montagnard esquissa pour la première fois un sourire.

– Quand vous vous perdez on vient vous chercher, d'accord ? Mais ça prend du temps. Dans le coin, il y a des centaines de vallées, certaines minuscules, sans compter les escarpements, les à-pics qui dissimulent le sol aux hélicos de secours... La plus élémentaire prudence exige d'emporter de quoi survivre deux ou trois nuits : vivres, vêtements chauds. Il peut geler, la nuit, même en plein été.

– Là encore, je suppose vous avez tenté de le prévenir...

– Je lui ai même conseillé de partir avec mon cousin, qui est guide de haute montagne. Mais vous savez...

Il sembla hésiter.

– Je vais vous donner une impression personnelle, ajouta-t-il sur le ton de la confidence. Ce garçon voulait mourir.

– Qu'est-ce qui vous fait penser ça ?

– Il semblait atrocement déprimé. Et puis, il avait l'air de se moquer à un point de mes avertissements... Pour moi, il savait qu'il n'allait pas revenir.

Jeff remercia l'hôtelier et le quitta, pensif. Et si ce zombie de Steve n'était pas mort dans un accident de montagne, comme on l'avait cru... ? Se serait-il suicidé ? Mais quelle raison avait-il de le faire ? Il avait du succès, était heureux en amour...

À moins qu'il y ait eu dans sa vie une zone d'ombre... Aurait-il été compromis dans une affaire louche ? Laquelle aurait une relation avec le meurtre de Lucie ?

Pures suppositions... Jeff n'avait décidément rien de concret.

Il passa la journée à interroger les habitants de Steamboat Springs au sujet de Buchanan. Il n'apprit rien de nouveau. Si tous avaient gardé mémoire d'un type de New York porté disparu quelques mois plus tôt, peu se souvenaient précisément de lui. Il dénicha un secouriste qui avait participé aux investigations, mais n'en tira pas davantage. Ils avaient exploré la montagne quatre jours durant. Aucune trace. Le cinquième jour, une tempête avait éclaté, qui avait duré la moitié d'une semaine. Ensuite, il était inutile de reprendre les recherches.

Il rentra tôt à sa chambre et dîna d'un sandwich devant une émission de télévision qu'il ne regarda pas. Un profond sentiment de dépression envahissait son âme. Son enquête n'avait ni base ni direction. Il n'avait aucune chance.

Il décida tout de même qu'au matin il se rendrait sur les sentiers où Steve Buchanan avait disparu. Quelles traces, après quatre mois, pouvaient subsister du passage d'un homme qui avait été recherché par plusieurs hélicoptères durant des jours ? Mais c'était sa dernière piste.

Au bout d'une heure de marche, alors qu'il contemplait sans penser l'eau parfaitement immobile du lac Gold Creek devant laquelle il s'était arrêté quelques instants, la mauvaise humeur de Jeff le quitta d'un coup. Un poisson fit un saut hors de l'eau et il sourit. Le chant des oiseaux et le murmure de la brise se découpaient sur un fond de silence qui lui semblait naître des abîmes de son âme. Il se sentait bien. Peut-être Lucie était-elle coutumière de ces états de plénitude, elle pour qui la montagne était un univers familier ? Son amour de la vie paraissait soudain moins étranger à Jeff. Était-il capable de l'éprouver ? Dans un tel cadre, cela semblait moins difficile. Il n'y avait aucun but à poursuivre, aucun objectif à atteindre, il suffisait d'être simplement là et se remplir des splendeurs d'une nature vierge du chaos humain.

Oubliant le motif de sa présence en ces lieux, Jeff s'adossa à un arbre. Tous ses muscles étaient relâchés. Durant quelques minutes, parcourant des yeux les cîmes enneigées, suivant le vol d'un rapace planant lentement dans la clarté du firmament, il ne fut plus qu'un regard qui aimait.

La sensation de détente était tellement profonde que Jeff sentit bientôt son corps s'alourdir, son menton verser lentement contre sa poitrine. Il avait du mal à garder les yeux ouverts. Il sentait sa tête dodeliner doucement. Les images d'une rêverie venaient se superposer aux beautés de la montagne.

Il a dix ans. Après une longue course dans la forêt, il s'assoit contre le tronc blanc d'un bouleau. L'essoufflement se mêle au souffle du vent qui rafraîchit sa peau. Il ne sent plus les limites de son corps et se fond dans la substance de l'arbre. Il est un avec toute chose, pleinement heureux dans un instant d'éternité. Et puis…

Jeff sursauta et ouvrit les yeux. Surpris, il s'efforça de remuer ses membres engourdis. À l'ordinaire, il n'avait aucun souvenir de son enfance. Ses jeunes années étaient toujours enveloppées d'une épaisse nappe de brouillard… Étrangement, cette réminiscence ne lui laissait pas une impression de paix. Il se sentait oppressé. Jeff se leva et fit quelques pas. Il devait reprendre sa marche.

Au détour d'un chemin apparurent les neiges éternelles de Flattop Mountain. D'après sa carte, il devait quitter les sentiers balisés et monter plus directement vers le sommet de Red Dirt Pass. Les fleurs sauvages abondaient et Jeff fut bientôt assailli par des nuées de moustiques qu'il s'efforçait en vain de chasser. D'après ses renseignements, c'était la piste qu'avait suivie Steve ou, du moins, qu'il s'était proposé de suivre. Bientôt, il atteignit la limite à partir de laquelle aucun arbre ne poussait plus. Continuant son ascension sans la moindre fatigue, il contourna un champ de neige et gagna la cime de Red Dirt Pass.

De là, toute la chaîne montagneuse était visible. Jeff l'admira quelques minutes en écoutant sa respiration, goûtant l'absolue solitude que lui valait sa position au-dessus de toute chose.

Durant son excursion, il n'avait pas croisé âme qui vive.

Se souvenant soudain des raisons de sa présence dans les montagnes Rocheuses, Jeff fut envahi par un profond sentiment de dépression. Il n'avait aucune chance de trouver ici le moindre indice. Steve Buchanan avait disparu plus de trois mois auparavant, on n'avait jamais retrouvé son corps, et ce n'était pas très étonnant. La montagne était faite de multiples petites vallées plus encaissées les unes que les autres et semées de multiples crevasses... Un lieu parfait pour se suicider. On pouvait absorber des médicaments sans crainte d'être retrouvé trop tôt.

« Un lieu parfait pour faire disparaître un corps, également », dit une voix dans sa tête. Et faire croire à un accident.

Bien sûr, s'il y avait un lien entre la mort de Steve et le meurtre de Lucie, Steve pouvait tout aussi bien avoir été assassiné.

Ça lui faisait une belle jambe... Il n'avait de toute manière aucune piste.

Sa petite balade sur les traces du fiancé de Lucie ne reposait sur aucun motif rationnel. Il lui fallait se rendre à l'évidence : il avait pété un plomb et détruit sa vie de flic. Qu'allait-il pouvoir faire, désormais ? Détective privé ? Pour passer sa journée à traquer des conjoints infidèles ? Très peu pour lui. Beaucoup de gradés se reconvertissaient avantageusement dans des sociétés de sécurité privée. Mais défendre les avantages de riches pourris ne l'intéressait pas davantage. S'il n'était plus flic, sa vie n'avait aucun sens.

Il redescendit, glissant debout sur les caillasses et atteignit rapidement la ligne des arbres. Ce fut sur le sentier qui ramenait à Gold Creek qu'il aperçut les premiers êtres humains de sa journée, un couple d'amoureux qui marchait en se serrant fort l'un contre l'autre. Plus bas, Jeff remarqua un détail qui lui avait échappé à l'aller : dans un vallon en contrebas reposait une petite bergerie autour de laquelle paissaient des moutons. Elle devait être habitée. Jeff quitta le sentier et coupa dans la pente escarpée, s'accrochant aux arbres pour freiner sa descente. Il fut bientôt dans le pré. Les moutons s'écartaient et un chien courut bientôt dans sa direction en aboyant.

– Couché, Wilson, cria une voix.

Comment pouvait-on appeler son chien Wilson ? La bête avait obtempéré et le berger s'avançait vers Jeff. L'homme, efflanqué et souriant, vêtu d'une veste de mouton et coiffé d'un impressionnant Stetson, semblait ravi d'avoir de la visite.

Il lui proposa d'entrer pour boire un café mais Jeff déclina l'invitation.

– Vous avez entendu parler d'un New-Yorkais disparu dans le coin il y a quelques mois ?

– Sûr. Il n'y a pas tant d'accidents mortels. Et puis, en général, on retrouve les corps.

– Vous n'avez pas croisé ce type ?

– Non.

– Vous qui connaissez la montagne, y a-t-il quelque chose qui vous semble notable ou suspect dans cette affaire ?

– Non... Vous arrivez un peu tard, vous ! Les types qui m'ont posé ce genre de questions étaient là trois jours après les faits.

– Qui est venu vous interroger ? Les flics ?

– Ah, non, ce n'étaient pas des flics. Deux gars bizarres. Je crois que...

Le berger s'interrompit soudain, bouche bée. Il contemplait quelque chose par-dessus l'épaule de Jeff.

– Je crois bien que c'étaient justement ces types, là...

Jeff se retourna brusquement. Deux hommes approchaient, vêtus de longs manteaux urbains qui détonnaient dans ce lieu. Une paire de balèzes à la mine patibulaire intentionnellement accentuée dans le but d'impressionner… À dix mètres de Jeff, sans se concerter, ils se séparèrent de manière à l'entourer et lui couper toute possibilité de retraite. Des pros.

– Bonjour, l'ami, dit le plus gros des deux, un barbu au crâne entièrement rasé qui arborait un anneau à l'oreille gauche.

Jeff ne répondit rien. L'autre, un blond qui portait au-dessus de la lèvre supérieure la cicatrice d'un bec-de-lièvre mal opéré, prit la parole à son tour :

– Il paraît que vous vous intéressez à Steve Buchanan ?

Les deux hommes se rapprochaient lentement de Jeff. Le berger se retira subrepticement dans son chalet, dont il ferma la porte à double tour.

– On peut savoir ce que vous cherchez, exactement ? demanda le premier sur un ton à l'amabilité forcée qui ne présageait rien de bon.

– On aimerait bien savoir qui vous êtes, aussi, siffla le grand blond, proche de Jeff à le toucher.

Ce dernier ne broncha pas.

– T'as perdu ta langue, connard ?

Le chauve venait de sortir de sa poche un nerf-de-bœuf, tandis que l'autre caressait doucement un poing américain.

Jeff le savait d'expérience : les types vraiment dangereux ne prenaient pas la peine de frimer. Fixant les montagnes en face de lui, il gardait soigneusement dans son champ de vision les deux brutes qui le prenaient en tenaille, attendant le bon moment. Il ne fallait pas qu'ils lui filent entre les doigts. Car il avait lui-même quelques questions à leur poser.

Le chauve était à cinquante centimètres. Il tendit négligemment la main et effleura la joue de Jeff avec son nerf-de-bœuf.

Immédiatement, le bras de ce dernier se détendit et son coude s'abattit sur le nez du gros dur, qui fut projeté trois mètres en arrière.

Le blond lui sauta dessus mais Jeff lui allongea un coup de pied dans le bas-ventre qui le fit à peine reculer. Il devait porter une coquille. Il contre-attaqua d'un crochet avec le poing armé que Jeff esquiva tout en décochant un terrible uppercut qui foudroya son agresseur. Le chauve, le visage en sang, revint à la charge et le frappa par-derrière un peu au-dessus de la nuque. Le coup l'ébranla, mais Jeff savait encaisser. Tête baissée, il se rua sur son adversaire et lui entoura le torse des deux bras, le faisant reculer précipitamment jusqu'au mur de la cabane qu'il percuta violemment, ce qui lui coupa le souffle. L'inspecteur, rompu à toutes les techniques de close-combat, appuya son avantage d'une série de frappes dans l'abdomen et d'un crochet au foie.

Le type était coriace. Il n'avait pas la force de riposter mais ne vacillait pas.

Jeff le cogna plusieurs fois en pleine face. Il s'écroula enfin, le visage défoncé.

Jeff devina la présence du comparse dans son dos et se retourna aussitôt.

Mais trop tard.

Le blond se dressait face à lui, un rondin à la main.

Jeff n'eut que le temps, se relevant, d'esquisser un pas de retrait. Son mouvement ne suffit pas pour éviter complètement le choc mais en limita les conséquences. Le bandit avait frappé si fort que le crâne de Jeff aurait dû voler en éclats. Son esquive à moitié réussie lui valut de n'avoir qu'un bout de cuir chevelu arraché. Il se sentit chuter, peina quelques secondes à se relever.

Les deux compères mirent ce délai à profit pour prendre la tangente.

Jeff se précipita à leur suite.

Ils se dirigeaient à travers le pré vers le sentier d'où ils étaient arrivés.

Soudain, le blond se retourna et Jeff roula au sol. Ce réflexe lui sauva la vie. À vingt mètres de distance, le tueur l'arrosait à l'automatique. Les balles sifflaient à ses oreilles. Tournant sur lui même, le *detective* parvint à s'abriter derrière une butte.

Le pistolet se tut.

Jeff attendit quelques secondes. Soit le tueur attendait qu'il se découvre, soit il avait déjà pris la fuite… Il fallait qu'il se relève ou il allait les perdre.

Il le fit juste à temps pour apercevoir le manteau de cuir sombre du grand blond disparaître entre les arbres du sentier qui surplombait le pré. Il grimpa la pente en courant à perdre haleine. Quand il rejoignit la ligne des sapins, ils avaient disparu dans un tournant. Jeff tendit ses muscles pour sprinter de nouveau vers ses proies mais suspendit son élan.

Le vrombissement de deux motos venait de déchirer le silence. Des 125, songea-t-il.

Impossible de les rattraper.

Il décocha un violent coup de pied dans une branche morte qui vola loin en contrebas.

Il venait de rater une occasion qui ne se représenterait peut-être pas…

Mais en dépit de la déception, une joie sourde habitait son cœur.

La présence de ces hommes de main était la preuve que son enquête inquiétait quelqu'un.

Ses intuitions n'étaient pas du vent.

Il était bien sur la piste de quelque chose.

Étendu sur son lit dans sa chambre d'hôtel, pour sa dernière nuit de villégiature à la montagne, Jeff réfléchissait.

Les deux bouffons qui l'avaient attaqué n'avaient pas pour mission de l'abattre. Ils avaient tenté de l'intimider pour qu'il réponde à leurs questions. Ils n'avaient tiré que pour protéger leur fuite.

Comment avaient-ils pu le repérer ?

On avait dû les prévenir de sa petite enquête.

Jeff avait fait du foin, dans Steamboat Springs, en interrogeant la moitié du village...

Probablement leur commanditaire avait-il laissé à quelques habitants l'instruction de le prévenir si quelqu'un venait fouiner autour de la disparition de Steve Buchanan...

Mais qui était-il ?

Selon toute apparence, quelqu'un qui n'avait pas intérêt à ce que la lumière soit faite sur cette disparition... Son meurtrier ?

Plus il y pensait, plus Jeff acquérait la conviction que le fiancé de Lucie avait été assassiné.

Comme Lucie... Et peut-être bien sur les ordres du même mystérieux personnage.

Qui avait intérêt à leur mort ?

Une fois de plus, une brume opaque obscurcissait son cerveau.

Lucie, aide-moi...

Aide-moi.

Jeff se sentait découragé comme jamais.

Il fallut un besoin pressant pour qu'il consente à quitter son lit sur lequel il revint aussitôt s'écrouler. Il alluma machinalement la télé, tombant sur un de ces foutus *soap-operas*...

Que pouvait-il faire, à présent ?

En premier lieu, trouver un médecin dès le lendemain matin, songea-t-il. Sa plaie au sommet du crâne, qu'il avait recouverte d'une serviette humide, ne cessait de saigner et il aurait certainement besoin de quelques points de suture.

Quant à son enquête… Jeff n'arrivait plus à penser. Il se sentait totalement démuni. Vide.

Il ouvrit le tiroir de sa table de nuit, cherchant un annuaire à tâtons. Il arriverait bien à trouver un toubib disponible s'il appelait dès l'aube… Il y avait deux gros livres posés côte à côte. Il en sortit un qu'il ouvrit machinalement avant de poser les yeux sur lui. Ce n'était pas un annuaire.

C'était la Bible.

Il allait la refermer lorsque son regard fut attiré par un fragment de texte, juste à côté de son pouce gauche.

« Ne me touche pas, car je ne suis pas encore retourné vers mon Père. »

Il tressaillit.

C'était, mot pour mot, le discours du prêcheur lors de son suicide manqué !

Il avait prononcé ces mots en latin : « *noli me tangere* »… Puis il avait ajouté cette phrase : « Ne me touche pas, car… »

Et si « *noli me tangere* » signifiait tout simplement « ne me touche pas » ? Le prêcheur, qui avait l'air de disposer d'une certaine érudition, aurait mêlé le texte latin de la Bible à sa traduction…

Le sens complet du message en latin de Steve serait donc celui-ci : « Ne me touche pas, car je ne suis pas encore retourné vers mon Père. »

Encore une incroyable coïncidence : tomber fortuitement sur une page de la Bible reprenant les mots du mail de Steve, les mêmes que ceux du prêcheur ! Est-ce que Lucie, en même temps qu'elle attirait son attention sur cette phrase, lui en donnait une traduction ?

Jeff eut la velléité de se reprendre. La voix de la raison, en lui, martelait qu'il ne fallait pas chercher du sens dans un phénomène fortuit, qu'il s'agissait là d'un pur délire d'interprétation. Mais il devait se rendre à l'évidence : il écoutait de moins en moins cette voix. Des coïncidences, il y en avait eu trop pour invoquer le dieu Hasard.

Ce soir, il avait appelé Lucie.

Elle avait répondu.

Et la poitrine de Jeff était parcourue d'un tel frémissement de joie qu'il n'avait aucune envie de s'abandonner au doute.

La seule question : que cherchait-elle à lui faire comprendre ? Il y avait une clé, certainement, dans l'ultime message que lui avait adressé son fiancé... Mais laquelle ?

« Ne me touche pas, car je ne suis pas encore retourné vers mon Père... »

Ce zombie de Steve se prenait pour Jésus, ou quoi ?

« ...Pas encore retourné vers mon Père. » Pas encore retourné vers le Bon Dieu, c'est-à-dire pas encore *mort* ? Steve aurait-il voulu signifier à Lucie qu'il allait mourir ? Se suicider ?

Ou qu'il se savait menacé et qu'on allait le tuer ?

« Ne me touche pas... » : ne m'approche pas. Tiens-toi à l'écart car il y a danger ?

La correspondance de Steve et Lucie regorgeait de phrases codées et de références latines, grecques, bibliques ou ésotériques. Ils n'étaient pas seulement unis par leur passion pour la science, mais aussi par un intérêt commun pour des dimensions culturelles qui passaient au-dessus de la tête de Jeff. Et tenter de décoder leurs petits jeux linguistiques la lui prenait sérieusement ! C'était douloureux, aussi. Tant de choses unissaient ces deux-là, auxquelles il n'aurait jamais accès.

Pourquoi l'avait-elle choisi, lui, pour élucider son assassinat ?

L'absurdité de cette pensée frappa soudainement Jeff, qui eut peur d'être en train de s'isoler encore davantage dans un monde de folie.

Revenir sur terre.

Avant d'être le Bon Dieu, le père de Steve était un être de chair et de sang, nommé Henry Buchanan. Jeff se souvenait vaguement de son dossier. Un homme d'affaires, réussite spectaculaire, genre milliardaire.

Le père de Steve était-il mêlé à tout ça ? Il aurait tué Lucie ? Et Steve ? Non… Pas son propre fils. Mais il aurait pu être impliqué dans quelque chose de compromettant.

« Ne me touche pas, car je ne suis pas encore retourné vers mon Père… »

Ne m'approche pas, car je ne suis pas revenu vers mon papa, je n'ai pas encore réglé certaines choses avec lui… Steve aurait voulu tenir Lucie à distance pour la protéger tant qu'il n'avait pas réglé un certain dossier avec Henry Buchanan. Et, apparemment, la suite des événements lui avait donné raison : il était réellement en danger. Et elle aussi.

La clé des deux meurtres se trouverait-elle chez Henry Buchanan ? Lucie chercherait-elle à lui indiquer cette direction ?

Sa plaie à la tête élance Jeff avec violence. Il éclate pour lui-même d'un rire caustique. Il n'a encore jamais eu un coéquipier de l'au-delà. Aucun policier non plus, à ce qu'il sache. Il déjante.

Ou il ne déjante pas.

Ou il déjante…

Il a besoin de respirer. Il ouvre la fenêtre et sort sur le minuscule balcon. L'air nocturne inonde ses poumons d'une fraîcheur bienfaisante. La gigantesque silhouette de la montagne domine toute la vallée de son ombre majestueuse. Jamais Jeff ne s'est senti aussi petit.

À cet instant, il le perçoit comme une totale évidence : les forces qui mènent l'homme sont plus grandes que lui.

Sa décision est prise.

Il va enquêter sur Henry Buchanan.

Désert de Juarez, hôpital clandestin

Après des jours de torture, la douleur régressa progressivement, laissant Raul dans un état de total épuisement qu'aucun repos ne semblait jamais pouvoir atténuer et qui était moins cuisante, mais plus profonde, une autre forme de souffrance. Deux journées passèrent où, effondré dans le lit de son calvaire, Raul peinait à trouver la force d'aspirer de l'oxygène pour se maintenir en vie. Sous perfusion, il n'était pas nourri. Personne n'entra dans sa chambre. La tête vide de toute pensée, il ne disposait même pas de l'énergie suffisante pour s'ennuyer.

Puis on vint.

À peine capable d'entrouvrir les yeux, ce fut à sa voix que Raul reconnut le professeur Steve Buchanan.

– Raul Espejo, je n'ignore pas les souffrances que vous avez traversées. Nous allons vous ramener au centre de détente et vous allez pouvoir récupérer quelque temps. Vous êtes désormais, à part entière, un collaborateur de notre prodigieuse entreprise.

Raul n'eut pas la force de répliquer. S'il l'avait eue, comme seule réponse, il l'aurait tué de ses mains.

Plus tard, deux infirmiers, revolver à la ceinture, le posèrent sans délicatesse sur un brancard et l'installèrent dans une camionnette blanche dont l'intérieur était équipé comme une ambulance. À ses côtés, sur un autre brancard, un homme était couché, inconscient.

La camionnette démarra.

« Vous allez pouvoir récupérer quelque temps. »

Ainsi, une fois reposé, le ramènerait-on dans cette clinique du diable pour de nouvelles expériences...

Non.

La camionnette roulait au ralenti le long de l'interminable mur de béton qui séparait le camp de villégiature du lieu d'expérimentation.

Il ne reviendrait pas.

Dans trois ou quatre minutes, le véhicule arriverait à la porte blindée et sortirait de l'enceinte fortifiée. Raul entreprit de contorsionner son poignet gauche, dont la sangle était la moins serrée, afin de l'arracher à celle-ci. En prenant le contrôle de la camionnette, avec de la chance et s'il échappait au feu des miradors, il pourrait forcer le barrage du portail d'entrée. Sinon... De toute manière, il préférait mourir que de retourner faire le cobaye.

Plus que deux minutes. Moins, peut-être.

Quand toutes les techniques pour desserrer un lien étaient inopérantes, il l'avait appris dans les commandos, il en restait une qui permettait de se défaire de n'importe quelle entrave : ôter au membre ligoté suffisamment de chair pour lui donner du jeu. Frottant frénétiquement son avant-bras contre la sangle, indifférent au sang qui coulait à gros bouillons le long de sa cuisse et curieusement insensible à l'atroce douleur en résultant, Raul parvint à se dégager.

Moins d'une minute et il serait temps.

Raul jeta un œil à son compagnon d'infortune allongé à ses côtés. Il était dans le coma. Pouvait-il lui faire risquer sa vie sans son consentement ?

Mais ce qu'un être humain était condamné à souffrir dans cet enfer perdu au milieu du néant n'était-il pas pire que la mort ?

Le véhicule ralentit en virant et s'arrêta. Il devait se trouver devant la porte blindée.

Il n'y avait pas à hésiter.

À l'aller, l'ouverture des lourds battants avait pris une trentaine de secondes. Dès qu'ils redémarreraient, il faudrait agir. Il ne pouvait attendre d'être au centre de villégiature, lequel grouillait de vigiles. C'est sur le chemin entre le mur de béton et l'entrée du centre qu'il devait trouver un stratagème pour attirer au moins un de ses gardes, le neutraliser et s'emparer de son arme.

Or il y avait un obstacle.

Raul était sans la moindre énergie.

Haletant, il peinait à reprendre son souffle après l'effort de dégager son bras. Il ne sentait même pas en lui la capacité de se lever.

Mais il savait que sa faiblesse était aussi sa force. Ses geôliers, connaissant son état, ne pouvaient s'attendre à une attaque. Sa chance était la surprise.

Raul, pour la première fois depuis si longtemps, se mit à prier.

Pour que lui soit donnée, le moment venu, la vigueur dont il ne disposait pas.

Jeff rentra chez lui. Il n'avait aucune raison de se cacher. Sa fuite de l'asile était une grave irrégularité du point de vue du service, qui ruinait ses ultimes chances de réintégration, mais il n'avait commis aucun délit.

Il n'avait pas consulté la messagerie de son portable depuis son évasion. Plusieurs messages d'Ann l'attendaient. La jeune femme s'inquiétait de savoir où il se trouvait et lui demandait pourquoi il avait commis cette folie... Elle l'informait aussi que le lieutenant Woodruff avait jusqu'à présent dissimulé celle-ci à sa hiérarchie. Peut-être était-il encore temps pour lui de retourner se faire soigner... Un ultime message le suppliait de prendre contact avec elle afin de lui laisser une chance de l'aider.

Jeff se fit couler un bain chaud, dans lequel il prit le temps de réfléchir sur la conduite à tenir. Il se servit ensuite un whisky qu'il dégusta lentement. Puis il prit son téléphone et composa le numéro d'Ann. Celle-ci ne put réprimer une exclamation en entendant sa voix. Elle lui demanda où il était et lui proposa de passer. Il accepta.

Une demi-heure plus tard, elle sonnait à sa porte. Elle ne portait pas sa tenue habituelle, jean et blouson de cuir noir, et Jeff se souvint qu'il ne l'avait connue qu'en service. Elle était vêtue d'une jupe mi-longue et d'un corsage de marque bien coupé. Ce n'était plus la coéquipière inexpérimentée qui était face à lui, mais une femme. Et Jeff dut s'avouer qu'elle était plutôt bien faite.

– Vous n'avez prévenu personne ?

– Je vous en prie, appelez le lieutenant. Il tient à vous plus que je ne l'imaginais.

– Je ne peux pas retourner à l'asile.

– Pourquoi ?

– Pour des raisons qui vous échappent.

Elle s'approcha et lui prit le bras.

– Jeff, tout le monde peut avoir un moment de faiblesse. Laissez-moi vous aider.

– Je vais effectivement avoir besoin de vous.

Un sourire radieux illumina le visage de la jeune femme :

– Nous pouvons parler, si vous en éprouvez le besoin. Je peux aussi appeler le lieutenant de votre part. Ou, si vous désirez que je vous raccompagne à la maison de repos… Je suis à votre disposition.

– Il me faut des informations sur Henry Buchanan.

– Pardon ?

– C'est le père de Steve Buchanan, le fiancé de Lucie Milton qui a disparu en montagne quelques semaines avant sa mort. J'ai de bonnes raisons de croire qu'il pourrait avoir une relation avec le meurtre.

Le sourire d'Ann s'évanouit instantanément :

– Mon Dieu, Jeff, vous êtes encore dans cette histoire…

– Il convient évidemment d'enquêter dans la plus grande discrétion.

– Je vous en prie, revenez sur terre. Oubliez cette affaire ! Elle est résolue. Vous êtes en train de détruire votre carrière et votre vie.

– Vous ne voulez pas m'aider ?

– Commencez par vous aider vous-même. Mener une enquête parallèle sur une affaire élucidée par le service, je n'en ai *pas le droit*, vous comprenez ? Ne me demandez pas de vous encourager dans cette lubie.

– Vous avez peur du lieutenant.

Elle hocha la tête en le regardant bien en face :

– Quel fin psychologue vous faites…

– Ann, je n'ai plus ma plaque. Je n'ai plus accès aux dossiers de police. Je n'ai plus la moindre autorité pour interroger un témoin. Vous êtes flic. J'ai besoin de vous. C'est pourquoi je vous le redemande : Est-ce que vous voulez bien m'aider ?

Ann prit une longue inspiration.

– Jeff, je veux vous aider. Mais pas de cette manière.

Elle est seule dans la salle d'attente. Le docteur Yudkowski lui a demandé de passer après son dernier rendez-vous de la journée. Or celui-ci s'éternise. L'assistante du médecin est rentrée chez elle. Des voix feutrées provenant du cabinet sont l'unique preuve qu'il y a encore du monde. Ann regarde sa montre : 20 heures 30. Arrivée en avance, elle est là depuis plus d'une heure.

Le docteur Yudkowski est le médecin personnel d'Henry Buchanan. D'après les renseignements qu'elle a pu glâner, c'est aussi un ami proche. En l'interrogeant de manière anodine, elle parviendra peut-être à lui soustraire des informations utiles.

Peut-être…

Mais sur quoi au juste ? Elle ne sait même pas ce qu'elle cherche ! Jeff, prisonnier de sa monomanie morbide, ne semble pas en savoir davantage…

Et Ann se demande ce qu'elle fait là.

Lorsqu'elle s'est dirigée vers la porte après lui avoir opposé une fin de non-recevoir, Jeff l'a rattrapée par l'épaule. Il a plongé ses yeux dans les siens, l'air totalement désemparé, comme s'il perdait pied. Ce n'était pas seulement qu'elle refusait de l'assister dans son enquête. Ann, à cet instant, a senti qu'elle était le seul recours et peut-être le seul repère qu'il conservait dans le monde réel, celui qui pour lui continuait malgré tout d'exister hors de ses délires et sur lequel il gardait une prise, la possibilité d'agir. Alors elle a dit oui.

Seulement pour cela, Ann ? Pour lui, par pur altruisme... Regarde la vérité en face !

La jeune femme se mordit la lèvre. Elle qui avait toujours voulu être lucide envers elle-même, elle devait se l'avouer : bien sûr, il y avait une autre raison, bien plus déterminante, qui la poussait à aider cet homme dans sa quête absurde.

Les dernières semaines qu'elle avait passées au *precinct*, ostracisée par tous, avaient été insupportables. Mais elle avait serré les dents et s'était accrochée : aucun d'eux, ni Millar, ni son père, ni Jeff Mulligan, ne la détournerait de sa vocation. Jamais. Elle était flic. Elle leur montrerait. Mais lorsqu'elle avait appris que Jeff s'était enfui de l'asile, gâchant ainsi sa dernière chance de récupérer sa plaque, à sa stupéfaction, la détermination rageuse sur laquelle elle s'appuyait avait laissé la place à un profond désarroi, comme si elle n'avait plus envie de lutter. Comme si l'énergie qui l'avait aidée à tenir et à supporter les humiliations quotidiennes était celle d'un espoir : celui de refaire équipe avec Jeff Mulligan au retour de celui-ci. Être avec lui, près de lui, chaque jour.

Voilà la vraie raison pour laquelle elle lui avait si facilement dit oui quand il l'avait regardée de son air de chien battu tellement inattendu de la part d'un tel homme, tellement émouvant pour elle qui, dans sa candeur, n'avait cessé d'espérer de lui un peu de vulnérabilité : faire équipe avec lui, même sur une enquête illégale et aberrante.

Ann se passe nerveusement la main dans les cheveux. Elle s'en veut. Pourquoi se sent-elle toujours attirée par des hommes qui ont un rapport morbide avec la légalité ? Jeff a le sens de la justice. Mais il semble totalement incapable de concevoir le sens et l'utilité de la loi. Ce qui est pour le moins gênant quand on est censé la représenter... La jeune femme sourit amèrement. Jeff est tout le contraire de son père, au fond... Ce dernier comprend, interprète et respecte scrupuleusement la législation, mais n'a pas l'idée que la justice puisse être une valeur qui dépasse l'application ingénieuse d'un code... Et elle-même, qu'en pense-t-elle, de la loi et de la justice ? Elle repousse cette question.

Quelque chose en elle la presse de partir. De ne plus se soucier de Mulligan. Cet homme ne peut rien lui apporter de bon. Il est aux limites de la folie, peut-être même de l'autre côté de la limite... Ann a un diplôme de psychologie, n'a-t-elle pas conscience qu'elle est en train de succomber à une attraction destructrice pour un homme présentant des symptômes de psychose paranoïaque avec, très probablement, des épisodes hallucinatoires ?

Un homme qui ne s'intéresse à elle que parce qu'il a besoin de son aide, dans sa quête délirante et malsaine...

Ann se lève, ramasse son sac à main. C'est décidé. Elle va rentrer chez elle.

Oublier Jeff Mulligan.

Un brouhaha de paroles la fait alors sursauter. La porte du cabinet s'ouvre. Plusieurs personnes font leur entrée dans la salle d'attente.

Ann se rasseoit nerveusement.

Trop tard pour s'éclipser...

Un couple encadre une petite fille pâle et blonde au sourire d'ange. Le regard particulièrement lumineux de cette dernière contraste avec le visage défait de ses parents. Elle n'a pas plus de six ou sept ans, mais ses gestes et son maintien témoignent d'une étrange sagesse, sans âge. Elle se dirige spontanément vers Ann et tend les bras vers elle.

– Bonjour. Je peux te faire un bisou ?

Ann s'accroupit.

– Avec plaisir ! Et moi ?

– Tu peux.

– Naomi, n'embête pas la dame, réprimande doucement sa mère en s'essuyant les yeux.

– Laissez-la, je vous en prie, dit Ann. Elle est adorable.

– Est-ce que tu es une maman ? demande Naomi.

– Non. Mais tu me donnes très envie d'en devenir une !

Une voix masculine l'interrompt :

– Je suis désolé de vous avoir fait attendre, inspectrice.

La famille prend congé et disparaît. Ann se trouve en face d'un grand gaillard athlétique et bronzé d'une quarantaine d'années, qui lui sourit en dévoilant intentionnellement une dentition parfaite et l'invite à pénétrer dans son cabinet :

– Asseyez-vous, je vous en prie. Vous alliez partir, je crois. Excusez-moi. Un tel retard n'est pas dans mes habitudes, mais j'étais confronté à un cas délicat qui nécessitait un peu plus qu'un simple diagnostic. Vous comprenez ?

Ann hausse les sourcils en secouant la tête. Le médecin a l'air embarrassé.

– Eh bien, sans trahir le secret médical… Cette Naomi est une merveilleuse petite fille, d'une incroyable maturité… Elle est atteinte d'une maladie rare… Qui la condamne à court terme. Sauf progrès rapide de la recherche, évidemment… Mais la probabilité est faible. Elle a parfaitement saisi la situation et on dirait qu'elle l'accepte. Bien plus que ses parents, en tout cas.

La voix de Yudkowski tremble un peu, trahissant une émotion qu'il tente de réprimer :

– Mais je ne veux pas vous embêter avec mes histoires ! Inspectrice, que me vaut le plaisir de votre visite ?

– Eh bien… Il y a des éléments, à propos de la mort de Lucie Milton, qui ne semblent pas encore élucidés, et…

Il l'interrompt.

– Ah, Lucie… Quelle perte…

– Vous la connaissiez bien ?

– Je l'ai connue par l'entremise d'Henry Buchanan, l'homme qui serait devenu son beau-père s'il n'y avait pas eu cette double tragédie… J'admirais beaucoup cette femme. C'était une chercheuse comme il y en a trop peu. Elle est la seule scientifique que j'ai sentie vraiment à l'abri de ce genre de tentation qui, pour ma part, m'a détourné de la recherche.

– Quelle tentation ?

– Vous avez vu les parents de cette petite fille ? S'ils la perdent, c'est pire que la mort. Ils n'ont qu'un seul espoir : la science. Et moi, mon rôle consiste à les préserver de la désespérance sans pour autant les bercer d'illusions. Aujourd'hui, nous ne croyons plus guère en Dieu, n'est-ce pas ? Il n'y a plus d'au-delà pour nous consoler d'être mortels… Toute l'attente que concentraient les religions se reporte sur la recherche. Les savants sont les grands prêtres d'un culte universel qui est la peur de la mort. Et la science est l'ultime Église après la mort de Dieu, dont les officiants prennent la place de l'être suprême qu'ils ont destitué en mettant à portée de rêve humain Son attribut majeur : la toute-puissance. Ne voyez-vous pas que les scientifiques sont les véritables dieux de notre temps, puisque c'est à eux que l'on demande de faire des miracles ! Comment ne pas se laisser griser ?

Le ton enflammé et étrangement déclamatoire de cet homme masquait mal un profond désarroi, trahi par ses mains tripotant nerveusement un paquet d'ordonnances. Comme il devait être difficile pour un médecin de se sentir impuissant face à la maladie d'un enfant...

– Et vous dites que Lucie Milton parvenait à résoudre cette équation...

– Je crois qu'elle se moquait éperdument du pouvoir. Un jour, je l'ai entendue dire à Steve : « Tu pratiques la science parce que tu aimes la science ; moi, parce que j'aime la vie. » C'était une émerveillée. Elle désirait contempler l'Arbre de Vie. Mais la manière dont nous y touchons l'effrayait.

– Que voulez-vous dire ?

– Suivez-vous les progrès de la science, inspectrice ?

– De très loin, je l'avoue...

– Imaginez : nous sommes dans vingt ans. Votre foie connaît des défaillances. Qu'à cela ne tienne : petite visite dans une clinique, on vous établit un devis. Pour un foie artificiel, mille dollars. Pour un foie de porc immuno-compatible, deux mille. Pour un foie issu de vos propres cellules souches, trois mille dollars – mais il y a un délai ! Dans très peu de temps, nous serons capables de remplacer les organes humains comme les pièces d'une machine.

– On pourra greffer un foie d'animal sur un être humain ?

– Cela vous choque ? C'est pourtant à l'étude : nous manquons d'organes humains. Pour l'instant, nous butons sur un obstacle technique : il n'y a pas de compatibilité organique entre l'animal et l'homme, et les xénogreffes sont rejetées. Il y a pourtant une solution.

Ann, captivée malgré elle, ne songeait plus à ramener le médecin au sujet pour lequel elle était là.

– Il s'agit simplement de transférer à des animaux un ou des gènes qui rendraient leurs organes compatibles avec le corps humain. Bien entendu, il s'agirait de gènes humains, et ces animaux deviendraient un peu hommes...

– Des hybrides animal-humain...

– À l'heure où je vous parle, une ferme spécialisée élève, à l'abri de toute contamination microbienne ou virale, des singes et des cochons qui ont été soumis à une telle manipulation génétique. Ailleurs, on fabrique de l'hémoglobine en greffant un gène humain sur des plants de tabac – mi-plante, mi-homme ! Ailleurs encore, pour que les nourrissons assimilent mieux le lait, on transfère un gène humain dans le patrimoine génétique d'une vache. On pourrait multiplier les exemples... En découvrant les lois de la génétique, l'homme s'est donné les moyens de concurrencer Dieu. Bientôt, nous serons capables de produire n'importe quel organe à partir de cellules souches prélevées sur un embryon ou, mieux encore, sur un clone décérébré qui sera conservé comme réserve vivante d'organes.

Ann le regardait et des images de science-fiction défilaient devant ses yeux, la rendant étrangement nauséeuse.

– Non... Je ne crois pas qu'on en arrivera là.

– Et qu'est-ce qui fera que l'on arrête de manipuler le vivant ?

– Il y a une limite...

– Mais qui la fixera ? La seule limite, c'est l'humeur collective du moment ! Ce qui paraît inacceptable aujourd'hui sera banal dans cinq ou dix ans et l'on s'indignera alors par avance de monstruosités que l'on ne peut même pas imaginer aujourd'hui et qui deviendront réelles à leur tour, tôt ou tard !

– C'est aux scientifiques de dire stop.

– Et si vous ou un de vos proches était atteint d'une maladie incurable ? Est-ce que vous ne prieriez pas de toutes vos forces pour que la recherche découvre un traitement, coûte que coûte ?

– Je ne sais pas…

– Et cette petite fille que vous avez croisée ? N'avez-vous pas envie qu'elle vive ?

Son regard s'égara un instant par la fenêtre. Il reprit plus doucement :

– La recherche sauve des vies. Combien d'enfants ont leur père ou leur mère auprès d'eux aujourd'hui grâce à la science ? Combien d'amoureux sont réunis grâce aux progrès de la recherche ? C'est pour cela que la science est à ce point vénérée. Tenez, pourquoi Steve Buchanan aurait-il renoncé à la puissance et à la gloire auxquelles son père le destinait, sinon pour célébrer le culte de la seule et ultime déesse des temps modernes ?

Ann tressaillit. De lui-même, le médecin revenait au sujet qui l'avait amenée dans son cabinet.

– Et à quoi Henry Buchanan destinait-il son fils ?

– Henry est parti de rien et il a bâti un empire industriel. C'est son œuvre, ce qui compte le plus pour lui. Sa hantise a toujours été de mourir sans transmettre le flambeau. Or il n'a pas eu la chance d'avoir un fils…

– Mais Steve ?

– Henry a d'abord eu une fille, Angelina. Puis sa femme est morte. Il l'adorait et ne s'est jamais remarié. Mais il lui fallait un successeur. Il a adopté un garçon. Steve est son enfant adoptif.

– Et Angelina ?

– Je crois qu'il n'a jamais cru en elle. Elle est pourtant brillante, talentueuse et, de surcroît, voue à son père une admiration sans limites. Mais il lui fallait un mâle… Pauvre Henry ! Avec Steve, il est à la fois bien et mal tombé.

– C'est-à-dire ?

– On ne pouvait pas imaginer plus belle intelligence que celle de Steve Buchanan. Mais il a refusé de suivre la ligne tracée par son père.

Ann écoutait, captivée malgré elle.

– Il a préféré embrasser la recherche, ce qu'Henry a ressenti comme une trahison. Ils ont été des années en conflit.

En son for intérieur, Ann sympathisa instantanément avec le fiancé de Lucie Milton qui s'était heurté au même problème de vocation qu'elle-même ! Elle suivit avec d'autant plus d'intérêt la suite du récit du docteur Yudkowski :

– … D'autant plus que Steve a trouvé dans le patron de son laboratoire une manière de père supplétif, vous voyez ? Il faut dire que le professeur Irkalla est un grand scientifique mais aussi un homme très humain et formidablement charismatique. Toujours est-il que Steve était très proche de lui, ce qui n'a pas facilité ses relations avec son père… Mais au bout du compte, Henry n'a pas eu à se plaindre de la vocation de son fils, puisqu'elle lui a peut-être sauvé la vie !

– Que voulez-vous dire ?

Le médecin prit une longue inspiration.

– C'est une histoire pénible pour moi. Il y a un peu plus d'un an, Henry Buchanan est venu me consulter. Il souffrait depuis quelque temps de difficultés d'élocution. Je l'ai orienté vers un neurologue de mes amis qui lui a fait passer une batterie d'examens et m'a communiqué un diagnostic : maladie dégénérative incurable en phase terminale. J'ai dû lui communiquer la terrible nouvelle. Et puis je ne l'ai plus revu. Il ne répondait pas à mes messages. Son entourage me disait qu'il allait mieux. Connaissant la maladie dont il souffrait, je ne pouvais évidemment pas les croire. Et puis un jour, environ six mois plus tard, nous nous croisons lors d'une soirée chez des amis communs… Et je n'en crois pas mes yeux ! Il était en parfaite santé.

– On a déjà vu des personnes condamnées par la médecine connaître des guérisons spectaculaires…

– Jamais d'une SLA !

– Pardon ?

– Sclérose latérale amyotrophique. C'est une maladie dont on ne guérit pas. On perd progressivement l'usage de tous ses muscles. Ceux qui sont au niveau de la gorge, puis ceux des jambes, des bras, du maintien. C'est inexorable, il n'y a pas de paliers. À la fin, il ne reste que la mobilisation des paupières, les cinq sens et une intelligence intacte. On meurt d'une détresse respiratoire. On n'a jamais vu ni guérison, ni rémission, ni amélioration.

– Mais alors ?

– Je sais seulement qu'Henry est allé se faire soigner dans la clinique du professeur Irkalla.

– Le patron de Steve Buchanan ?

– Exactement. Il dirige un laboratoire, AdamTech, et une clinique privée où il applique des techniques de pointe issues de ses recherches.

– Et c'est lui qui a guéri Henry Buchanan…

– Non, il y a eu certainement une erreur de diagnostic de ma part. Ainsi que de l'équipe de neurologie qui lui a fait passer ses tests. Mais il présentait vraiment tous les symptômes d'une SLA de forme bulbaire. N'importe quel médecin aurait posé le même diagnostic. Et pourtant, c'était forcément une erreur. Ou bien, il s'agit d'un miracle !

Le docteur Yudkowski sourit brièvement :

– … Mais je ne crois pas aux miracles. En tout cas, Henry m'en a voulu. En dépit de mes excuses, nous ne nous voyons quasiment plus. Et je le comprends. Je lui ai annoncé sa mort prochaine et je me suis trompé…

– Tout le monde se trompe un jour.

– Un médecin n'a pas le droit à l'erreur.

– Vous méritez plus d'indulgence de votre part. Vous êtes quelqu'un de bien.

Yudkowski, touché, lui sourit.

– J'aimerais beaucoup vous revoir.

Ann se leva.

– Cela se fera certainement. J'aurai sans doute encore des questions à vous poser.

– J'aimerais vous connaître.

Il serra sa main un peu plus longtemps que ne l'exigeait la simple politesse.

– Je vous recontacte, dit-elle en la retirant d'un geste naturel.

– Faites-le, je vous en prie.

Ann, de mauvaise humeur, se rendit chez Jeff pour lui faire son compte rendu.

– Voilà. C'est tout ce que j'ai pu obtenir.

– Je vous remercie de votre aide.

– Je ne vous aide pas.

– Bien sûr que si.

– La seule façon dont je pourrais le faire serait de vous dissuader de poursuivre cette enquête absurde. Il n'y a aucun élément nouveau dans ce que je vous apporte.

– Vous n'en savez rien.

– Qu'espérez-vous, bon sang ?

– Je l'ignore.

– Plutôt que vous rendre à l'évidence et admettre vous être trompé, vous persistez dans votre délire et courez à votre perte. Soyez un peu humble et acceptez d'être vulnérable !

– Je ne me suis jamais senti aussi vulnérable de ma vie.

L'aveu décontenança la jeune femme.

– Alors laissez-vous soigner. Tout le monde peut perdre pied un jour ou l'autre. Vous avez besoin de revenir au réel.

– Qu'est-ce que le réel ?

– Vous ne pouvez pas avoir raison contre tout le monde.

– Le réel, c'est ce que croit tout le monde ?

– Si vous êtes le seul à avoir aperçu une femme dans le commissariat et que l'on vous démontre que cette femme était morte à cette heure précise, alors ce que vous avez vu ne peut être réel.

– Et pourtant je l'ai vue.

– C'est pour cela que vous avez besoin de vous faire soigner.

Jeff demeura songeur quelques instants.

– Ces deux hommes qui m'ont attaqué dans la montagne...

– Eh bien ?

– Ils sont la preuve que je ne poursuis pas du vide. Quelque chose n'est pas élucidé dans ces deux morts.

– Dans celle de Steve Buchanan, peut-être. Pas dans celle de Lucie Milton.

– Je comprends votre point de vue. Vous ne pouvez pas me suivre. À votre place, je réagirais de la même manière.

– Alors rendez-vous à la raison. Vous vous êtes engagé dans une impasse sur la seule foi de cette femme que vous avez vue ou cru voir au commissariat. Or, qu'il y ait réellement eu une femme ou pas, celle-ci ne pouvait être Lucie Milton.

– C'était elle.

– C'est impossible. On vous en a donné la preuve scientifique.

– Qu'est-ce qu'une preuve ?

Ann se tut. L'angoisse l'étreignait. L'impulsivité instinctive de Jeff l'avait troublée dès le début, déclenchant en elle un inconfortable mélange de crainte et d'attirance. Mais cette part irrationnelle menait désormais le sergent aux confins de la folie, territoire terrifiant qu'elle-même avait toujours gardé à distance grâce à la solide armure de son esprit analytique... L'impuissance de ses arguments à redonner à cet homme un semblant de raison la ramenait à la fragilité de son propre équilibre mental.

– Jeff, tenta-t-elle, une note implorante dans la voix, essayez de porter sur vous le regard du policier que vous étiez avant de sombrer dans ce délire obsessionnel... Comment auriez-vous jugé l'homme que vous êtes devenu ?

Jeff resta un instant songeur :

– C'est peut-être l'homme que je deviens qui jugera celui que j'ai été...

– Foutaises !

– Ann, je vous remercie pour tout ce que vous avez fait pour moi. Si j'échoue, nous ne nous reverrons probablement pas, alors je voudrais vous dire une dernière chose : ne lâchez pas le métier. Il vaut la peine que l'on souffre pour lui.

La jeune femme tenta de masquer l'émotion qui l'envahit soudain.

– Vous êtes une incroyable tête de mule…

Jeff ne lui répondit que d'un sourire dont la lumière contrastait de manière troublante avec la dimension ténébreuse qui ne le quittait jamais. Ann l'observa quelques secondes et reprit :

– Jeff, je vous crois perdu, mais il m'est impossible de ne pas vous soutenir. Si vous en ressentez le besoin, appelez-moi. Je vous aiderai.

Il la saisit doucement par les épaules en la fixant.

– Pourquoi ?

Sans détourner le regard, elle prit ses mains et se dégagea d'un geste lent.

– Vous qui êtes si fin psychologue… Devinez !

Le premier novembre, Jeff reçut dans sa boîte aux lettres un petit cercueil sur lequel son nom était gravé. Il en croqua un morceau : il était en sucre et Jeff n'ignorait pas sa provenance. Il appela aussitôt Leticia. Celle-ci l'invita le soir du lendemain : c'était la fête des morts au *barrio latino*.

– Ça te changera les idées, conclut-elle, et Jeff ne parvint pas à savoir si elle était ironique.

Dans la 110ᵉ Rue est régnait une agitation bruyante. La nuit tombait, les réverbères n'étaient pas encore allumés et les seules lumières étaient celles de hautes torches dressées à même le trottoir et d'une kyrielle de bougies déployées aux rebords de toutes les fenêtres. Sur les nombreux étals disposés sur le trottoir, outre des cercueils en sucre, on vendait aussi des brioches en forme de tibia ou de tête de mort et, dans un bric-à-brac cocasse, des photos de saints, des cierges, des fleurs en plastique, des faux miniatures en bois sculpté, de petites balances dorées, du soda, de la tequila et du mezcal, des pétards et des cloches. Une boulangerie affichait fièrement : « ici, véritable pain des morts ». Jeff haussa les épaules. Il n'ignorait pas la coutume mexicaine de nourrir les défunts le jour de leur fête mais n'avait jamais cru à ces superstitions.

Leticia lui avait donné rendez-vous chez des amis à elle, dans un petit immeuble délabré situé à l'angle de la 110ᵉ et de la Iʳᵉ Avenue. Au moment où il s'apprêtait à entrer, un jeune garçon l'arrêta et posa dans sa main un crâne en sucre avant de détaler. Il n'eut pas le cœur de le jeter et monta les escaliers en le tenant gauchement. Dans la pénombre du soir tombant, à la lueur des bougies, des ombres se croisaient furtivement. À tous les paliers, les portes étaient ouvertes, on allait et venait librement d'un appartement à un autre. Des rires légers montaient de partout, se mêlant aux chuchotements et aux cris étouffés. Étrangement, l'atmosphère était à la fois solennelle et joyeuse.

Au quatrième étage, Jeff entra dans l'appartement de gauche. Il fut accueilli par un petit homme basané au visage couturé qu'il reconnut aussitôt : il était fiché au grand banditisme. Le type lui offrit sa main avec un sourire :

– Bienvenue, flicaille !

Jeff, sur ses gardes, prit la main tendue.

– On est copains ?

Le poussant à travers le sombre couloir en direction d'une pièce éclairée à la bougie d'où provenait un léger brouhaha, le truand éclata d'un rire aviné :

– Aujourd'hui, on est tous les amis de la *Niña Blanca* !

Dans le salon tendu de noir et de rouge, autour d'une table sur laquelle étaient disposées de nombreuses photos et de la nourriture, une vingtaine de personnes s'agglutinaient. Au fond, assise à côté d'un petit autel, Leticia lui fit signe d'approcher. Jeff fendit l'assistance et l'embrassa sur le front.

– Qui est la *Niña Blanca* ?

– La Jeune Fille blanche ? Elle est devant toi, sourit la jeune femme en désignant la figure féminine qui trônait au milieu de l'autel.

Jeff sursauta. Persuadé qu'il s'agissait d'une représentation de la Vierge de Guadalupe, il n'avait pas prêté attention à l'effigie qui le fixait avec un rictus effrayant. Enveloppée d'un long manteau doré, coiffée d'un voile fleuri de roses rouges et blanches, c'était la Mort qui le toisait. L'effet était si saisissant que l'inspecteur se demanda s'il s'agissait d'un véritable crâne humain.

– *Santa Muerte*, murmura Leticia à son oreille. Tu peux te placer sous sa protection. Elle est très puissante.

Jeff haussa les épaules.

– Qu'est-ce que c'est que cette connerie ?

Leticia fronça les sourcils.

– Tu devrais être plus respectueux. Au pays, des millions de gens prient la Sainte Mort.

Incrédule, Jeff observait une femme, les jambes flageolantes, s'agenouiller devant le squelette paré et verser entre les dents jaunies du crâne grimaçant son verre de tequila.

– Tu crois à ces foutaises, toi ?

– Ne méprise pas ce que tu ignores. Pour moi, *Santa Muerte* est une figure de la Grande Mère.

– La quoi ?

– Marie. La Déesse. La Vie.

Bouche bée, Jeff tentait de donner un sens à ces propos hermétiques. C'était la première fois que Leticia l'effrayait.

– Est-ce que tu les sens ? reprit cette dernière.

– Qui ?

– Les morts.

Jeff frissonna. Sur la table dressée comme pour un banquet, à la lueur vacillante des chandelles, dans le tumulte étouffé des chuchotements et des rires dont il était impossible de dire la provenance, les photos des défunts semblaient comme animées d'une vie étrange. Tous les gens rassemblés en ce lieu étaient convaincus que leurs chers disparus étaient là, avec eux, et Jeff dut bander ses muscles pour ne pas céder à l'impression insistante d'une *présence*.

– Ce sont les vivants qui m'intéressent, finit-il par répondre d'un ton qu'il aurait voulu plus assuré.

La jeune femme pouffa, un éclair espiègle dans les yeux.

– Ah bon ? Je n'avais pas remarqué !

Jeff, confus, ne sut quoi répondre. Depuis son arrivée, il n'avait plus pensé à Lucie. Leticia se plaça en face de l'autel et s'inclina.

– Tu permets ? C'est l'heure de mes dévotions.

Elle prit une pomme et une part de gâteau qu'elle posa au pied de l'idole macabre, devant une photo en noir et blanc représentant un homme jeune de type hispanique, sur laquelle elle fit trois signes de croix successifs. Puis elle se recueillit quelques instants avant de se tourner vers Jeff :

– La Sainte Mort a besoin qu'on la nourrisse.

– Qui est-ce ? demanda Jeff en désignant la photo.

– Il s'appelle Raul Espejo. C'est mon cousin. Enfants, nous étions très proches.

– Il est mort ?

– Je le confie à la Santa Muerte dans l'espoir qu'il puisse encore être sauvé. Il a disparu à Juarez. Il a probablement été enlevé.

– On le recherche ?

– Là-bas, des milliers de personnes ont disparu depuis dix ans. La police ne peut ou ne veut rien faire. Il n'y a plus qu'à prier.

Leticia avait les larmes aux yeux et Jeff l'attira contre lui.

– Je voudrais prier avec toi.

– Vraiment ?

– Est-il nécessaire de croire pour prier ?

– Il est nécessaire de ne pas croire qu'on sait.

– Je ne sais plus rien.

– Alors tu peux prier.

Il ferma les yeux, puisque c'était ainsi que l'on priait. Mais aucun mot ne venait. En lui ne régnait qu'un désespérant silence.

– Je ne sais pas faire.

– Demande de l'aide.

– À qui ?

– À ta copine de là-haut.

Le visage de Lucie apparut aussitôt derrière ses paupières closes, saisissant de vie et de beauté, le regardant avec une tendresse sans limites. Un sentiment de douceur envahit tout son être.

Alors une prière monta de son cœur : « Lucie, fais que l'on retrouve Raul Espejo. »

« Absurde », dit une voix en lui. Il devenait dingue, il priait Lucie comme si elle était la Madone. Pour retrouver un ancrage dans le réel, il ouvrit les yeux. Assise à deux pas, une femme aux très longs cheveux noirs avait approché son visage de la photo d'un homme et lui parlait doucement. Sur la table, près de chaque portrait d'un disparu, on avait disposé quelques mets que celui-ci avait aimés de son vivant, dans le but de l'attirer.

Tous ces gens rassemblés par la croyance que les âmes des morts pouvaient, le jour de leur fête, revenir parmi les vivants, étaient-ils fous, eux ?

Jeff prenait conscience que sa plus grande épreuve n'était pas d'être chassé de la police et tenu pour dément par tous, ni même de souffrir les tourments de l'amour pour une ombre qui n'existait peut-être que dans son imagination, mais précisément ce doute accablant qui ne le laissait jamais en paix : avait-il bouleversé sa vie et ruiné sa carrière pour une chimère, un fantasme, une hallucination ?

« Lucie, pria-t-il, si réellement tu es intervenue dans ma vie, si vraiment tu attends de moi quelque chose, donne-moi un signe indiscutable. »

« Et donne-le *maintenant.* »

Leticia lui prit la main.

– Ça ne va pas ? murmura-t-elle à son oreille.

– Je suis perdu. Je ne suis même plus sûr que j'ai véritablement vu Lucie Milton le matin de sa mort. Tout le monde croit que j'ai eu une hallucination, ou que j'ai vu une autre femme et construit ensuite un délire en voyant son cadavre.

– C'est drôle...

– Tu trouves ?

– Il y a quelques jours, j'ai pris un café avec une collègue de ma rue, Milena. Elle m'a raconté une histoire troublante. Qui a peut-être un rapport avec ton affaire...

Elle fit une pause, songeuse.

– Eh bien, raconte, s'impatienta Jeff.
– Tu vas trouver ça délirant.
– Au point où j'en suis…
– Elle est originaire de l'Ohio. Ses grands-parents maternels tenaient une ferme. Leurs deux fils sont partis faire la guerre au Viêt-nam. Un soir, sa grand-mère est seule chez elle, on frappe à la porte. Son fils aîné est là. Elle l'invite à entrer. Il ne bouge pas, ne prononce pas un mot, il se contente de la regarder, longuement. Puis il fait demi-tour et se fond dans la nuit. Durant trois jours, elle l'attend, persuadé qu'il est en permission et va revenir. Puis elle reçoit la visite d'un lieutenant de l'armée qui lui annonce que son fils est mort trois jours plus tôt.
– Je ne vois pas bien le rapport avec ce qui me préoccupe, maugréa Jeff.
– Vraiment pas ?
– Qu'y a-t-il d'extraordinaire ? Le type se tue durant sa permission…
– Il ne s'est pas tué durant sa permission. Il est mort au combat.
– Tu m'as dit qu'il se battait au Viêt-nam !
– C'est bien là qu'il est mort.
– Le jour où…
– Au jour et à l'heure précise où sa mère l'a aperçu.
– C'est impossible.
– N'es-tu pas toi-même confronté à l'impossible ?
– Mais quelle est l'explication ?
– Milena m'a affirmé que de nombreux témoignages attestaient ce phénomène : au moment précis de leur mort, des êtres apparaissent à un proche en un autre lieu, parfois à des milliers de kilomètres. Comme pour avertir de leur décès. Ou donner un signe. .
– Tu veux dire que… que c'est une espèce de fantôme qui…
– Je ne sais pas.

– Tu es en train de me suggérer que c'est l'esprit de Lucie qui me serait apparu au commissariat au moment précis où elle était en train de mourir à l'autre bout de Manhattan ?

– Ne t'es-tu pas senti guidé par elle depuis sa mort ? N'as-tu pas senti sa présence ?

Atterré, Jeff ne pouvait plus penser. C'était comme si ses repères explosaient une nouvelle fois, lui qui croyait les avoir tous perdus.

Ainsi, Lucie…

Il ne l'aurait jamais vue de son vivant.

Ce serait une apparition, un spectre qui…

Non, ce n'était pas croyable. Sa présence était si forte, si intense… C'était elle.

Ça ne pouvait être qu'elle.

Il avait connu Lucie.

Jeff se leva brusquement et quitta l'appartement sans un regard pour Leticia.

Jeff se tourne et se retourne dans son lit. Le sommeil, une fois encore, le fuit. Les pensées se bousculent au point que, parfois, il croit devenir fou.

Et si Leticia avait raison ?

Non.

Non ! Lucie est venue lui demander de l'aide. Elle était menacée. Ce n'était pas un spectre. Elle était bien réelle.

Mais ne lui a-t-elle pas donné des signes *après son décès* ? N'a-t-il pas senti sa présence ? Peut-il douter de cela ?

Et ce psychotique, à l'asile, qui dans son délire lui en a donné une description si fidèle, lui affirmant qu'il la *voyait*... Quand tant de signes convergent, est-il encore rationnel d'invoquer le hasard ? Lucie, après sa mort, s'est manifestée.

Alors, puisque Jeff croit aux fantômes, pourquoi refuserait-il l'hypothèse que lorsqu'il a vu Lucie au *precinct*, ce n'était pas réellement son corps de chair ?...

Jeff s'assoit sur le rebord de son lit et se prend la tête à deux mains. Pour la première fois depuis si longtemps, il pense à sa mère. L'image de son visage le hante, il ne parvient pas à la chasser, ni cette douleur qui l'accompagne et qu'il croyait être parvenu à enfouir définitivement dans les ténèbres de son âme.

Pourquoi sa mère, après sa mort, ne lui a-t-elle jamais donné le moindre signe ?

Est-ce parce qu'il l'a laissée disparaître dans un néant sans fond, celui de sa mémoire fermée à double tour par le refus obstiné de l'évoquer ? Pourquoi, bannissant ainsi le souvenir de sa mère, l'a-t-il tuée une deuxième fois dans son cœur ?

Parce qu'il lui en voulait de l'avoir abandonné ?

Telle une bulle d'air énorme remontant des profondeurs de l'eau pour éclater à la surface, un chagrin submerge Jeff qui s'écroule en larmes. Il se revoit soudain à l'instant précis où il apprend sa mort. Il est à la campagne, dans les Catskills. Hébergé dans une maison appartenant à cet homme fortuné avec qui sa mère...

Il revenait d'une longue randonnée solitaire dans la forêt.

Il était heureux sans raison.

Cet étrange souvenir, qui avait fait surface lors de son expédition en montagne sur les traces de Steve Buchanan, lui revient de nouveau. *Assis contre le tronc blanc d'un bouleau, l'essoufflement se mêle au souffle du vent qui rafraîchit son corps. Il n'a plus de limites. Il se fond dans la substance de l'arbre. Il se sent aimé, infiniment.*

Le visage grave d'un vieil homme l'accueille. Est-ce un médecin ? Ou le propriétaire de la maison ?

« Ta maman... »

Jeff serre les poings.

Pourquoi faut-il que s'ouvrent les portes du souvenir ? La mémoire empêche de vivre. Seul le présent existe !

Mais les questions se pressent dans sa tête et il n'a pas le pouvoir de les repousser.

Est-ce en revenant de cette promenade qu'il avait appris que sa mère était morte ?

Est-ce juste après ce sentiment d'éternité, où il avait vraiment et totalement aimé la vie, qu'il avait reçu la pire douleur qui puisse être assenée à un enfant ?

Au matin, Jeff se rendit à la New York Public Library, sur la 5e Avenue. Deux lions de pierre gardaient l'escalier menant à la prestigieuse bibliothèque, l'un nommé « Courage », l'autre « Patience ». Jeff se retint d'y voir encore un signe et monta les marches jusqu'à l'immense porche. C'était la première fois qu'il pénétrait en ce lieu et ce n'était pas sans une forme de timidité. Les personnes qu'il croisait lui semblaient des étrangers. Ces intellectuels avaient presque tous une manière identique de se déplacer, le front légèrement en avant comme s'ils avaient pris en filature une idée qui jouait à leur échapper. Extraterrestres flottant entre deux mondes, il semblait qu'une simple bourrade eut pu les faire tomber.

L'inspecteur choisit une place dans l'immense salle qu'on lui avait indiquée comme correspondant à sa recherche. Il n'en bougea pas de toute la journée, jusqu'à la sonnerie annonçant la fermeture.

Il revint le lendemain. Sous le regard étonné d'appariteurs peu habitués, en ce lieu des savoirs officiels, à fouiller les fonds d'étagères en quête d'antiques grimoires consacrés aux fantômes, spectres et autres manifestations paranormales, il passa encore la journée entière à compulser une masse impressionnante de livres, feuilletant rapidement chacun d'entre eux, abandonnant aussitôt ceux qui ne contenaient rien qui l'intéresse. Au soir, son opinion était faite.

Il existait de multiples témoignages de cas semblables à celui que lui avait décrit Leticia. Certains apparaissaient dans des rapports de police. D'autres impliquaient plusieurs témoins dont les récits convergeaient. Quelques semaines plus tôt, il aurait considéré ces croyances comme des balivernes. Mais après ce qu'il avait vécu, il n'avait aucun mal à l'admettre : de nombreuses personnes avaient été averties de la mort d'un proche, à l'instant même où celle-ci se produisait, et ce par une impression (accompagnée le plus souvent d'une émotion très forte, parfois d'un évanouissement), une voix, *ou bien l'apparition de la personne décédée.* Cette dernière provoquait un tel sentiment de vérité que les témoins restaient longtemps persuadés qu'ils avaient vu la personne en chair et en os, même avec la preuve formelle que c'était impossible.

La sonnerie de la fermeture interrompit sa réflexion. Jeff se leva de son bureau et quitta la bibliothèque d'un pas pesant.

Désert de Juarez

Raul poussa un cri de victoire. Le crépitement des tirs s'était tu quelques minutes plus tôt. La camionnette roulait encore, ce qui signifiait qu'aucun élément indispensable du moteur n'avait été touché et que le réservoir était intact. L'œil rivé dans son rétroviseur, Raul ne voyait aucun signe de poursuite. Ses ravisseurs devaient être en train d'organiser la chasse. Nul doute qu'ils n'allaient pas laisser filer deux de leurs proies sans réagir. Il devait accroître son avance au maximum.

Jusqu'ici, il avait eu de la chance. Un des deux geôliers, passé la porte blindée, avait pénétré à l'arrière de la camionnette de sa propre initiative afin d'inspecter les liens des deux prisonniers. Raul l'avait immobilisé d'une prise à la gorge, lui avait subtilisé son arme et l'avait contraint à le délier. L'autre gardien s'était précipité. Il l'avait abattu avant de prendre le volant. Tout s'était compliqué lorsqu'il avait tenté de forcer le barrage. Il avait foncé dans la barrière, espérant qu'elle céderait. Mais le choc ne l'avait qu'à moitié démolie et Raul, tout en ripostant au feu nourri des deux vigiles préposés à l'entrée, puis des mitrailleuses installées sur les miradors, avait dû faire marche arrière et percuter la traverse métallique une deuxième fois pour que la torsion suffise à le laisser passer. Le véhicule était criblé de balles et c'était un miracle qu'il n'ait pas été tué. Son passager était-il sain et sauf ? se demanda-t-il soudain… Il vérifierait plus tard. Il ne pouvait rien pour l'instant. Dans leur intérêt à tous deux, il fallait qu'il roule. Et qu'il réfléchisse.

Oui, il avait eu beaucoup de chance. Ou était-ce autre chose ? Il s'était surpris, juste avant d'agir, à demander la force qui lui faisait défaut. Il ignorait à quoi ou à qui il s'était adressé mais devait admettre qu'une énergie inattendue irriguait son corps, ayant dissipé tout épuisement. Il n'en restait pas moins que sa situation était critique. De toute part, le désert s'étendait à perte de vue. Il ne savait pas où il était, ni quelle direction prendre pour gagner le plus proche endroit habité. Le réservoir de la camionnette était aux trois quarts vide ce qui, sur un tel terrain, lui laissait moins d'une centaine de kilomètres d'autonomie. Avec à ses trousses des poursuivants parfaitement équipés pour un tel environnement.

Il fallait un miracle.

Jetant un coup d'œil dans le rétroviseur, Raul tressaillit. Un épais nuage de sable se profilait dans le lointain. Plissant les yeux, il parvint à distinguer le véhicule qui gagnait du terrain à chaque seconde. C'était un énorme 4x4 surmonté d'une tourelle équipée d'une mitrailleuse. Raul calcula qu'il ne disposait que d'une poignée de minutes avant d'être rejoint. Il ignorait si ses poursuivants avaient pour consigne de l'abattre ou de le ramener vivant. Dans l'une ou l'autre hypothèse, armé de deux revolvers à moitié déchargés et au volant d'un véhicule inadapté au désert, il n'avait aucune chance. Mourir ne l'effrayait pas. Seul son fils Guillermo aurait pu l'attacher à la vie mais, pour ce dernier, cela faisait plusieurs années qu'il était déjà mort.

Perdu pour perdu, il pouvait tenter l'impossible.

Raul attacha sa ceinture de sécurité, puis il accéléra, poussant son moteur jusqu'à l'extrême de ses possibilités.

Soudain, il donna un brusque coup de volant qui déséquilibra la camionnette. Celle-ci quitta la piste en zigzaguant, buta contre un rocher et se renversa dans un dévers.

Le choc fut d'une extrême violence. Raul ne perdit pas connaissance mais il lui fallut de longues secondes pour retrouver ses esprits. Encore sonné, le visage en sang, il défit l'attache de sa ceinture tout en la maintenant contre lui de manière à donner l'illusion qu'il était entravé. D'une main, il tenait serrée la crosse du revolver qui, d'après ses souvenirs, devait contenir encore quatre balles. De l'autre, il tâtonna pour trouver le second revolver, en vain. Il avait dû glisser sous le siège lors de l'accident.

Il n'avait pas le temps d'aller le chercher. Le vrombissement d'un moteur enflait progressivement. Le véhicule armé de ses poursuivants s'arrêta brutalement, levant un nuage de poussière qui masqua quelques secondes le paysage. Des pas. À travers la vitre brisée de la camionnette renversée, Raul aperçut soudain la haute stature d'un homme en tenue militaire, pointant un fusil-mitrailleur, qui ouvrit la portière de son côté avec précaution. Se contraignant à la plus totale immobilité, plissant les yeux pour tenter d'apercevoir les autres types, Raul banda ses muscles. Le canon du fusil-mitrailleur s'enfonça dans son côté, cherchant à retourner son corps. Il s'en saisit alors d'un geste fulgurant, le détournant de lui, tout en tirant une seule balle qui atteignit l'homme au milieu du front. Immédiatement, il se dressa à travers la fenêtre, aperçut une silhouette en train de se retourner qu'il abattit aussitôt avant de s'abriter dans l'habitacle tandis que claquaient les tirs d'un troisième homme.

Il n'avait plus que deux balles. Ou bien une seule ? Et il fallait agir vite. Il n'avait pas été atteint parce que son dernier agresseur était situé de l'autre côté du véhicule accidenté. Si ce dernier parvenait à faire le tour et l'ajustait à travers l'habitacle, il serait immanquablement tué. Car les balles perçaient la tôle comme du carton.

Il n'y avait qu'une chose à faire : parier que l'autre avait tenu le même raisonnement et était en train de le contourner.

Mais de quel côté ?

Deuxième pari...

Raul prit appui sur ses bras et, arme braquée, bascula sur le côté gauche du véhicule.

C'était le bon choix.

Un homme rampait le long de la camionnette, fusil-mitrailleur en bandoulière. Surpris, il n'eut pas le temps de mettre son assaillant en joue. Raul, incertain de la précision d'un tir en mouvement, appuya deux fois sur la gâchette.

Le dernier poursuivant s'effondra le nez dans la poussière, tué net.

Il n'y avait eu qu'une seule détonation. Raul avait abattu trois hommes avec autant de balles dans son chargeur.

De la chance, décidément.

Il contourna la camionnette et ouvrit la portière arrière. Il entendit des gémissements. Son compagnon d'évasion avait survécu. C'était un jeune homme corpulent, couvert de sang. Il avait la mâchoire fracturée et une balle dans l'épaule. Sans compter ce qui était invisible au premier examen...

Raul le dégagea à grand-peine. Il était lourd, et il ne s'agissait pas d'aggraver ses blessures. Le sortant du véhicule accidenté, il le traîna à l'ombre du 4x4, dans lequel il découvrit un bidon d'eau. Il lui donna à boire, par petites lampées, et but lui-même.

Et maintenant ?

Il avait une à deux heures d'avance sur la deuxième vague de poursuivants, qui partirait lorsque le retard des premiers serait considéré comme anormal. Sur le sable du désert, n'importe quel engin motorisé laissait une trace qui rendait impossible de fausser sa piste. Sa situation s'était améliorée, puisqu'il disposait d'eau, d'un véhicule armé et d'un peu plus de temps. Mais il était toujours perdu dans un territoire hostile que ses ennemis connaissaient bien. Et il devait traîner un partenaire très mal en point et fort encombrant, qui allait forcément le retarder.

Un instant, la pensée de le laisser là le traversa. Même seul, ses chances étaient minimes. Et il devait survivre s'il voulait révéler les crimes perpétrés dans l'oasis maléfique et contribuer à la libération des autres victimes…

Il posa les yeux sur son compagnon. À demi inconscient, il tremblait en gémissant.

C'est lui qui avait entraîné cet homme dans son évasion. Il ne lui avait pas demandé son avis. Il en était responsable.

Il ne pouvait pas l'abandonner.

Raul le prit par les épaules et l'installa en douceur dans le 4x4. Il posa un bidon d'eau à portée de sa main, l'enjoignant à boire régulièrement. L'autre sembla acquiescer d'un hochement de tête. Puis il s'installa au volant.

Il était en paix.

Il démarra et s'engagea sur la piste, le cœur léger.

Il savait qu'il avait toutes les chances d'être tué. Mais toute peur semblait avoir disparu.

Car Raul le savait d'un savoir imprimé dans sa chair, dans la moindre de ses cellules : à l'aune de l'enfer dont il s'était échappé, la mort était un moindre mal.

Jeff marche. Il n'est pas rentré chez lui. Depuis trois heures, il arpente sans fatigue les rues de Manhattan. Son corps a besoin de mouvement. Il n'a pas l'habitude de tant penser. Auparavant, il ne réfléchissait que dans le cadre d'une enquête ; les questions et hypothèses agitées sous son crâne fonctionnaient comme un instrument froid qui ne suscitait en lui aucune émotion et cessait son activité sitôt obtenu le résultat poursuivi. Et il n'aimait rien tant que ces moments d'action où, la tête vide de toute pensée, il n'était plus qu'un corps animal totalement vigilant, prêt à réagir aux sollicitations de l'instant. À présent, son esprit est devenu comme un moteur emballé qui ne sait plus s'arrêter, chacune de ses pensées lui tord les entrailles et son corps n'est plus qu'une douleur. Car il pense pour remettre un semblant d'ordre dans un rapport au monde, à la vie et à lui-même qui, depuis sa « rencontre » avec Lucie, a été à plusieurs reprises totalement bouleversé.

Jusqu'à cet instant, Jeff vivait avec la sourde angoisse d'être devenu fou. Avait-il rêvé, été l'objet d'une hallucination lorsqu'il avait vu Lucie au commissariat, puisque tout le monde lui affirmait que c'était impossible ?

Étrangement, la nouvelle hypothèse a balayé ses incertitudes comme par enchantement.

Il n'est pas fou. Au commissariat, il n'a pas eu la berlue.

D'accord, il n'a pas vu Lucie en chair et en os, elle était effectivement morte, ou en train de mourir, à cet instant. Mais elle lui est bien apparue, une première fois à l'instant de sa mort, puis, ensuite, à plusieurs reprises, de différentes manières.

Mais pourquoi ?

Car la terrifiante ironie de la situation, c'est qu'au moment même où Jeff acquiert enfin la conviction qu'il n'a pas été la proie d'une illusion, les raisons qui lui avaient fait croire que le meurtre de Lucie ne pouvait pas être un crime crapuleux s'effondrent.

Persuadé qu'elle était venue au *precinct* de son vivant pour lui demander de l'aide, il en a conclu qu'elle se sentait menacée avant de mourir, que son assassinat ne pouvait donc être la conséquence d'une simple mauvaise rencontre et que Simon Brooks était innocent.

Ce raisonnement est aujourd'hui balayé.

Et si Brooks était bien le meurtrier ? Si Jeff avait tout faux depuis le départ ?

Non.

Ce n'est peut-être pas de son vivant que Lucie l'a appelé au secours, mais elle s'est manifestée à lui. Elle lui a donné de nombreux signes. Des signes qui indiquent une autre piste...

Peu importe que Lucie se soit réellement sentie menacée avant son assassinat.

Oui, sans doute, Jeff l'a cru pour de mauvaises raisons. Mais sans cette conviction, se serait-il jamais lancé dans cette enquête ? Lucie avait besoin qu'il soit persuadé de l'avoir vue vivante à la porte de son bureau !

Jeff frémit.

Lucie avait besoin que Jeff soit dans l'erreur pour le mener à la vérité...

Mais quelle vérité ? A-t-il seulement avancé d'un pouce depuis le début de son enquête ?

Jeff allonge le pas. Marcher, marcher jusqu'à l'épuisement...

Que veux-tu, Lucie ?

Il n'en peut plus de penser.

Son corps est douloureux de toute cette énergie qui lui irrite les nerfs faute de s'employer. Il a besoin d'action.

Demain, à la première heure, il ira voir Henry Buchanan. S'il ignore ce qu'il cherche, il sait d'expérience qu'un bon coup de pied dans la fourmilière est parfois fructueux…

TROISIÈME PARTIE

Je meurs de ne pas mourir.

Saint Jean DE LA CROIX

Octobre 1969

T'en souviens-Tu ? J'ai cru en Toi.

Enfant, dans chaque sourire de ma mère, dans le souffle de la brise agitant les branches du saule qui gardait le jardin, dans les mots de ta Parole dont j'allais, joyeux, nourrir mon âme tous les dimanches, je Te reconnaissais. Je Te priais. J'ai cru que Tu me répondais.

Imbécile que je fus !

Je Te rendais grâce pour chaque instant de ma vie, le cœur parfois tellement gonflé de Ton amour qu'il me fallait courir et hurler à travers la forêt pour contenir ma vie dans les limites de mon corps.

Imbécile que je fus !

T'en souviens-Tu, de cette nuit où je demeurai prosterné de gratitude au pied de Ton autel, parce que, enfin Tu m'avais donné de la rencontrer ? Elle, attendue dans les profondeurs muettes de mon cœur sans que mon esprit fût capable de seulement l'espérer ?

Ma Bien-Aimée.

Et Tu me l'as ravie.

C'est dans mes bras qu'elle a rendu son dernier souffle.

Contre ma poitrine j'ai gardé cette chair désertée. Durant des jours, je n'ai pas bougé. Recueillant les derniers dons de ce corps tant aimé, odeurs de la putréfaction, visions ignobles de la décomposition…

La mort, Ton invention…

Et lorsque enfin, au bout de bien des jours et des nuits de veille atroce, les vers ont commencé de lui tomber du nez, il m'est arrivé ce que, jamais, je ne pourrai Te pardonner.

Elle m'a dégoûté.

Je l'ai vomie, ma Bien-Aimée. Loin de moi je l'ai repoussée.

Je l'ai haïe.

As-Tu joui, Dieu Mauvais, dans les replis du temps où Tu Te caches, lorsque l'infini de mon amour a connu sa limite ?

Si Tu existes, Tu nous as menti.

L'amour n'est pas plus fort que la mort.

Mais moi, je le serai.

Aujourd'hui et pour toujours, Dieu créateur de l'univers, de la souffrance et de la mort, je Te déclare la guerre.

À sept heures, Jeff appela Ann.

– Vous voulez toujours m'aider ?

– J'ai décidé de vous accompagner au bout de votre folie.

– « Sagesse aux yeux des hommes, folie aux yeux de Dieu... »

– Vous citez la Bible, maintenant ?

– Je viens d'entendre un prêcheur à la télé.

Il lui donna rendez-vous une heure plus tard devant l'immeuble où était établie la société d'Henry Buchanan. Le bâtiment, situé sur la 5e Avenue, donnait sur Central Park.

– Vous avez déjà enquêté dans des endroits aussi chics ? demanda Ann en contemplant le hall carrelé de marbre et orné de bois précieux.

– Ce genre d'endroit m'est certainement moins familier qu'à vous...

Ann se mordit la lèvre.

– Une fois, poursuivit Jeff, j'ai perquisitionné chez un richissime propriétaire de galeries d'art. Il recelait des œuvres dérobées dans des musées.

– Il y a un marché pour ça ?

– Vous ne soupçonnez pas le nombre de milliardaires qui disposent d'une pièce secrète où ils entreposent des toiles de maître ou des objets archéologiques volés à l'admiration du public pour leur seul plaisir personnel...

Lorsqu'ils arrivèrent au comptoir du gardien, Ann sortit sa plaque et la lui planta sous le nez tandis que Jeff l'apostrophait avec autorité.

– Où peut-on trouver Henry Buchanan, je vous prie ?

L'autre ne pensa pas à demander la plaque de Jeff.

– Son bureau est au dernier étage. Qui dois-je annoncer ?

– Vous n'annoncez pas, lâcha Jeff d'un ton menaçant en se dirigeant vers les ascenseurs.

Le gardien reposa son téléphone.

Au douzième étage, il n'y avait qu'une seule porte, de dimension imposante, qui portait l'inscription : *BUCHANAN INVESTMENT INC.* Jeff sonna. Une femme raide et sévère ouvrit à moitié :

– C'est à quel sujet ? demanda-t-elle sans s'effacer.

– Police, appuya Jeff tandis qu'Ann exhibait à nouveau sa plaque. Nous voulons voir Henry Buchanan pour une affaire le concernant.

– Monsieur Buchanan n'est pas à son bureau aujourd'hui.

– Où peut-on le trouver ?

– Il ne passe ici qu'en cas de nécessité. Il travaille le plus souvent à son domicile.

– Celui de Long Island ?

– Oui.

Ils montèrent dans leur voiture et prirent la direction de Queensboro Bridge. Henry Buchanan habitait une propriété située sur la côte nord de Long Island, à une quarantaine de miles de Manhattan. On y accédait par un portail blindé gardé par deux hommes armés qui demandèrent des instructions par talkie-walkie lorsque les deux inspecteurs se furent présentés. Après une minute de tractations, les lourds battants s'ouvrirent et ils parcoururent plus d'un kilomètre sur un chemin de terre à travers un parc boisé avant de se trouver devant un immense manoir de style néo-médiéval. Même Ann n'avait jamais vu propriété aussi somptueuse. Un majordome les introduisit dans un bureau et leur demanda de patienter. Bientôt fit son entrée un homme de haute taille, mince, aux cheveux argentés, les toisant de l'air hautain de celui qui a l'habitude d'être en position de force.

– Je serais curieux de savoir ce qui me vaut l'honneur d'une visite des représentants de la loi ?

– Inspecteur Mulligan, inspecteur Lawrence, police de New York, dit Jeff. Nous...

L'autre leva un sourcil :

– Lawrence ? Seriez-vous par hasard de la famille de...

– C'est mon père, coupa Ann.

– C'est aussi un de mes avocats.

Jeff leva les yeux au ciel un court instant, ce qui n'échappa pas à Ann. C'est à la jeune femme que le milliardaire s'adressa, d'un ton quelque peu radouci.

– Dites-moi donc ce qui vous a motivé à effectuer un si long déplacement.

– En fait, bredouilla Ann, nous...

Jeff fit un pas en avant.

– C'est nous qui avons enquêté sur la mort de Lucie Milton.

– Félicitations. Du travail rapide et soigné.

– Je ne crois pas.

– Comment ?

– Ce n'est pas son meurtrier que nous avons arrêté.

– Mais vous avez un suspect sous les verrous.

– Je suis convaincu qu'il est innocent.

– Tout l'accuse !

– Ce meurtre a été maquillé en crime crapuleux mais il s'agit d'une affaire beaucoup plus complexe.

– Je ne comprends pas. C'est bien vous qui avez mené l'enquête...

– Il y a des éléments nouveaux.

Buchanan fronça les sourcils.

– Inspecteur, votre visite a-t-elle un caractère officiel ?

– Eh bien, pas exactement. Mais...

– Dans ce cas, je vous prierais de bien vouloir quitter les lieux.

– Monsieur Buchanan, vous connaissiez bien Lucie Milton, n'est-ce pas ?

– Je n'ai aucune raison de répondre à vos questions.

– Son meurtrier court toujours !

– Simon Brooks a-t-il été relâché ?

Il avait suivi l'affaire de près, se dit Ann : il n'avait pas hésité sur le nom du suspect.

– Non, convint Jeff. Mais…

– Juridiquement, cette affaire est donc close et vous n'avez rien à faire ici. Si vous ne partez pas vous allez avoir de sérieux ennuis. J'ai de bons avocats, ajouta-t-il à l'adresse d'Ann.

– Si le meurtrier de Lucie Milton est en liberté, celui de votre fils aussi.

Le vieil homme se figea.

– Mon fils est mort dans un accident.

– Je suis convaincu qu'il a été assassiné. Et j'ai besoin de vous pour retrouver son meurtrier.

– Absurde !

– Ces deux morts sont trop proches l'une de l'autre. Lucie et Steve ont été tués pour les mêmes raisons. Vous pouvez m'aider à les découvrir.

– Je vous prie de vider les lieux.

– Ne voulez-vous pas venger le meurtre de votre fils ?

– Assez ! Pouvez-vous seulement imaginer ce que c'est que de pleurer un fils ! Cessez de me torturer avec vos balivernes.

– Monsieur Buchanan, Steve et Lucie ont été tués parce qu'ils ont découvert quelque chose. Vous étiez proche d'eux. Laissez-moi vous poser quelques questions.

– Puisque vous ne voulez pas partir de votre plein gré…

Le milliardaire appuya sur un bouton. Quelques secondes plus tard, une porte s'ouvrit sur deux malabars, élégamment vêtus d'un costume de bonne coupe, qui avancèrent sur les deux inspecteurs l'air menaçant.

Ann prit Jeff par l'épaule.

– Allons-nous-en, murmura-t-elle. Ça ne sert à rien.

Jeff esquissa un mouvement pour la suivre, mais se figea aussitôt.

En face de lui, un des deux sbires d'Henry Buchanan le fixait bouche bée.

Il était entièrement chauve, portait une barbe. Et son visage encore tuméfié était recouvert d'un épais pansement qui lui protégeait le nez.

C'était un des deux hommes qui l'avaient attaqué dans la montagne.

Il y eut un long silence. Ann retenait son souffle. Jeff s'était tourné vers Henry Buchanan que son employé fixait d'un regard interrogateur. Le milliardaire perdit quelques instants contenance puis se reprit, en homme habitué à exercer sur lui-même un constant contrôle.

– C'est donc vous qui enquêtiez sur la mort de mon fils...

– C'est donc vous qui m'avez envoyé vos tueurs.

– Ils n'avaient pas pour mission de vous tuer.

– Le copain de ce bouffon a vidé son chargeur sur moi.

Le type au visage amoché grimaça et fit mine de s'avancer. Jeff lui décocha un regard mauvais et il s'immobilisa, de la crainte dans les yeux.

– Laissez-nous, ordonna le maître des lieux à l'adresse de son homme de main.

Celui-ci sortit sans un mot, suivi de son comparse.

– Inspecteur, reprit Buchanan, je vous dois des excuses. L'homme qui vous a tiré dessus a été congédié.

Jeff le dévisageait d'un œil glacial.

– Vous comprendrez que vous devenez mon principal suspect, monsieur Buchanan.

– Suspect de quoi ? De la disparition de mon fils !

Une expression si douloureuse passa sur le visage du vieil homme que Ann ne put s'empêcher de le croire sincère. Elle tenta de se raisonner : « Ne te laisse pas abuser par tes émotions. »

– Et de celle de Lucie Milton.

– Si vous pouviez seulement soupçonner à quel point je préférerais être mort aujourd'hui et Steve vivant... Quant à Lucie, je l'aimais. Tout le monde l'aimait. Elle rendait mon fils heureux. Il était devenu plus doux, plus ouvert... Elle lui faisait du bien.

Jeff le coupa :

– Pourquoi m'avez-vous envoyé vos hommes dans la montagne ?

Henry Buchanan alla s'asseoir derrière le vaste bureau marqueté qui occupait le tiers de la pièce.

– Prenez un siège, je vous en prie. Je crois que je ne peux plus échapper à des explications. Désirez-vous boire quelque chose ?

Il sortit d'un placard une bouteille de vieux porto. Ann et Jeff déclinèrent d'un geste. Il s'en servit un verre.

– Lucie est venue me voir, peu de temps avant sa mort. Elle m'a affirmé qu'elle avait de bonnes raisons de penser que Steve était vivant. J'ai voulu y croire, en père refusant l'inéluctable, se laissant entraîner dans le délire d'une femme amoureuse et désespérée. J'ai fait enquêter sur les lieux de sa disparition. Mes hommes ont laissé la consigne de les prévenir en cas d'élément nouveau. Votre petit séjour en était un. Pendant quelques jours, je me suis abandonné au venin de l'espoir... Mais ces imbéciles ont failli. Ils n'ont même pas été capables de me dire qui vous étiez et ce que vous vouliez. Maintenant, je le sais et je me dis que j'ai eu raison d'arrêter d'y croire.

– Pourquoi Lucie pensait-elle que Steve n'était pas mort en montagne ?

Le milliardaire, une fraction de seconde, eut l'air troublé.

– Elle ne me l'a pas dit.

Il avala son porto d'un trait et s'en servit un autre.

Jeff demeurait songeur.

Une nouvelle hypothèse se présentait, à laquelle il n'avait pas pensé : si Steve n'était pas mort ? Après tout, on n'avait pas retrouvé son corps. S'il avait été enlevé ?

Ou bien…

Jeff tressaillit.

« Je ne suis pas encore retourné vers mon Père. »

Lucie, par l'entremise du prêcheur, à l'asile, avait attiré son attention sur cette formule…

Et si celle-ci signifiait tout simplement : « Je ne suis pas encore retourné près du Bon Dieu », c'est-à-dire, « je suis vivant » ? Steve, dans un langage codé, aurait-il indiqué à sa compagne qu'elle ne devait pas le croire mort ? Cela signifiait-il qu'il avait disparu de son plein gré ?

Ainsi, depuis le début de cette affaire, il se promenait avec un fantôme et un mort vivant…

Un vertige saisit soudain Jeff.

Pourquoi avait-il pris l'habitude d'appeler Steve « ce zombie » ? Était-ce une intuition, soufflée par Lucie, que ce mort était… *vivant* ?

Lucie inspirerait-elle chacune de ses pensées ?

Ann regardait furtivement dans sa direction d'un air inquiet et Jeff, reprenant contenance, rompit le silence :

– Elle avait raison.

Henry Buchanan sursauta.

– Que voulez-vous dire ?

– Je crois, moi aussi, que votre fils est vivant.

– Je n'ai pas besoin de marchand d'espoir !

– Si nous retrouvons le meurtrier de Lucie, nous avons une chance de retrouver votre fils.

– Steve est mort ! Laissez-moi en paix.

– Il est vivant.

Ann fixa Jeff avec perplexité. Qu'est-ce qui lui prenait ?

– Inspecteur, reprit le vieil homme qui avait du mal à garder son calme, comment pouvez-vous affirmer une chose pareille aussi péremptoirement alors que vous n'avez strictement aucun élément ?

– J'en ai.

– Et lesquels ?

Jeff se mordit les lèvres. Il avait trop parlé. Il était impossible d'évoquer son dialogue avec une morte. S'il venait d'une culture où le contact avec l'au-delà était encore tenu pour normal, il vivait dans un monde où ce genre de choses vous faisait passer pour cinglé. De mauvaise humeur, un peu ironique, il s'entendit répondre sans l'avoir prémédité :

– Monsieur Buchanan, croyez-vous aux miracles ?

Alors se produisit un événement totalement inattendu. Devenu livide, Henry Buchanan serra son verre avec une telle force qu'il se brisa.

– Pourquoi me demandez-vous ça ? siffla-t-il, mâchoires serrées.

Interloqué, Jeff eut un mouvement de recul.

– Mais je…

– Vous ne savez rien ! hurla le vieil homme, rouge comme s'il suffoquait.

Puis il se leva, renversant son fauteuil, balaya du revers de main une partie des objets posés sur son bureau et, dans un accès de rage insensé, prit Jeff par le col et le fit lever.

– Foutez le camp !

Jeff, qui aurait pu assommer le vieil homme d'une simple bourrade, obtempéra et se dirigea vers la porte. Ann, stupéfaite, le suivit.

Ils regagnèrent leur voiture sans échanger une parole.

Sur la route les ramenant à Manhattan, Jeff conduisait plus lentement qu'à l'accoutumée, absorbé dans ses pensées. Ann réfléchissait de son côté, perplexe.

– Il cache quelque chose, finit-elle par dire.

– Vous l'admettez enfin.

– Sa réaction était totalement irrationnelle. Qu'est-ce qui a pu lui faire perdre ainsi son contrôle ?

– Je lui ai juste demandé s'il croyait aux miracles...

– Qu'a-t-il pu entendre dans cette question ?

– Henry Buchanan est peut-être un rationaliste fanatique... !

Ann regarda Jeff à la dérobée, heureusement surprise de l'entendre plaisanter avec légèreté.

– Ou peut-être pratique-t-il la magie en secret, renchérit-t-elle...

– Ou bien est-il simplement fou... Et sa réaction n'a rien à voir avec notre enquête.

– Je ne le crois pas fou, affirma Ann. Quelque chose, que nous ignorons, lui a fait péter les plombs. Cet homme a un secret.

– C'est vous qui m'encouragez, à présent ?

La jeune femme pinça les lèvres. D'où lui venait cette impression nouvelle que l'enquête de Jeff n'était peut-être pas sans objet ? Du désir de le conforter, de lui faire plaisir, de le voir émerger des ténèbres qui formaient le fond de son âme ? Mais on ne s'arrache pas au désespoir par une illusion, elle le savait... Il y avait autre chose. La réaction d'Henry, après la stupeur, avait éveillé en elle une interrogation qui ne la quittait pas, comme si elle cherchait dans sa mémoire un élément, un indice, une signification qui ne cessaient de la fuir.

Sur Queensboro Bridge, Jeff demanda à sa passagère si elle souhaitait qu'il la dépose chez elle.

C'est à ce moment précis que le souvenir lui revint.

– « Ou bien il s'agit d'un miracle » ! cria-t-elle presque.

– Pardon ?

– C'est la phrase qu'a prononcée le docteur Yudkowski.

– Je ne comprends pas.

– À propos de la guérison d'Henry Buchanan. Et il a ajouté : « Je ne crois pas aux miracles. »

Jeff se tut un instant. En d'autres temps, attacher de l'importance à ce genre d'associations d'idées lui aurait paru stupide. Mais depuis qu'il se sentait guidé par quelque chose qui le dépassait, il apprenait à accorder son attention à la plus petite convergence, à la moindre coïncidence.

– Pour ce médecin, une telle guérison était inexplicable ?

– Il avait diagnostiqué une maladie totalement incurable, sentence confirmée par le meilleur spécialiste. Sa seule explication était qu'ils s'étaient trompés tous les deux. Mais il avait du mal à l'admettre.

– Et s'ils ne s'étaient pas trompés ?

– C'est au sujet de cette hypothèse qu'il a parlé de miracle.

– Aux yeux d'Henry Buchanan, c'est donc sa guérison qui pourrait être associée à un miracle ?

Ann soupira longuement.

– Mon Dieu, Jeff, nous nous fondons sur des éléments si ténus, volatiles, inconsistants...

– Mais c'est vous qui me les apportez, sourit l'inspecteur.

– Je ne sais plus trop où j'en suis.

– Moi non plus. Mais je commence à m'y habituer. Et, voyez-vous, ce n'est pas entièrement désagréable...

– Que comptez-vous faire ?

– Après le diagnostic, selon Yudkowski, Buchanan est allé se faire soigner dans une clinique privée, n'est-ce pas ?

– Oui.

– D'où il est sorti guéri.

– C'est ce qu'il m'a dit.

– Et si nous rendions une petite visite à cette clinique ?

La clinique des Sept Veilles était un immeuble récent situé dans Inwood, à l'angle de la 204e Rue et de Sherman Avenue. Jeff et Ann s'y étaient donné rendez-vous à neuf heures du matin. En franchissant la large porte, ils furent immédiatement frappés par les dimensions du hall d'entrée. Celui-ci, couvrant la totalité de la surface au sol du bâtiment, était constitué d'un immense espace circulaire entouré de bureaux, avec en son centre une réception où officiaient une douzaine d'hôtesses d'accueil à la mise impeccable. Levant la tête, Ann fut prise d'un vertige : la hauteur du hall coïncidait avec celle de l'immeuble, dont les sept niveaux s'enroulaient autour d'un puits de lumière surmonté d'une vaste verrière qui constituait la partie visible du toit et à travers laquelle se découpaient, dans le bleu du ciel, quelques nuages et la trace d'un avion de ligne. Il semblait ne pas exister de frontière entre l'intérieur et l'extérieur, entre la terre et le ciel vers lequel montait la tour comme pour l'atteindre.

Les deux policiers se dirigèrent vers la réception. Ann présenta sa plaque et demanda à rencontrer le directeur de la clinique. L'hôtesse composa un numéro et prononça quelques mots à mi-voix. Une minute plus tard un homme à la cinquantaine alerte, dont le teint mat et les cheveux de jais contrastaient avec le bleu pâle de ses yeux, sortait d'un ascenseur et se dirigeait vers eux avec un sourire :

– Inspecteur, inspectrice. Que me vaut le plaisir ?...

Jeff s'avança et lui tendit la main.

– Professeur Irkalla ?

– Pardonnez-moi. Docteur Chris Blanchard, pour vous servir.

– Nous avons demandé à voir la personne qui dirige cet établissement.

– J'ai l'honneur de m'acquitter de cette tâche.

– Je croyais que le professeur...

– Le professeur Irkalla est le fondateur de la clinique des Sept Veilles, et son inspirateur. Il supervise l'ensemble, oriente les soins, fournit les traitements, négocie les subventions...

– C'est donc lui le patron de ce lieu.

– Il en est l'âme.

– C'est donc avec l'âme de ces lieux que nous désirons nous entretenir.

– Il est malheureusement absent.

– Quand sera-t-il là ?

– Le professeur nous honore de sa présence très irrégulièrement.

– Répondez à ma question, répartit sèchement Jeff.

Le sourire aimable ne quitta pas les lèvres de Blanchard.

– Le professeur Irkalla est comme le vent. On ne sait ni d'où il vient ni où il va. Mais si je peux vous être utile...

Ann s'avança.

– Notre démarche n'a rien d'officiel. Elle serait plutôt... amicale. Ce lieu jouit d'une excellente réputation, naturellement. Mais on ne peut empêcher les bruits de courir, vous savez ce que c'est...

Une ombre fugace passa sur le visage de l'homme, brouillant un instant l'expression d'amabilité étudiée qui ne le quittait pas.

– Je vous comprends mal.

– Rien qui prête à s'inquiéter, rassurez-vous. C'est humain : lorsqu'un établissement aussi prospère que le vôtre ne fait aucune publicité, n'a pas de site Internet et ne figure même pas dans l'annuaire, les imaginations s'emballent…

– Nous cultivons la discrétion mais également la transparence. Est-ce qu'une visite guidée de la clinique vous tranquilliserait ?

– Nous ne voudrions pas prendre sur votre temps…

L'autre avait déjà tourné les talons.

– Suivez-moi, je vous en prie.

Ann obtempéra, adressant à Jeff un clin d'œil discret. Ce dernier lui répondit d'une moue approbatrice. Une bouffée de chaleur parcourut le corps de la jeune femme qui, honteuse d'une telle émotion, lui tourna le dos afin de masquer le rougissement qui lui montait aux joues.

Ils prirent place dans un ascenseur. Juste avant d'appuyer sur le bouton du deuxième étage leur guide, durant quelques secondes, eut comme une absence. Il fixait le sommet du tableau numérique, constitué d'une petite vitre teintée noire. Ann regarda Jeff d'un air interrogateur. Ce dernier fronça les sourcils, puis eut un demi-sourire. Il avait compris. L'ascenseur était équipé d'une technologie de reconnaissance oculaire. Il ne se mettait en marche que si une personne autorisée se plaçait devant un scanner balayant son iris et envoyant les données à un ordinateur. Derrière ses apparences de convivialité, la clinique des Sept Veilles était surprotégée.

Ils sortirent au quatrième étage.

– On ne visite pas les trois premiers niveaux ? s'enquit Jeff.

– Le rez-de-chaussée et le premier sont dédiés à l'administration, il n'y a rien d'intéressant. Les deuxième et troisième étages sont occupés par des personnes qui désirent l'anonymat.

– Vous recevez des gens célèbres ? demanda Ann.

– Des gens riches, des gens célèbres, des gens riches et célèbres… À part les subventions publiques qui, comme vous le savez, ne représentent pas grand-chose, la clinique vit de la générosité de ses clients fortunés.

– Vous n'avez pas de tarifs fixes ? s'étonna la jeune femme en emboîtant le pas de son guide dans un long couloir d'une propreté impeccable.

– Nous gagnons beaucoup plus en laissant nos patients libres d'exprimer leur gratitude à leur guise. Outre les traitements de pointe issus des recherches pratiquées à l'AdamTech Institute, ceux-ci bénéficient d'un environnement humain de première qualité. Nous ne considérons pas le malade comme un organisme en état de dysfonctionnement, mais comme une personne à part entière dont toutes les demandes méritent, sinon satisfaction, au moins une écoute attentive et compassionnelle. Notre personnel, c'est un impératif pour le professeur Irkalla, reçoit une formation continue non seulement en matière de savoir-faire, mais également de savoir-être. Face au patient, nous exigeons de nous-mêmes une attitude positive inconditionnelle. Comme le dit le professeur, « les soins sont nécessaires à la guérison, l'humanité est nécessaire aux soins ».

Si le laïus trop bien huilé du toubib rappelait à Ann ses cours de psychologie à l'université, la démarche, elle, éveillait sa sympathie.

– ... Mais le plus important pour nous, poursuivait l'autre, n'est pas ce qui se passe aux étages des appartements privés. Le véritable sens de notre action est ici.

Il ouvrit la porte d'une chambre. Celle-ci était occupée par une enfant asiatique qui n'avait pas plus de huit ans.

– Bonjour Sun-Yi, comment vas-tu ? articula-t-il d'un ton jovial un peu forcé.

La petite lui rendit son sourire mais ne répondit pas.

– Elle ne comprend pas notre langue, dit-il en aparté.

– De quoi souffre-t-elle ? demanda Ann.

– Savez-vous ce qu'est une maladie orpheline, mademoiselle ?

– C'est une maladie rare...

– Tellement rare qu'aucun laboratoire ne prend la peine d'y consacrer temps et crédit, le petit nombre de malades ne constituant pas un marché rentable. Eh, oui, de nos jours la dimension financière écrase l'humain mais je ne vous apprends rien. La clinique des Sept Veilles, en lien avec AdamTech, a pris le parti de s'intéresser aux maladies orphelines. Cette petite fille souffre du syndrôme de Worms-Olsen. C'est une dégénérescence du système nerveux central, sans doute d'origine génétique, que l'on ne rencontre, étrangement, que dans le sud de la Chine. Eh bien, elle est guérie ! C'est une première mondiale, et un espoir pour le millier d'enfants touché par cette maladie. Dans trois semaines, elle sera rapatriée, à nos frais bien entendu. Voilà à quoi sert la générosité de nos donateurs.

– Vous ne pourrez pas prendre en charge tous les autres enfants atteints...

– C'est pourquoi le protocole thérapeutique sera rendu public et ne fera l'objet d'aucun brevet. Mais ce n'est pas tout...

Le médecin les entraîna dans une autre chambre où dormait un enfant brun de type latino et il dit dans un murmure :

– Ce petit Mexicain, ne le réveillez pas s'il vous plaît, se remet d'une opération à cœur ouvert. Nous finançons un hôpital et un programme de coopération près de Juarez, dans le nord du Mexique, que le professeur Irkalla prend très à cœur. Il s'y rend fréquemment. Cet enfant devait être opéré en urgence et, son cas étant un peu complexe, nous avons préféré le soigner ici.

– Tout ceci doit coûter extrêmement cher, grogna Jeff. Qu'offrez-vous donc de si précieux à vos donateurs pour que vos moyens soient si considérables ?

– Je vous l'ai dit, une qualité de soins qui...

– Je ne vous demande pas de me répéter votre baratin. Ma question est simple : qu'est-ce que vous fabriquez à ces étages que nous n'avons pas la possibilité de visiter ?

Ann prit un air aimable.

– Vous comprenez, c'est précisément là ce qui éveille une curiosité parfois un peu... malsaine.

– Nous n'avons rien à cacher. Si vous voulez bien me suivre dans mon bureau...

Le médecin les introduisit dans une vaste pièce très claire tapissée de livres. Des ouvrages de médecine, nota Ann, mais aussi de littérature, de psychologie et de philosophie.

– Notre grande spécialité, reprit Blanchard après avoir invité ses visiteurs à s'asseoir, celle pour laquelle nous avons développé une expertise sans égale, est la lutte contre le vieillissement.

– Contre les signes extérieurs du vieillissement ?

– Pas seulement. Il est possible de s'attaquer aux causes.

– Vous cherchez à prolonger la vie ? demanda Jeff d'un ton rogue.

– C'est exact.

– Je ne vois pas l'intérêt.

– Beaucoup de gens fortunés sont très loin de votre sagesse, inspecteur. C'est à eux que nous fournissons des protocoles thérapeutiques issus des recherches de pointe de notre laboratoire associé, AdamTech Institute.

– On peut vraiment lutter contre les effets du temps ? demanda Ann.

– La vieillesse n'est pas un effet du temps.

– Que voulez-vous dire ?

– Elle est un effet de deux séries de causes bien distinctes sur lesquelles on peut agir. La première, c'est l'horloge biologique.

– Une horloge, cela a bien un rapport avec le temps.

– Celle dont je vous parle est pure affaire de génétique. Les cellules de notre corps ont la capacité de se diviser un nombre déterminé de fois. Puis elles cessent de se reproduire. En un certain sens, elles meurent. Les organes qu'elles composent se dégradent progressivement. C'est ce qu'on appelle vieillir. Le nombre de division maximale des cellules d'un organisme détermine sa longévité.

– Il y a donc bien une limite temporelle.

– Mais il est possible de la repousser indéfiniment.

– Vous plaisantez ?

Blanchard sourit.

– Jamais dans l'exercice de mes fonctions, mademoiselle.

– Vous prétendez que l'on pourrait accroître sans limite la longévité d'un être humain ?

– Aux extrémités des chromosomes de la cellule existent des fragments d'ADN que l'on appelle des télomères. À chaque division cellulaire, une petite portion des télomères est perdue. Au-delà d'un certain seuil, ce raccourcissement aboutit à l'impossibilité de la division, donc à la mort de la cellule. Voilà ce qui limite notre longévité. Or il existe un enzyme, la télomérase, qui répare les télomères après chaque réplication. La cellule possède les gènes nécessaires pour le produire. Quand elle le fait, elle est immortelle ! Il se trouve que la télomérase est réprimée dans nos cellules somatiques. Si ce n'était pas le cas, nos cellules se répliqueraient à l'infini.

– Nous serions alors immortels ?

– Il y a juste un petit problème.

– Lequel ?

Ann prit conscience d'une note d'anxiété dans son ton. Espérait-elle que ce scientifique lui offre l'espoir de ne jamais mourir ?

– À part les germinales, les seules cellules de notre corps dont la capacité de prolifération est illimitée sont les cellules cancéreuses. Elles ne contribuent pas à la permanence des organes, car leur reproduction ne se fait pas dans l'intérêt du tout dont elles font partie mais d'une manière, pourrait-on dire, égoïste.

– Elles veulent l'immortalité pour elles-mêmes, en quelque sorte ?

– Si vous voulez. Cependant, dans l'hypothèse où l'on parviendrait à créer des cellules à la capacité de prolifération illimitée, mais subordonnées à l'organisation interne de l'organisme, une sorte de cancer intelligent, si vous voyez ce que je veux dire...

– Il n'y aurait plus ni vieillissement ni mort ?

– On ne mourrait plus que pour des causes accidentelles.

– Ou criminelles, insinua Jeff.

– Nous sommes déjà capables de rajeunir une cellule âgée en introduisant le gène responsable de la fabrication de la télomérase, et cela sans provoquer une transformation maligne. L'extension de cette procédure à tout l'organisme est théoriquement possible, mais son application exige encore un travail considérable. En revanche, nous pouvons déjà agir sur le deuxième facteur du vieillissement.

– Lequel n'a toujours rien à voir avec la fuite du temps ? demanda Ann.

– Non. Bien plutôt avec l'accumulation des agressions que subit notre organisme. Nos cellules sont en permanence attaquées par leur milieu. Le principal agresseur : les radicaux libres.

– On en parle dans les publicités pour cosmétiques, dit Ann. Mais je n'ai jamais compris de quoi il s'agissait.

– Les radicaux libres sont des molécules d'oxygène qui, possédant un électron non apparié, volent des électrons aux molécules d'ADN et aux parois cellulaires, entre autres, pour acquérir leur stabilité. De ce fait, ils endommagent les cellules et sont responsables de nombre de maladies dégénératives, de cancers et du vieillissement lui-même.

– L'exposition au soleil, le tabac, l'alcool en produisent, n'est-ce pas ?

– Oui. Mais aussi, et surtout, le simple fait de respirer, de se nourrir, en un mot d'être vivant. Quand vous respirez, quand vous vous alimentez, vous fournissez à vos cellules l'oxygène et les agents carbonés qui leur sont nécessaires. C'est, en effet, à partir de ces éléments que la cellule synthétise son carburant, l'adénosine triphosphate.

– Pardon ?

– Peu importe. Sachez seulement que c'est en fabriquant sa nourriture que la cellule produit les radicaux libres qui entraînent sa dégénerescence. Or les cellules qui pâtissent le plus de cette situation sont évidemment celles qui ne se répliquent pas.

– Il y en a ?

– Naturellement. Certaines de vos cellules ont le même âge que vous. Ce sont les plus vulnérables de votre organisme. Comme par hasard, ce sont aussi des cellules cruciales qui composent votre cerveau, votre cœur...

– Et vous cherchez donc des moyens de lutter contre ces terribles radicaux libres ?

– Réduction des impacts agressifs sur la cellule, stimulation de ses mécanismes réparateurs... Tout le monde cherche dans cette direction. Mais nous avons beaucoup d'avance. Grâce au génie du professeur Irkalla, nous sommes à même de proposer des traitements de pointe.

– Que vous faites payer au prix fort, lança Jeff.

– La science coûte cher. Et il faut bien financer nos œuvres...

– Et vous enrichir au passage, je suppose.

– Vous seriez surpris de la proportion de nos bénéfices que nous destinons à nos actions de bienfaisance.

– Comment se fait-il que cette innocente clinique soit équipée d'un système de sécurité ultraperformant, puisque vous n'avez soi-disant aucun secret ?

– Mais nous avons évidemment des secrets !

Ann eut une mimique d'étonnement.

– Nos recherches nécessitent d'importants financements, poursuivait Blanchard, mais nos résultats, à moyen terme, peuvent rapporter cent ou mille fois la mise initiale. Contrairement à vos insinuations, inspecteur, nous ne travaillons pas pour l'argent. Le professeur Irkalla est un grand humaniste et nous partageons ses convictions. En revanche, il existe des êtres sans scrupules qui n'hésiteraient pas à dérober nos découvertes et à les mettre sur le marché pour leur seul profit.

– Cela ne serait-il pas plus démocratique que de réserver votre fontaine de Jouvence aux milliardaires ? demanda Jeff.

– Nous n'offrirons au grand public que des produits absolument impeccables. Les autorisations de mise sur le marché exigent des protocoles de validation draconiens que nous ne sommes pas encore en mesure de satisfaire. Nos patients actuels nous font confiance et nous ne les soignons que s'ils nous signent une décharge en bonne et due forme. Ils ne nous donnent pas seulement de l'argent, ils nous prêtent aussi leur corps.

– Ils vous servent de cobaye !

– De leur plein gré. Et croyez-moi, jusqu'à aujourd'hui, nul ne s'en est plaint. En outre, croyez-vous qu'il serait raisonnable de ne pas préparer soigneusement la démocratisation de nos découvertes ?

– Que voulez-vous préparer ?

– Réfléchissez, inspecteur. Économiquement, écologiquement nous gérons déjà si mal l'accroissement de la population mondiale. Et vous n'ignorez pas les problèmes que créent dans les pays développés le déséquilibre de la pyramide des âges. Je vous laisse imaginer ce qui se passerait si la longévité humaine était brusquement doublée ou triplée... Ce que nous avons entre les mains, c'est une bombe sociale et démographique.

– Alors arrêtez tout !

– Ce n'est pas le progrès qui nuit, c'est sa mauvaise gestion. Le professeur Irkalla est en train de créer une fondation dont la mission sera de réunir des intellectuels, scientifiques, philosophes, religieux, pour réfléchir aux conséquences de la révolution qui s'annonce. Nous sommes des gens responsables et nous prendrons le temps qu'il faut. Et maintenant inspecteur, inspectrice...

Le médecin repoussa son siège.

– ... si vous le permettez, je croule sous la tâche.

Ann se leva péniblement. Toutes ces perspectives donnaient le vertige. Serait-il possible que l'humanité soit sur le point de vaincre la mort ? Sur le pas de la porte, elle se reprit :

– Une dernière question. Avez-vous obtenu des résultats positifs pour des maladies réputées incurables, comme la sclérose latérale amyotrophique, par exemple ?

Blanchard, un sourire crispé aux lèvres, hésita quelques secondes.

– Mademoiselle, nous réalisons déjà des prodiges, mais pas encore de miracles. Maintenant, si vous voulez bien m'excuser...

Il les raccompagna d'autorité jusqu'à la porte et héla une infirmière qui passait.

– Madame Perkins, escortez ces personnes jusqu'à l'accueil, je vous prie.

Une minute plus tard, ils étaient dehors.

– Ils commencent à me taper sur le système, tous, avec leurs histoires de miracles ! cria soudain Jeff après de longues minutes de mutisme.

Ann conduisait la voiture de police dans les encombrements de Manhattan.

– Qu'est-ce qui vous met ainsi en colère ?

– Ce type nous a baladés ! Il nous exhibe sa vitrine humanitaire pour mieux nous interdire l'accès aux étages intéressants et il nous déroule son petit cours de biologie bien huilé pour nous faire avaler la pilule. Vous vous êtes laissée avoir, entre parenthèses.

– Comment ça ?

– Il fallait voir comment vous buviez ses paroles...

– Inspecteur Mulligan, j'ai la stupidité de vous assister dans *votre* enquête personnelle, pendant *mes* heures de service, ce qui me met, moi, dans l'illégalité et vous dans l'obligation de me traiter avec un minimum de gratitude. Pendant que vous grommeliez dans votre coin, j'écoutais attentivement le docteur Blanchard dans l'espoir de découvrir un indice pour étayer vos soupçons.

– Ce monde de merde est dominé par des marchands d'illusions dont le job est de fournir aux gens des moyens d'oublier qu'ils vont mourir. Ce type vend le produit suprême, la vie éternelle sans passer par la case macchabée. Les curés peuvent aller se rhabiller, leur soutane a pris un sacré coup de vieux ! Et vous gobez ça comme les autres…

– Parce que vous, vous n'avez pas peur de mourir ?

– Non.

– Je ne vous crois pas. Quelqu'un qui ne craint pas la mort n'a peur de rien.

– Je n'ai peur de rien.

– Pourquoi, alors, êtes-vous bardé de défenses ?

– Je ne vois pas de quoi vous voulez parler.

– J'aime votre regard sur le monde, Jeff. Et j'admire votre lucidité. Puis-je vous suggérer de songer à l'appliquer un peu à vous-même ?

Jeff garda le silence. Ann sentait son regard peser longuement sur elle. Feignant de se concentrer sur la route, elle se retint de se tourner vers lui…

– Vous êtes une drôle de bonne femme, finit-il par lâcher.

Un frisson parcourut sa colonne vertébrale. Elle ne savait pas exactement comment l'entendre mais la phrase de Jeff, prononcée sur un ton où perçait une chaleur indéfinissable et comme une approbation, avait déposé dans sa poitrine un sentiment d'euphorie contre lequel elle luttait en vain.

– Il n'en reste pas moins que ce toubib nous a menés en bateau, ajouta-t-il au bout d'un temps.

– Je n'en suis pas sûre…

Ann gara la voiture en double file devant le domicile de l'inspecteur et coupa le moteur.

– Jeff, soupira-t-elle, nous n'avons pas le moindre fait pour étayer vos convictions. Cette clinique ne m'a pas laissé une mauvaise impression. Et le coup de sang d'Henry Buchanan ne signifie rien. Même les raisons que vous invoquiez pour justifier votre obstination se sont écroulées : vos agresseurs dans la montagne, c'est lui qui les avait envoyés dans l'espoir de retrouver la trace de son fils. Cela n'a rien à voir avec le meurtre de Lucie Milton.

– Je crois qu'Henry Buchanan est lié à sa mort d'une manière ou d'une autre.

– Vous rendez-vous compte que plus vous avancez, moins vous avez d'éléments ?

Jeff garda le silence quelques instants. Ann avait raison. Et encore, elle ignorait que la conviction sur laquelle il avait fondé son enquête, que Lucie se sentait menacée avant sa mort, s'était elle aussi effondrée. Et qu'il n'était plus conduit que par le sentiment *qu'elle était là*. Et qu'elle espérait quelque chose de lui.

Il s'aperçut qu'Ann le dévisageait.

– Vous êtes persuadé que c'est elle qui vous guide depuis l'au-delà, n'est-ce pas ? questionna-t-elle avec douceur.

Il sourit :

– Si je vous dis oui, vous allez penser que je suis dingue. Mais en vérité, je n'en sais rien. Je ne crois simplement plus que c'est une chose impossible.

Ann posa sa tête sur le volant.

– Au fond de vous, vous désirez mourir, n'est-ce pas ?...

– Peut-être.

– Pour la retrouver.

– Avant, c'était pour en finir. Plus de sensations, plus rien. La paix...

– Je sais de quoi vous avez peur.

– De quoi ?

– De vivre.

Jeff demeura songeur. Il semblait méditer la proposition d'Ann sans chercher à se défendre contre quoi que ce soit. C'était la première fois qu'elle le sentait si ouvert et elle en était profondément émue. Depuis le début, son corps et sa présence animale la troublaient. À présent, elle ressentait que son âme était belle.

– Ann, j'ignore si vous pouvez me comprendre. C'est comme si j'avais fait un pas au-delà du concevable. Je suis entré dans un espace où je n'ai plus le moindre repère. Et je ne peux plus revenir en arrière. Le plus surprenant...

Il s'interrompit. Ann l'écoutait, attentive à ne pas troubler l'instant par le moindre mouvement intempestif.

– … c'est que je ne le désire pas. J'ai tout perdu, ce que avais, ce que je savais, ce que j'étais. C'est terriblement angoissant et en même temps… au fond de moi, je me sens mieux qu'avant.

– D'après ce que j'ai appris, sourit la jeune femme, vous êtes effectivement fou. Mais votre folie est belle.

Il posa la main sur son avant-bras et elle se contint pour ne pas trembler.

– Cette nuit, je retourne à la clinique.

Elle sursauta et retira sa main.

– Vous êtes fou !

Il s'esclaffa. C'était nouveau et doux de le voir rire.

– Mais ma folie est belle…

– Sauf si vous en mourez.

– Je n'en ai pas l'intention. J'ai une enquête à finir.

– Je viens avec vous.

– Il n'en est pas question ! se récria-t-il vivement.

– Alors ne comptez plus sur moi.

– Je n'ai pas besoin de vous pour ce genre d'entreprise.

– Je passe vous prendre à vingt-trois heures. À présent, je vous prie d'évacuer ce véhicule de police dans lequel un inspecteur *suspendu* n'a rien à faire.

Le soir, le téléphone sonna. Elle eut l'intuition que c'était son père et hésita à répondre. Elle compta six sonneries et finalement décrocha.

– Je m'inquiète pour toi.

C'était son père.

– Je vais bien.

– J'ai peur que tu ne te laisses entraîner dans des erreurs dommageables…

– Va au fait.

– Henry Buchanan est un homme puissant…

– Ne te mêle pas de ma profession.

– Je cherche à t'éviter des ennuis.

– C'est ce que tu dis à tes ennemis juste avant de leur en créer ?

– Ma chérie, je veux te protéger. Tu as choisi ce métier, exerce-le avec discernement et prudence. Tu n'avais aucun mandat et aucune charge, pourquoi es-tu allée provoquer un homme riche, influent et au-dessus de tout soupçon ?

– Qu'un individu soit ton client me suffit pour douter de son honnêteté.

– Que t'ai-je fait pour que tu m'agresses ainsi ?

Le ton de son père témoignait d'une blessure qui n'était pas feinte. Ann s'en voulut.

– Pardon. C'est que j'ai si peu l'impression d'être comprise…

– Crois-tu que je me sente compris par toi ?

– Peut-être confonds-tu comprendre et approuver.

– Tu m'as toujours condamné. Mais pour juger, il faut comprendre…

– « Et quand on a compris, on ne peut plus juger… » Je sais, tu me l'as citée mille fois, cette phrase si commode de ton Malborough.

– Malraux.

– Je m'en fous. Ta vie n'est pas difficile à comprendre, ce monde de merde est bâti par des gens comme toi pour des gens comme toi.

Ann s'aperçut que, prise par une colère qu'elle ne s'expliquait pas, elle venait d'employer une expression de Jeff. « Ce monde de merde… » Elle en fut troublée. Était-ce réellement ce qu'elle ressentait ? Au bout du fil, le silence durait. Ann entendait son père respirer.

– J'ai l'impression que tu me détestes, finit-il par dire d'une voix peu assurée.

Ann fut touchée.

– Pardonne-moi, papa, dit-elle avec douceur. Je ne te déteste pas.

– Moi, je t'aime. C'est pour cela que je me fais du souci pour toi.

– Je suis mon propre chemin. Nous sommes différents mais tu n'as pas à t'inquiéter.

– Est-ce que tu es heureuse ?

Elle hésita.

– Je suis vivante.

En raccrochant, Ann s'aperçut qu'elle avait les larmes aux yeux.

– Vous imaginez sans doute que vous allez pouvoir m'être utile, maugréa Mulligan en vérifiant son pistolet.

– Parfaitement.

Ann avait arrêté sa voiture à quelques blocs de la clinique.

– Et à quoi ?

– Quel est votre plan ?

– Je n'ai pas de plan.

– Vous pensez pénétrer tranquillement dans un lieu surprotégé sans considérer la manière d'y parvenir ?

– Vous allez sans doute me faire des suggestions…

– Vous pourriez peut-être passer par les conduites d'aération…

– Astucieux. C'est un excellent moyen pour atteindre n'importe quel point d'un bâtiment sans se faire repérer. Mais pour pénétrer dans ces conduites, ne faut-il pas déjà être à l'intérieur du bâtiment ?

– C'est juste.

– Comment faire, selon vous ?

Ann prit quelques secondes pour réfléchir.

– Eh bien, si vous parveniez à intercepter une ambulance et neutraliser ses occupants, vous pourriez vous déguiser en infirmier et entrer incognito.

– Formidable ! s'exclama le sergent sur un ton un peu trop enjoué.

– Jeff…

– Oui ?

– Vous êtes en train de vous moquer de moi ?

L'inspecteur la regarda : la jeune femme se mordait la lèvre dans une moue adorable. À sa surprise, une vague de tendresse le saisit.

– Ann, vous êtes une jeune policière. Je vous remercie de vouloir m'aider mais…

– Mais ?

– Vous allez trop au cinéma.

Ann se rencogna dans son coin, furieuse.

– Et pourquoi ?

– C'est dans les films qu'on se balade paisiblement dans les conduites d'aération. Dans la réalité, elles sont en général trop exiguës pour qu'y passe autre chose qu'un petit singe. C'est aussi dans les mauvais polars que le héros tombe du premier coup sur un uniforme à sa taille exacte. De toute façon l'établissement dans lequel je désire pénétrer n'est pas un hôpital mais une clinique qui ne reçoit aucun malade en urgence. Il n'y a aucun trafic ambulancier.

– Alors comment allez-vous procéder ?

– D'une manière telle que vous ne pourriez m'être d'aucune utilité, à part au tout dernier moment…

– C'est-à-dire ?

– Quand je sortirai. Je vous demande de vous poster devant l'entrée, prête à démarrer.

– Et s'ils relèvent la plaque d'immatriculation ?

– Parce que vous pensez qu'ils vont porter plainte ?

Ann ne répondit pas. Elle était blessée. Jeff l'avait remise à sa place, mais sans la morgue offensante dont il était coutumier. Était-ce le signe qu'il s'adoucissait, ou bien qu'elle avait été à ce point ridicule que même lui se refusait à l'enfoncer ? Ses propositions afin de prouver son utilité n'étaient que des clichés de cinéma éculé. Elles n'avaient rien à voir avec des techniques policières. Mais l'entreprise que Jeff s'était mise en tête n'avait pas plus de rapport avec ce qu'était censé accomplir un représentant de la loi. Ann se sentait perdue. À la dérobée, elle jeta un coup d'œil à Jeff. Celui-ci, immobile et silencieux, se concentrait. Soudain, il tressaillit. « C'est maintenant », murmura-t-il. Ann observa la porte de la clinique. Elle s'ouvrait devant deux hommes en tenue de vigile. C'était sans doute la relève. Jeff s'arracha du véhicule et fondit sur son objectif.

Quand il fut à quelques mètres des deux individus, sa démarche changea : il se mit à tituber comme un homme ivre. Les vigiles se tournèrent dans sa direction. L'un d'eux esquissa un sourire méprisant qu'il ravala très vite : Mulligan venait de poser sur sa tempe le canon de son revolver. Il poussa les deux gardiens à l'intérieur de la clinique.

Ann gara son véhicule en face de l'entrée du bâtiment. Il s'écoula ensuite une demi-heure qui lui parut une éternité. Se rongeant les ongles, elle guettait son acolyte, prête à démarrer, l'inquiétude montant à chaque seconde qui s'égrenait. Et s'il avait été pris ? Ou abattu ? Si Jeff mourait…

Soudain la porte vitrée vola en éclats sous l'impact de plusieurs coups de feu. Ann, sans penser, démarra. Jeff bondit au-dehors et la jeune femme, vivant l'instant comme au ralenti, eut le temps d'admirer sa souplesse et l'harmonie de ses mouvements. Dans l'action, cet homme était comme touché par la grâce.

Jeff pénétra dans la voiture.

– Ne foncez pas, vitesse normale, enjoignit-il comme Ann démarrait en trombe. Ils en ont pour un moment.

– Où allons-nous ? demanda-t-elle, s'efforçant de maîtriser sa voix.

– Chez moi.

Elle roula sans un mot, respirant profondément pour se calmer.

Au domicile de Jeff, elle s'enfonça dans le canapé du salon.

– Alors ?

Jeff sortit de sa large poche un disque dur.

– Nous allons savoir si j'ai réussi.

Il le brancha sur son ordinateur et commença à pianoter. Ann s'approcha pour regarder par-dessus son épaule.

Sur l'écran s'affichaient des dossiers médicaux. Jeff parcourait les noms et, au passage, Ann fut impressionnée du nombre de personnalités célèbres, de la politique, des affaires ou du spectacle, qui avaient recours aux traitements de la clinique.

Puis apparut le dossier d'Henry Buchanan.

Date d'entrée : mercredi 7 mars 2007.

Date de sortie : mardi 13 mars.

Diagnostic...

Ann, épuisée, se frotta les yeux. L'inconcevable était là, inscrit en toutes lettres dans le dossier médical d'Henry Buchanan.

SCLÉROSE LATÉRALE AMYOTROPHIQUE.

Une maladie totalement incurable.

Dont l'homme d'affaires était guéri.

Jeff et Ann discutèrent jusqu'au matin. Il y avait réellement un mystère autour de la guérison de Buchanan. Celui-ci cachait quelque chose. Bien sûr, Ann insista sur ce point, rien ne prouvait que cette affaire comportât le moindre lien avec la mort de Lucie Milton. Mais elle concéda que cela valait la peine d'enquêter. En était-elle convaincue ? Ou s'en persuadait-elle parce que c'était le seul moyen pour elle de demeurer en compagnie de Jeff ? Elle-même n'aurait su le dire. Elle savait seulement qu'elle aimait cet homme et qu'elle était prête à l'accompagner au bout de sa quête. Elle n'accordait évidemment aucun crédit à ses délires de fantômes le dirigeant depuis l'au-delà. Cependant, elle devait admettre que leurs dernières découvertes étaient troublantes. Certes, le sergent était doté d'une remarquable intuition qui lui permettait de pressentir des vérités échappant à tous les autres... Mais faute de structure psychologique, cette sensibilité au-dessus de la normale l'entraînait dans des interprétations délirantes qui le conduisaient aux portes de la psychose. Et elle était sans doute pour cet homme le seul et ultime ancrage qui le maintenait encore dans la réalité.

Ils établirent un plan de bataille. Ann retournerait interroger le docteur Yudkowski. Elle n'aurait pas de mal à le faire sans éveiller de soupçons : celui-ci lui avait laissé, ces derniers jours, plusieurs messages exprimant son désir de la revoir. Jeff, quant à lui, allait... improviser. « Je n'ai rien d'autre à faire que me laisser guider », lâcha-t-il. Ann ressentit un pincement. Finirait-il par quitter cette obsession pour reprendre pied dans le monde des vivants ?

– Au fait, dit Ann au moment de prendre congé... Vous ne m'avez pas raconté.

– Quoi donc ?

– Comment cela s'est passé dans la clinique.

– Le mieux du monde.

– Mais encore ?

– Je suis entré, j'ai demandé poliment que l'on me conduise à l'étage administratif, j'ai consulté les ordinateurs, pris un disque dur. Puis je suis sorti.

– Il n'y a pas eu d'opposition ?

– Il n'y avait que six vigiles dans le bâtiment

– Et donc ? s'impatienta Ann.

– Je pense qu'on aura trouvé sur place tout le nécessaire pour leur procurer les premiers soins.

Désert de Juarez

Se repérant à la courbe du soleil, Raul roula aussi droit que possible durant plusieurs heures. Il espérait rencontrer un endroit habité où demander de l'aide avant le moment où il serait indispensable de s'arrêter, car la piste que laissait son véhicule était trop facile à suivre et il risquait d'être rejoint par ses poursuivants. Mais ce n'était que désert à perte de vue et Raul ignorait totalement où il se trouvait. Le réservoir du 4x4 se vidait inexorablement. Quand la jauge indiqua qu'il n'était plus rempli qu'au quart de sa capacité, Raul décida qu'il était temps de prendre une courte pause. Et de voir dans quel état se trouvait son passager. Avait-il eu la force de boire ? Raul s'était refusé à l'abandonner, mais il ne pouvait hélas pas s'en occuper comme son état l'exigeait…

Il descendit de la cabine avant, fit le tour du 4x4 et ouvrit la portière arrière, se forçant à une attitude rassurante.

– Alors l'ami, comment ça v…

Raul sentit son corps se pétrifier. Un instant, il crut devenir fou.

Ce qu'il voyait à l'intérieur du véhicule était inconcevable.

La forme qui était étendue là n'avait rien de commun avec l'homme qu'il avait embarqué. Ce n'était pas une forme humaine.

Ses yeux s'habituant au contraste entre l'aveuglante lumière du désert et l'ombre de l'habitacle, Raul parvenait à mieux accommoder.

Il reconnaissait les habits dont son compagnon d'évasion était revêtu : un pantalon blanc et une chemisette de la même couleur. Mais ceux-ci étaient déchirés de toute part comme s'ils avaient éclaté.

Et l'homme...

C'était bien lui, ça ne pouvait être que l'individu dont le destin avait voulu qu'il partageât la fuite de Raul. Mais il était métamorphosé.

Sa face, monstrueusement enflée, n'avait plus la forme d'un visage.

Son corps était gonflé comme s'il avait pris une centaine de kilos en l'espace de quelques heures.

Se forçant à ralentir sa respiration, Raul tendit l'oreille. Était-il mort ?

Une respiration, rauque et sifflante à la fois.

Il vivait.

Raul grimpa dans le véhicule et, avec une crainte mêlée de dégoût, s'approcha.

– Est-ce que vous m'entendez ? chuchota-t-il le plus près possible de son oreille.

L'autre répondit d'un grognement. Raul posa sur son épaule une main qu'il s'efforça de rendre réconfortante malgré sa répugnance.

– Il va être tellement déçu..., souffla l'homme d'une voix haletante.

– Déçu ? De qui parlez-vous ?

– Le professeur... Tellement déçu.

– Buchanan ?

L'homme eut un léger tressaillement.

– Oh, non ! Moi, je suis directement sous la responsabilité du professeur Irkalla. Nous ne sommes que cinq dans ce cas.

Il y avait de la fierté dans son ton.

– Le professeur Irkalla ? Qui est-ce ? demanda Raul, décidé à glaner le plus d'informations possible.

– Un génie. Il a fait tellement de découvertes... Il a un but grandiose ! Il n'en est plus très loin... Et de tous ses patients, je suis celui avec lequel il a le plus de plaisir à travailler. C'est parce que j'ai un diplôme de biologie : il m'explique ce qu'il fait et moi je comprends tout. Et puis il est si sensible... Il y croyait, cette fois. « Je voudrais tant que vous viviez », c'est ce qu'il m'a dit juste avant de procéder aux injections. Oh, Seigneur, qu'est-ce qui n'a pas marché ?

Raul serrait les mâchoires à s'en faire mal.

– Qu'est-ce qu'ils vous ont injecté ?

– C'est le protocole dont il est le plus fier, dit l'homme d'un ton enfiévré. On a découvert qu'un gène de nématode...

– De quoi ?

– Un petit ver qu'on étudie en laboratoire... Quand il en est au stade larvaire, en cas d'agression du milieu, un de ses gènes lui permet d'arrêter son développement et de former une espèce de « super-larve », très résistante... Le ver peut ainsi survivre et reprendre son développement quand les temps sont moins durs.

Raul, devant cet être monstrueusement difforme qui lui parlait doctement de larves et de vers, eut soudain l'impression de faire un cauchemar.

– ... Mais une mutation de ce gène peut avoir pour conséquence que le ver ne forme pas la larve *dauer* ! Et savez-vous ce qui se produit alors ?

– Je... Non.

– La longévité du ver est multipliée par deux, trois ou voire quatre.

Son curieux enthousiasme lui apportait un regain d'énergie et donnait le vertige à Raul.

– Mais quel rapport avec les... les expériences qu'on a pratiquées sur vous ?

– J'y viens ! Figurez-vous que les protéines codées par ce gène ont de fortes similitudes avec des protéines présentes dans le corps humain ! Et donc, si l'on transfère le gène *daf*...

– Pardon ?

L'homme eut un geste d'impatience.

– … c'est le nom du gène de nématode dont je vous parle : *daf*, pour *Dauer-formation*. Ce gène, dont la mutation augmente la longévité du ver, on peut le transférer sur un organisme humain…

– Mais… pour quoi faire ? demanda Raul, complètement perdu.

L'autre le regarda avec l'agacement mêlé au vague mépris éprouvé par le scientifique à l'égard d'un néophyte.

– Pour augmenter la longévité humaine, évidemment.

Il s'arrêta pour prendre son souffle.

– Mais il faut bien contrôler sa mutation, ainsi que les réactions de l'organisme humain à sa transplantation… pour que le gène *daf* agisse sur les facteurs de longévité… sans entraîner la formation larvaire.

– Mon Dieu ! C'est… c'est ce qui est en train de vous arriver ? Vous êtes en train de vous transformer en…

– En larve *dauer*, oui.

Raul fut pris d'un vertige. C'était tellement monstrueux. Et ce pauvre type qui épousait totalement la cause de ses tortionnaires… Il prit un temps pour reprendre ses esprits et lui tendit un bidon d'eau que l'autre but à petites lampées. Puis il lui dit doucement :

– Nous allons devoir repartir bientôt. Je dois vous emmener dans un hôpital.

– Dans un hôpital ? Mais où sommes-nous ?

– Au milieu du désert.

– Mais comment… ? C'est une catastrophe ! Il faut immédiatement rentrer au laboratoire.

– Au laboratoire ?

– Il faut qu'il m'étudie vivant. Il pourra mieux comprendre ce qui n'a pas fonctionné. Vite ! Il reste très peu de temps.

– Pourquoi ?

– Dans moins de trois heures, je serai mort.

– Ne dites pas ça. Vous allez vous en sortir. Dans un hôpital…

Ce qui se passa ensuite stupéfia Raul : le monstre s'était brusquement dressé, il le tenait à la gorge avec une force dont il ne l'aurait pas cru capable.

– Je n'irai pas à l'hôpital !

– C'est bon, souffla Raul, nous rentrons au laboratoire.

L'autre le lâcha et s'effondra sur le plancher du 4x4.

– Vite, souffla-t-il.

Raul se leva.

– Ne vous en faites pas.

Il s'installa au volant et démarra.

Jeff passa les jours qui suivirent à ne rien faire. Il parlait à Lucie. Il appelait sa présence. Depuis quand ne l'avait-il plus sentie ? Pourquoi ne se donnait-elle plus à lui ? Ne s'était-elle donc manifestée que pour le persuader de s'engager dans cette folle enquête ? N'était-il qu'un instrument pour elle ? Pourtant, lorsqu'il avait éprouvé sa chaleur, ce souffle de vie qui pénétrait son corps et n'était que douceur et le laissait bouleversé à en pleurer, il l'aurait juré, c'était de l'amour. C'était *elle*.

Lucie, un signe de toi...

Ne m'abandonne pas.

Jeff lut et relut frénétiquement les courriers électroniques de Lucie, dans l'espoir de découvrir un indice. La disparition de Steve avait-elle un rapport avec le secret de son père ? Un détail, une phrase, un mot pouvaient-ils le mettre sur une piste ? Les échanges entre les deux amoureux portaient sur les sentiments, le travail, la vie quotidienne. Étrangement, à l'époque de la maladie d'Henry Buchanan, il était à peine question de celle-ci dans leurs mails. Sans doute était-ce oralement qu'ils évoquaient ces questions intimes... Mais cela ne favorisait pas l'enquête.

Incapable de trouver le sommeil, il marcha des nuits entières dans les rues de New York, dialoguant avec cette morte pour lui plus réelle que n'importe quel vivant. Mais celle-ci ne lui répondait pas. L'avait-elle mené jusque-là pour le laisser tomber ? Avait-il tout perdu pour une quête vaine ? Tout cela n'avait-il été qu'une illusion ?

Un matin, à bout de forces, il rentra chez lui. Incapable de réfléchir, trop épuisé pour se révolter, il s'effondra tout habillé dans son lit et s'endormit.

Il rêva d'elle. Il était un tout petit garçon, elle était immense à toucher le ciel et rayonnait d'une lumière surnaturelle qui était pur amour. Elle se pencha vers lui et lui baisa le front. Puis elle lui frotta doucement les yeux. « Il est temps de te réveiller », lui dit-elle. Comme quand l'orage se dissipe, laissant une lumière plus vive et brillante qu'avant sa venue, il sentit se lever en lui une clarté douce nimbant toute chose d'une mystérieuse beauté. Une sensation de détente envahissait tout son corps.

Il ouvrit les yeux.

Un rayon de soleil jouait sur son visage à travers la vitre de sa chambre.

Il se sentait reposé, comme lavé au plus intime de ses cellules de mémoires si anciennes qu'aucun mot n'aurait pu les saisir. Derrière les bruits de la ville qui résonnaient à l'intérieur de son crâne, il découvrait les profondeurs d'un silence indicible dont la paisible pulsation semblait constituer la trame même de son âme.

Il se leva et, sans pensée, ouvrit son ordinateur qu'il avait laissé en veille. Le dernier mail de Steve lui apparut, avec sa mystérieuse formule : *Noli me tangere. Nondum ascendi ad patrem meum.*

Il tapa cette phrase et lança une recherche Internet. En une demi-seconde, des centaines de réponses apparurent. Exposés théologiques sur la résurrection, panégyriques de Marie-Madeleine, pamphlets antireligieux… Il en parcourut quelques-unes, ne retenant rien d'intéressant concernant son enquête. Il allait refermer le dossier lorsqu'un détail attira son attention.

Le texte latin mentionné sur les pages Web était légèrement différent de celui de Steve. La phrase attribuée à Jésus était exactement : *Noli me tangere. Nondum* enim *ascendi ad patrem meum.*

Il manquait « *enim* » dans le mail de Steve.

Et les traductions donnaient : « Ne me touche pas, car je ne suis pas encore retourné vers mon Père. »

Quelques secondes suffirent à Jeff pour comprendre que *enim* signifiait *car.* Steve avait omis la conjonction de coordination.

Cela pouvait-il revêtir une signification ?

« Ne me touche pas. Je ne suis pas encore retourné vers mon Père. »

Contrairement à la phrase originale, l'absence de « car » laissait l'impression que *deux* informations étaient délivrées.

« Je ne suis pas encore retourné vers mon Père... »

Et : « Ne me touche pas... »

La première phrase avait de grandes chances de signifier tout simplement : je ne suis pas mort. D'après Henry Buchanan, Lucie était convaincue que Steve était toujours vivant après sa disparition. N'était-ce pas ce message qui l'en avait convaincue ?... Machinalement, Jeff jeta un œil sur la date de son envoi : 18 mai 2007. Quand exactement Steve avait-il été porté disparu ? Se mordant les lèvres, Jeff prit le dossier d'enquête et le feuilleta compulsivement.

Lorsque le jour inscrit lui sauta au visage, un long frisson lui glaça la colonne vertébrale.

17 mai 2007.

Steve Buchanan avait écrit à Lucie le lendemain de sa mort présumée ! Pour lui indiquer, d'une manière cryptée, qu'il était bien vivant...

Et pour lui donner une *autre* information, en forme d'injonction : « Ne me touche pas... »

Qu'est-ce que cela pouvait bien vouloir dire ?

Ne m'approche pas ?

Oui, c'était cela. Un avertissement. Ne cherche pas à me contacter, à me retrouver. Car il y a danger.

Lucie n'aurait pas tenu compte de cet avertissement. Elle se serait approchée un peu trop près… Raison pour laquelle on l'aurait tuée.

Mais trop près de quoi ?

Lucie, qu'as-tu vu que tu ne devais pas voir ?

Dès qu'Ann fit son entrée dans le restaurant de luxe où il était attablé devant un Martini-gin, Yudkowski se leva pour l'accueillir. Il s'était mis sur son trente et un : blazer Gucci sur chemise ivoire, cravate en soie bordeaux, mocassins en crocodile noirs. Une manière de s'habiller qui, dans cette société qu'Ann connaissait bien mais dont elle perdait sans déplaisir l'habitude, signifiait le désir de séduire.

– Vous me faites un immense plaisir, souffla-t-il à son oreille en lui présentant un siège. Que buvez-vous ?

– La même chose que vous.

Il fit un signe au serveur qui accourut prendre la commande. Puis il se lança dans un discours enfiévré sur l'impression qu'elle lui avait laissée lors de sa première visite et la difficulté qu'il avait à ne pas penser à elle à longueur de temps. Tout en adoptant une attitude d'écoute, Ann l'observait. Il était incontestablement bel homme. Le bronzage bien entretenu, la musculature travaillée dans le meilleur club de sport, le tour des yeux trop parfaitement lisse pour ne pas soupçonner quelque artifice, tout respirait en cet homme un souci de soi poussé à l'extrême. Les autres femmes attablées lui jetaient parfois des regards à la dérobée. En outre, c'était un type qui paraissait sincère.

D'où venait, alors, qu'elle ne ressentait rien ?

N'aurait-il pas été plus simple qu'elle s'amourache de cet excellent parti qui ne manquerait pas de plaire à ses parents ?

Ann sourit pour elle-même. La simplicité et elle...

Jeff n'était pas beau à proprement parler. Sur son visage irrégulier l'existence avait marqué son empreinte, son corps trapu et noueux n'était pas proportionné selon les canons esthétiques de l'époque... En outre, c'était un être tourmenté, asocial, proche de la folie. Mais de lui se dégageait une électricité, une force sauvage, une intensité dangereuse qui évoquaient pour Ann le fauve, le cuir, le feu, une vie d'avant le fardeau pesant des normes, des conventions, de l'asservissante autosurveillance des mondes trop policés dans lesquels elle avait grandi.

Du corps de Yudkowski n'émanaient que les effluves factices d'un parfum de prix dont il avait mis quelques gouttes : juste assez pour que l'on ait envie de se pencher vers lui et d'en respirer l'odeur.

– Vous ne dites rien ?

Confuse, Ann s'aperçut que le médecin avait terminé sa tirade. Elle ne voulait pas le rembarrer trop brutalement, autant par sympathie pour la personne qu'il était que pour ne pas compromettre la conversation qu'elle devait avoir avec lui.

– Docteur Yudkowski, je suis très flattée, mais...

– Appelez-moi Bob, je vous en prie.

– Bob, n'est-il pas un peu tôt pour aborder les sentiments ? Nous avons besoin de nous parler, de faire connaissance...

– Ann, je suis confus. C'est que j'ai l'impression de vous connaître depuis toujours.

Il lui tendit la carte.

– Si nous choisissions notre menu...

Tandis qu'ils dégustaient l'entrée et le plat, la conversation roula sur des sujets futiles. Ann parla de la police en termes convenus, sans mentionner ses difficultés. Yudkowski raconta comment il avait découvert sa vocation de médecin. Progressivement, il dériva sur des aspects plus intimes de son métier : la relation aux patients, la mort, la peur de l'erreur... Ann en profita pour l'amener sur le sujet d'Henry Buchanan.

– C'est le type même de la bourde que tout médecin redoute, lâcha-t-il dans un soupir.

– Pourquoi ?

– Mais parce que, même avec le recul, je ne comprends ni où ni comment je me suis trompé. Si le cas se représentait, je serais obligé de poser le même diagnostic. C'est une erreur inévitable. Et qui a eu des conséquences terribles.

– Vous parlez de la réaction d'Henry ?

– Pas seulement. C'est toute une famille qui a été bouleversée. Steve a cessé d'être lui-même lorsqu'il a appris, ou cru apprendre, que son père allait mourir.

– Ils avaient pourtant eu des conflits…

– Oui. C'est ce qui m'a surpris. Bien sûr, en dépit des orages, je ne doutais pas qu'il aimait son père, mais sa réaction a été presque… disproportionnée. Pour lui, on aurait dit que le monde s'écroulait. Je crois qu'il vivait beaucoup par rapport à la reconnaissance de son père.

– Pourquoi n'a-t-il pas pris sa succession, dans ce cas ?

– Je me dis qu'il devait souhaiter ce que souhaitent tous les fils : être approuvé tout en vivant son propre désir. Il travaillait d'arrache-pied, rêvant que son père se montre fier de ses succès dans la vie qu'il s'était choisie. Mais ce n'était pas le genre d'Henry…

Le médecin marqua un temps, perdu dans ses pensées.

– Je me reproche tellement cette erreur, vous savez. Sans elle, peut-être Steve vivrait-il toujours…

– Comment pouvez-vous croire une telle chose ? se récria Ann.

– Avant de connaître Lucie, Steve était quelqu'un de sombre, de renfermé, intellectualisant les choses à l'extrême et fuyant les émotions. Elle l'avait changé. À son contact, il devenait chaleureux, humain, ouvert aux autres. Or, la maladie de son père l'avait replongé dans ses ombres, plus profondément qu'auparavant.

– Mais lorsqu'il a appris que son père n'était plus, ou pas, malade ?

Yudkowski hésita.

– Eh bien, c'est cela le plus étrange. Même rassuré sur le sort de son père, ce n'était plus le même Steve. Il se montrait distant, comme vidé de lui-même. Je me souviens, à la remise du prix récompensant les recherches de Lucie, il était absent, absorbé en lui-même. Lucie s'en était offusquée, se demandant s'il n'était pas jaloux de son succès. Mais c'était autre chose…

– Quoi ?

– Je ne l'ai jamais su. Et puis il a disparu.

– Et si votre diagnostic était le bon ? Si Henry Buchanan avait vraiment guéri d'une SLA ?

– C'est impossible.

– Une telle maladie ne pourrait-elle pas connaître une rémission spontanée ?

– La SLA est une maladie dégénérative qui agit sur les neurones moteurs. Les muscles ne reçoivent plus les messages nerveux nécessaires à leur bon fonctionnement parce que la connexion avec le cerveau ne se fait plus. Ils perdent de la force et s'atrophient progressivement. Pour qu'il y ait rémission, il faudrait que la cause, ou le système de causes, qui commande ce phénomène soit annihilée. Cela ne peut se faire spontanément.

– Et précisément, quelle est l'origine de cette maladie ?

– C'est controversé. L'hypothèse virale est à peu près abandonnée. Un dysfonctionnement de l'apoptose cellulaire est possible dans certains cas.

– Pardon ?

– La mort cellulaire. Elle se produirait trop vite. Mais on n'a pas beaucoup d'éléments tangibles pour étayer cette piste.

Ann fronça les sourcils. Blanchard avait évoqué ce point lors de son petit exposé sur le vieillissement.

– La thèse la plus probante est celle d'un dysfonctionnement du métabolisme de l'oxygène.

La jeune femme tressaillit.

– Les radicaux libres ?

– Exactement, sourit Yudkowski. L'origine de la dégénérescence neuronale qui constitue la SLA pourrait résider dans une concentration trop élevée d'oxygène dans les cellules, laquelle libérerait des molécules hautement toxiques comme les peroxydes. Ce phénomène pourrait être lié à la mutation d'un gène, SOD-1, qui produit normalement un enzyme antioxydant, la superoxyde dismutase, mais je vous passe les détails techniques...

– Les recherches sur la SLA ont donc un rapport avec celles qui touchent au vieillissement ?

– Tout à fait.

– Pour ce qui vous concerne, dans quelle direction chercheriez-vous une thérapie ?

– Si je le savais...

– Rêvez un peu !

– Vous ne comprenez pas. Guérir une SLA déclarée, mis à part si elle est engendrée par une cause exogène comme un virus, cela supposerait contrôler tout le mécanisme de la régénération cellulaire. Le jour où l'on parviendra à faire ça, on se sera rapproché du plus vieux rêve de l'humanité...

Ann frémit.

– Et quel est ce rêve ?

Elle avait parfaitement compris, mais voulait que Yudkowski explicite sa pensée jusqu'au bout. Ce fut sans respirer qu'elle attendit les quelques secondes que ce dernier mit à prononcer le mot fatidique :

– L'immortalité.

Après le dîner, Ann prétexta une indisposition pour mettre fin à la soirée. Yudkowski la raccompagna devant chez elle et la quitta, du regret dans les yeux.

Elle appela Jeff depuis son lit. Ils firent le point sur leurs dernières découvertes. Steve Buchanan était vivant après la date de sa disparition en montagne. Il y avait fort à parier qu'il l'était toujours. La maladie de son père l'avait bouleversé, mais le savoir hors de danger ne l'avait apparemment pas sorti de cet état dépressif qu'avait décrit Yudkowski. Et, dans l'hypothèse où Henry était bien atteint d'une SLA, sa guérison impliquait que la clinique des Sept Veilles s'appuyait sur des découvertes inouïes et soigneusement tenues secrètes. Et ce au prix d'au moins deux assassinats, fit remarquer Jeff : Lucie, et Fletcher, son témoin que l'on avait abattu sous ses yeux dans la voiture. Des chercheurs capables de recourir à de telles méthodes pour protéger leurs résultats ne devaient pas manifester davantage de scrupules quant à la manière de les obtenir. Et si Steve Buchanan avait découvert quelque chose à ce sujet, quelque chose qui le mettait en danger ? Il aurait dû disparaître, tout en prévenant Lucie dans leur langage codé qu'il était toujours vivant...

Pour la première fois, Ann n'objecta rien. Certes, ce n'étaient que des hypothèses. Mais le faisceau de présomptions devenait trop concordant : leur enquête n'était probablement pas sans objet et l'assassinat de Lucie Milton constituait peut-être la partie émergée d'une affaire criminelle de grande ampleur.

Jeff proposa de retourner chez Henry et de l'interroger de manière serrée sur sa maladie.

– Et s'il refuse de nous en dire plus ? Nous n'avons aucun moyen légal pour l'y contraindre, soupira Ann.

– Jusqu'ici, dans les moments où je me sentais le plus perdu, quelque chose s'est toujours produit pour relancer mon enquête. J'ai confiance.

– Confiance en Lucie Milton, c'est cela..

– Confiance dans l'inconnu.

– Lequel se nomme Lucie Milton...

– Je sais que cela vous paraît fou.

– Cela paraîtrait absurde à n'importe qui.

– C'est pourquoi je vous suis tellement reconnaissant de m'aider.

Brutalement, sans qu'elle s'y attende, Ann sentit les larmes lui monter aux yeux.

– Vous êtes amoureux d'une morte.

Jeff prit une longue inspiration :

– Non. D'une amoureuse de la vie.

En sortant de leur voiture, Ann et Jeff furent accueillis par les deux vigiles armés postés devant le portail blindé qui protégeait la propriété d'Henry Buchanan. Contrairement à leur première visite, ils ne demandèrent pas d'instruction. « Monsieur Buchanan est absent », fut leur seule réponse. Jeff insista :

– Dans son intérêt, il est de la plus haute importance que nous puissions lui parler.

– Vous perdez votre temps. Il n'est pas à son domicile, rétorqua le plus âgé des gardiens d'un ton nerveux.

– Nous allons l'attendre.

L'autre, dont la taille avoisinait les deux mètres, s'avança d'un air menaçant.

– Dégagez !

Jeff eut un bref mouvement de recul comme s'il avait peur. Mais brusquement, avec une rapidité inouïe, il fit un pas en avant et cueillit le mastodonte d'un direct au foie qui le mit à genoux. Dans un même mouvement, tout son corps bandé, il se retourna vers le premier vigile. Celui-ci marqua un temps d'arrêt et leva les paumes en signe d'apaisement.

– Okay, okay ! Vous pouvez attendre ici si ça vous chante. Mais monsieur Buchanan est absent pour un bout de temps...

– Combien de temps ? grogna Jeff.

– Personne n'en sait rien, vous êtes content ?

– Vous vous fichez de ma gueule ?

Ann s'apprêtait à poser sa main sur le bras de son comparse afin de le retenir lorsque le talkie-walkie du gardien grésilla.

– Faites entrer ces personnes, dit une voix féminine.

– Mais, mademoiselle…

– C'est un ordre !

Ann remarqua une micro-caméra accrochée au-dessus du portail. Quelqu'un, dans la maison, avait suivi la scène, mais ce n'était pas Henry Buchanan.

– Mademoiselle Buchanan désire vous rencontrer, grommela l'homme en actionnant la télécommande du portail.

Ils roulèrent dans l'allée boisée jusqu'à la maison. Sur le porche les attendait une jeune femme d'une trentaine d'années. De taille moyenne, très blonde, elle était plutôt jolie mais son visage un peu trop émacié était d'une pâleur effrayante.

– Je suppose que vous êtes Angelina Buchanan ? demanda Jeff en lui tendant la main.

Celle-ci la refusa.

– Je n'aime pas les flics, cracha-t-elle.

Jeff sembla un instant décontenancé, ce qui amusa Ann.

– Pourquoi nous avoir prié d'entrer, dans ce cas ? demanda-t-elle ironiquement.

– J'étais là, l'autre jour, lorsque vous avez parlé à mon père. J'ai tout entendu.

Elle les invita à la suivre dans un salon où elle les fit s'asseoir. Il y eut un temps de silence qu'Ann mit à profit pour observer Angelina. Au-delà d'un habillement classique et de manières héritées de son milieu, son corps d'anorexique et la moue d'adolescente rebelle inscrite sur son visage trahissaient un profond refus d'être femme. Jeff prit la parole :

– Il est important que nous parlions à Henry Buchanan.

– Il n'est pas là.

– Où est-il ?

– Je ne sais pas.

– Dites la vérité.

– Personne n'en sait rien ! Il a disparu.

– Depuis combien de temps ?

– Le lendemain de votre visite, il a quitté la maison, comme il le fait souvent. Il se déplace beaucoup. Mais depuis, il n'a pas donné signe de vie.

– C'est inhabituel ? demanda Ann.

– Oui. J'ai toujours des nouvelles de lui parce qu'il me demande régulièrement les miennes. C'est un père inquiet. Ou bien c'en *était* un…

– Vous avez des raisons de penser que…, commença Jeff.

– Aucun de nous n'est éternel, l'interrompit-elle sur un ton de défi.

– Il se sentait menacé ?

– Il y a tellement de gens qui le détestent.

Jeff s'enfonça dans son fauteuil, désabusé. Il n'y avait rien à tirer de cette névrosée. Ann prit la relève :

– Pourquoi avez-vous souhaité nous rencontrer ?

Angelina hésita.

– Croyez-vous vraiment… Que mon frère est vivant ?

Jeff se redressa.

– Je le crois.

– Et vous, demanda doucement Ann. Qu'en pensez-vous ?

– Il y a tellement d'anomalies dans sa disparition… Steve n'était pas du genre à s'engager dans une randonnée en montagne seul et sans aucun équipement. D'abord, il détestait la montagne.

– Il s'y rendait pourtant fréquemment, fit remarquer Jeff.

– À cause de Lucie. Il y allait pour elle. Il n'y serait pas allé pour son propre plaisir.

– Il a été vu à l'hôtel Bunkhouse de Steamboat Springs le matin de sa disparition. Il était seul.

La jeune femme se mit à pleurer doucement. Pourquoi Jeff ne lui disait-il pas que Steve était toujours vivant le lendemain de sa disparition ? Plaidait-il le faux pour savoir le vrai ? Ann, n'osant pas contrer la stratégie de son coéquipier, rapprocha son siège de celui d'Angelina et posa la main sur son avant-bras.

– Vous étiez très proches ?

– Nous n'avions pas le moindre secret l'un pour l'autre. Personne ne connaissait mieux mon frère que moi. Il n'est pas mort dans un accident de montagne !

– Qu'est-ce que vous croyez, alors ?

– C'est mon père qui l'a tué. Ou qui l'a fait disparaître.

Les deux inspecteurs ouvrirent des yeux ronds. Ann ne savait quoi dire. Jeff soupira :

– C'est impossible. Pourquoi l'aurait-il fait rechercher, dans ce cas ?

– Pour vous convaincre de son innocence... Il semble qu'il ait réussi son coup.

– C'est un peu paranoïaque, non ?

La jeune femme s'énerva soudain.

– Vous ne connaissez pas mon père ! Il est capable de tout quand on s'oppose à lui ! C'est lui qui a tué Lucie !

Jeff sursauta.

– Qu'est-ce qui vous permet de dire ça ?

– La veille de sa mort, elle est venue le voir. Ils se sont disputés. J'ai tout entendu. C'était à propos de son médicament.

– Quel médicament ? fit Ann, feignant l'ignorance.

– Celui de mon père. Il avait été gravement malade. On croyait qu'il allait mourir, et puis il avait reçu un nouveau traitement, des recherches de pointe à ce qu'il disait. Ce jour-là, Lucie est venue lui demander des explications. Il l'a rembarrée, elle ne s'est pas laissée faire et...

Jeff l'interrompit :

– Pourquoi s'interrogeait-elle sur le traitement de votre père ?

– Elle lui a dit que c'était à partir de sa guérison que Steve avait changé. Elle avait la conviction que celle-ci dissimulait un secret qui pouvait être la clé de la disparition de mon frère. Jusqu'au jour de sa mort, elle a gardé l'espoir de le retrouver vivant.

– Leur dispute a-t-elle été violente ?

– Lucie s'est mise en colère un court moment, avant de calmer le jeu. Elle était toujours très maîtresse d'elle-même.

– Alors qu'est-ce qui vous fait imaginer que votre père l'a fait tuer ? s'irrita Jeff.

– À cause de ce qui s'est passé juste après...

La jeune femme marqua une longue pause, comme si elle profitait de son effet. Jeff serrait les mâchoires.

– De quoi parlez-vous ? demanda Ann avec une douceur un peu forcée.

– Mon père a reçu un appel urgent et s'est absenté quelques minutes. Lucie en a profité. Elle a fouillé sa chambre et son cabinet de toilette, a trouvé le remède et lui en a dérobé un échantillon.

Jeff était atterré.

– Vous en êtes sûre ?

– Je l'ai suivie. Je l'ai vue faire. Elle s'est éclipsée sans revoir mon père. Mais celui-ci s'est aperçu du vol très rapidement. Il l'a fait pourchasser par ses hommes de main. Le lendemain, on la trouvait morte.

Il y eut un long silence. Jeff avait fermé les yeux. Ann réfléchissait à toute vitesse, étourdie par la révélation. Serait-il possible qu'Henry Buchanan soit le commanditaire du meurtre de Lucie ? Et qu'il ait fait assassiner son propre fils ? Non, Ann ne pouvait admettre cette seconde hypothèse. L'homme semblait tellement bouleversé en évoquant la disparition de Steve... À moins qu'au prix d'un abyssal cynisme, il ait joué la comédie ? De quelle monstruosité l'être humain n'était-il pas capable ? Les révélations d'Angelina constituaient incontestablement un élément à charge. Mais peut-être fallait-il dissocier le meurtre de Lucie et la disparition de Steve.

Ce fut la fille d'Henry Buchanan qui rompit le silence d'une petite voix :

– L'autre jour, vous avez dit à mon père que vous croyiez mon frère vivant...

Jeff se leva.

– J'ai la preuve qu'il n'est pas mort le jour de sa disparition. Il a envoyé un mail à Lucie Milton le lendemain. Il lui disait de ne pas croire à son décès. Il y a de fortes chances que votre frère soit toujours en vie.

Il s'approcha d'elle et lui prit l'épaule d'un geste plein d'une douceur profondément humaine qui toucha Ann.

– Merci, Angelina. Ces informations nous sont d'une aide précieuse. Je vous jure que nous allons tout faire pour retrouver votre frère.

La première chose était de mettre la main sur Henry Buchanan. Le seul problème : Jeff et Ann n'avaient aucune raison officielle de mener une recherche policière. Les éléments dont ils disposaient ne convaincraient jamais un procureur de lancer un mandat et, de toute manière, leur enquête n'avait aucune base légale.

Mais Jeff, par la singularité de ses méthodes et la qualité de ses indics, avait au NYPD quelques obligés bien placés. Parmi ceux-ci, un capitaine travaillant au QG se souvenait qu'il lui devait son avancement et ne refusa pas de lui donner un petit coup de main, moins par gratitude que soucieux d'éviter l'ébruitement de ses relations passées avec le sulfureux sergent. Il obtint communication du fichier des cartes bancaires. Celui-ci permettait d'avoir accès à tous les paiements effectués par n'importe quel particulier. Il s'avéra que Buchanan avait réservé deux jours plus tôt un avion pour Denver, ville où il avait loué une voiture. La veille, il avait fait le plein à une station-service de Silverthorne, au début de l'autoroute du Nord numéro 9.

Consultant une carte, Jeff et Ann constatèrent que cette dernière était située sur le trajet de Denver à Steamboat Springs. Même si l'on perdait ensuite sa trace, il était probable qu'Henry avait emprunté l'autoroute 40 et qu'il suivait les pas de son fils. Pourquoi, objecta Ann, n'avait-il pas pris un avion pour Hayden Airport, qui était situé à moins d'une demi-heure en voiture de Steamboat Springs ? Probablement, jugea Jeff, parce qu'il y avait moins de vols entre New York et ce petit aéroport. En outre, aucun d'eux n'était direct. Sans doute le vieil homme était-il pressé... Mais pourquoi ? Que cherchait-il ? Savait-il son fils vivant et où il se cachait ?

Ils décidèrent de se rendre à Steamboat Springs. Peut-être l'y trouveraient-ils, ou bien des indices ou des témoignages les mettraient-ils sur sa piste...

Ann alla trouver Woodruff pour lui demander trois jours de congé, arguant avec une pointe d'amertume qu'elle ne manquerait pas beaucoup au service. Le lieutenant lui fit signe de fermer la porte de son bureau.

– Inspecteur, lui dit-il, je vous demande de prendre patience. Votre situation n'est pas facile, je le sais. Vous vous sentez mise à l'écart.

– Au placard serait plus adéquat...

– Je vais vous faire une confidence. Avant votre arrivée, j'avais un seul bon flic dans ce service : Mulligan. Si je vous ai placée à ses côtés, c'est dans le but d'en former un deuxième. Vous en avez le potentiel et l'envergure. Mais Mulligan a disjoncté et maintenant vous êtes dans une position délicate. Non par votre faute, mais parce que les autres *detectives* de cet étage sont des personnes limitées qui aspirent à niveler l'équipe par le bas. Particulièrement Millar, qui a monté tout le monde contre vous. Ça me déplaît.

– Je croyais que Millar était un excellent flic...

– Je n'allais pas vous dire que je vous mettais en équipe avec un imbécile.

Ann, déconcertée, leva les sourcils.

– Mais je travaille à régler ce problème, continuait imperturbablement Woodruff. Il y aura bientôt des remaniements dans le service et votre situation va évoluer. Vous avez réellement besoin d'un congé ?

– Oui.

– Prenez-le. Et reposez-vous.

Jeff et Ann firent le voyage que Jeff avait effectué seul près d'un mois plus tôt. Dans l'avion, les yeux mi-clos, le sourire aux lèvres, elle se détendit enfin en songeant aux derniers événements : ainsi, après Jeff, le lieutenant lui-même l'encourageait dans sa vocation ! Un sacré retournement de situation qu'elle prit le temps de savourer.

Puis ils parlèrent de l'enquête. Ann envisageait toutes les hypothèses avec passion. Jeff lui fit remarquer qu'elle ne doutait plus.

– Vous aussi, maintenant, vous croyez aux fantômes, ajouta-t-il pour la taquiner.

À sa surprise, Ann s'énerva :

– Je ne partage pas vos croyances absurdes. Je suis dans le réel, moi, et si le réel me fournit des éléments concrets, je ne me crispe pas sur ma première impression.

– Vous admettez tout de même que j'avais raison…

– Je vous reconnais une grande intuition. Mais les délires dont vous l'accompagnez relèvent de la psychiatrie.

– Et qu'appelez-vous « intuition », au juste ?

– Une certaine faculté à deviner les choses…

– Un peu comme la voyance ?

– Je n'y crois pas.

– Quelle différence ?

– L'intuition, ce n'est pas irrationnel. C'est comme le flair des animaux, c'est une espèce d'instinct.

– Si je vous comprends bien, n'importe quel chien policier aurait pu sentir les mêmes choses que moi.

– Ne jouez pas sur les mots !

– Je ne connais rien qui ressemble à ce que vous nommez « intuition ». À moins que vous n'entendiez par là « être guidé »…

Ann s'emporta soudain :

– *Être guidé* ? Et elle est où, votre Lucie ? Derrière vous, au-dessus de vous, perchée sur votre épaule ? Elle est morte et enterrée, Lucie Milton, et vous feriez mieux de vous occuper des vivants !

Indifférente aux regards interloqués des autres passagers, Ann tourna le dos à Jeff et s'enfonça dans son fauteuil. Le sentiment de triomphe qui l'avait assailli en quittant le bureau de Woodruff avait disparu. Même son bonheur à être assise près de Jeff s'était évanoui. Elle ne lui parla plus de tout le trajet.

Le milliardaire ne fut pas difficile à retrouver. Alors que Jeff et Ann s'apprêtaient à pénétrer dans le hall de l'hôtel Bunkhouse, dernier séjour de Steve à Steamboat Springs où Jeff était descendu lors de son enquête sur les lieux, Ann avisa une Cadillac grise qui sortait du parking. Au volant, Henry Buchanan.

Le temps de se précipiter dans leur véhicule de location, ils crurent le perdre. Mais ils le repérèrent à la sortie de la petite ville, prenant la direction de Gold Creek.

– Il se dirige sur les lieux de la disparition de son fils, fit remarquer Jeff.

Ils le filèrent durant une vingtaine de kilomètres, sur une route de plus en plus escarpée et rendue glissante par une averse de neige fondue qui se déclara subitement. La visibilité était mauvaise. Jeff, soucieux de ne pas se faire remarquer, s'abstenait d'allumer ses phares et plissait les yeux pour ne pas perdre de vue le véhicule que Buchanan conduisait sans prudence.

C'est alors, à la sortie d'un virage, que des phares l'aveuglèrent dans le rétroviseur, tandis que retentissaient plusieurs coups de klaxon appuyés. Une voiture lancée à vive allure les collait à moins d'un mètre, cherchant à les doubler.

– Qu'est-ce que c'est que ce connard ? maugréa Jeff. Il va nous faire repérer…

Dans une courte ligne droite, l'automobile se déporta et se mit à accélérer. C'était un 4x4 BMW noir. Jeff tourna la tête un bref instant et aperçut fugitivement le chauffard, qui se rabattit brutalement en lui faisant une queue de poisson l'obligeant à freiner.

– Cet enfoiré a de la chance que…, commença-t-il.

Il s'interrompit net, mâchoire béante.

– Qu'avez-vous ? demanda Ann, inquiète devant l'expression hallucinée de son comparse.

– Nom de Dieu…

Cette silhouette, dans la voiture…

Elle ne lui était pas inconnue.

Ce cou de taureau, ces épaules massives, cette tête trop carrée…

Jeff alluma les pleins phares et accéléra si brutalement qu'Ann, surprise, poussa un cri.

Il connaissait cet homme.

– Jeff, que ce passe-t-il ?

– Le type qui nous a doublés… C'est le Mexicain qui a abattu Fletcher.

Il accéléra encore. Au sortir d'une épingle à cheveux, la route à flanc de montagne se découvrit au-dessus d'eux.

La Cadillac roulait à toute allure.

Mais le 4x4 était dans ses roues.

Jeff sut qu'il était trop tard.

Le 4x4 avait éteint ses feux juste avant de déboucher dans le champ de vision de Buchanan. Il les ralluma brusquement pleins phares et déboîta sur la gauche comme pour doubler. La manœuvre du tueur, parfaitement exécutée, surprit totalement sa victime. Profitant de la masse de son véhicule, il déporta d'une seule poussée la Cadillac le long du ravin et, d'un coup de volant, la fit basculer. Il y avait au moins trois cents mètres de dénivelé en pente raide. La voiture fit une demi-douzaine de tonneaux et se fracassa contre un rocher. Personne ne pouvait survivre à un tel choc.

Arrivé à la verticale de la carcasse fumante, Jeff s'arrêta et ouvrit la portière de sa passagère.

– Appelez les secours et allez voir si on peut encore quelque chose pour lui. Je m'occupe de l'autre.

Il démarra en trombe.

Le tueur avait beaucoup d'avance et une voiture puissante, au contraire de la Ford louée par les deux policiers. La chance de Jeff était qu'il ne se savait pas reconnu. Il penserait que la voiture qu'il avait doublée s'arrêterait sur les lieux de l'accident. Il ne pouvait pas se douter qu'il était poursuivi et n'avait aucune raison de rouler vite.

Prenant tous les risques, tutoyant à chaque virage la limite mortelle entre la route humide et le vide, Jeff s'efforçait de rattraper son retard.

Bientôt, le 4x4 fut en vue. Jeff ralentit. Il avait deviné juste : le tueur, loin de se douter qu'il était pourchassé, conduisait à une vitesse normale. Il ne fallait pas éveiller son attention, car il n'aurait aucun mal à le semer s'il décidait de le faire.

Jeff roula hors de vue du tueur durant une vingtaine de kilomètres. L'idéal aurait été qu'il s'arrête. Mais il ne semblait pas en avoir l'intention. Jeff conduisait nerveusement. Suivre sa proie sans la perdre ni se faire repérer était une tâche malaisée, qui exigeait d'anticiper au maximum sur les méandres d'une route qu'il ne connaissait pas.

Puis ce qu'il redoutait arriva. Après un long tournant débouchant sur une ligne droite, le 4x4 disparut. Jeff accéléra jusqu'au virage suivant. Le Mexicain l'avait-il vu ? Avait-il senti qu'il était pourchassé ? Au moment où il allait tourner, espérant apercevoir le véhicule, Jeff eut brusquement l'instinct de se baisser et de freiner.

Ce geste sans motif rationnel lui sauva la vie.

Car une aveuglante lumière éclaira soudain l'obscurité de la montagne tandis que sa voiture était prise sous un feu nourri.

Debout à contre-jour dans l'aveuglant éclat des phares braqués sur lui, le tueur l'arrosait à l'arme automatique.

Durant la poignée de secondes qui suivit, le temps sembla se dilater. Jeff se voyait penser à une vitesse stupéfiante. Contre toute attente, sa proie se savait poursuivie et lui avait tendu un piège. Comme dans un ralenti de cinéma, les balles percutaient l'automobile toujours lancée et perçaient la tôle. Courbé sous la ligne du pare-brise, Jeff était très aléatoirement protégé par le moteur, lequel risquait de prendre feu. Quoi qu'il arrive, la Ford ne redémarrerait pas. Bien que son revolver soit dans sa main – il ne se souvenait pas l'avoir sorti de sa poche –, il ne pouvait riposter tant qu'il était sous le feu. S'il tentait de longer le 4x4 pour s'esquiver, la mitraille le criblerait à travers la portière. Il n'avait qu'une seule chance de sortir vainqueur de cette partie : ramener les joueurs à égalité. Sa voiture était perdue ? Elle pouvait lui servir une dernière fois.

Appuyant sur l'accélérateur, Jeff braqua le volant sur sa gauche en direction des phares qui l'aveuglaient et percuta l'avant du 4x4 avec une violence inouïe.

Sa dernière pensée avant de sombrer dans l'inconscience fut une question : le Mexicain avait-il pu esquiver l'impact ?

Car il le voulait en état de parler.

Une douleur à l'épaule. Lancinante

Signe qu'il est vivant.

Jeff tente d'ouvrir les yeux. Un rideau noir recouvre tout.

Le tueur ?

S'il est indemne, Jeff est à sa merci. S'il est mort, il n'a plus de piste.

Ouvrir les yeux. Ses paupières sont en plomb

Ouvrir les… !

Trop tard.

La portière de la voiture fracassée remue dans un crissement de tôle.

L'autre est là. Et il tente de l'ouvrir.

Jeff serre les doigts pour vérifier que l'automatique est toujours là.

Ils se referment sur le vide.

La portière s'ouvre, très lentement. L'autre est prudent. Ou bien blessé.

Faire le mort. Pas d'autre choix.

À travers le rideau de brume qui l'aveugle, Jeff distingue une silhouette qui grandit.

Un rire grince.

– C'est toi, *cabrón*… Décidément, tu cherchais ta mort.

La lame d'un poignard brille au-dessus du visage de Jeff.

– Ouvre grand les yeux. Regarde-la. *Santa muerte*…

Jeff, intérieurement, sourit. Il est prêt. La mort, comme il la désire ! Rejoindre Lucie…

Mais ce n'est pas l'heure.

Elle ne veut pas.

C'est elle qui lui a inspiré le geste de se baisser, avant même l'impact des premiers tirs. Elle a encore besoin de lui dans ce triste monde.

Le couteau se rapproche de sa gorge, la touche.

Le tueur caresse sa carotide avec le métal glacé, descend vers le cœur.

– Crève !

Jeff voit, comme au ralenti, la lame s'abattre. La même main, le même geste qu'à Central Park, ce rendez-vous manqué. Il avait esquivé, alors, dans un réflexe inspiré par Lucie.

Et aujourd'hui ?

Est-ce là son dernier instant ?

Non !

Lucie…

Veut-elle qu'il meure et la rejoigne là où elle se trouve ?

Mais *lui* ne veut pas. Pas encore ! Il n'a pas accompli sa tâche.

Le poignard est à cinq centimètres. Il n'y a plus rien à faire. Trois, deux, un… Le métal plonge dans sa chair. La douleur.

C'est donc maintenant.

Alors, au moment de quitter ce monde, Jeff éprouve un sentiment qu'il n'a jamais ressenti.

Il n'a pas peur de mourir, non.

Mais il désire vivre.

Pour la première fois de sa vie.

Alors qu'il est trop tard !

Vivre.

C'est un absolu désespoir qui noie ses ultimes sensations.

Avant de perdre conscience, Jeff a le temps de sentir le poids du Mexicain écraser son corps.

Désert de Juarez

Depuis une heure, Raul roulait en luttant contre le sommeil. Sur n'importe quelle route, il serait mort dix fois. Mais sur cette piste en plein désert où l'on ne croisait personne, s'endormir quelques secondes au volant ne prêtait pas aux mêmes conséquences. Il n'en pouvait plus mais ne songeait pas à s'arrêter. Sa seule chance était de trouver un endroit habité où il pourrait téléphoner avant que le réservoir de son véhicule soit entièrement vide. Sinon… perdu en plein désert avec si peu d'eau et rien à manger, c'était mourir de soif ou être repris. Pour échapper à cette alternative, les armes dérobées à ses assaillants quelques heures plus tôt trouveraient leur utilité. La mort, pour Raul, était douceur : s'évader de l'enfer par en haut.

Il fermait une nouvelle fois les yeux, sombrant en conduisant dans une lourde somnolence, lorsqu'une douleur cuisante le fit sursauter.

– Salaud !

Un bras enserrait sa gorge, l'étranglant à moitié.

– Vous ne retournez pas au laboratoire !

Raul tenta de se dégager, mais l'autre mettait tout son poids dans sa prise, l'entraînant en arrière. Il dut lâcher son volant.

Un voile noir couvrit ses yeux, tandis qu'une force contre laquelle il ne pouvait plus lutter le renversait sur le côté.

Le 4x4 ralentit en brimbalant et s'arrêta. Dans sa chute, le bras qui comprimait sa gorge se déplaça légèrement et Raul put de nouveau respirer quelques secondes.

– Lâchez-moi. Ce n'est qu'ensemble que...

Un choc à la tête d'une brutalité inouïe. Peinant à rouvrir les yeux, Raul aperçoit un bras tendu brandir un cric métallique noir. Il va frapper encore. Raul esquive en roulant sur le côté. Mais le corps monstrueux et difforme de son agresseur roule sur lui. Écrasé par la masse, il ne peut éviter le troisième coup qui l'assomme à moitié. Un sang visqueux coule le long de sa tempe. La main se lève à nouveau. Raul ne peut plus bouger que le bras.

Il n'a plus le choix.

La mort dans l'âme, d'un geste fulgurant, il tire de sa poche le Sig Sauer volé à un poursuivant.

Le front troué, l'homme s'effondre sans un cri.

Le sang qui coule de sa plaie ouverte se mêle au sel des larmes. Raul met plusieurs minutes à se dégager du corps monstrueux affaissé sur lui.

Il se relève et sort de la voiture pour se remplir de la pureté de l'air.

L'obscurité l'enveloppe. Est-il si gravement blessé ?

Clignant des yeux, il parvient à discerner

Ce n'est que le soir qui tombe.

Raul vient de tuer un innocent.

Et il est sauvé.

À l'horizon, les lumières d'une ville brillent dans le crépuscule.

La lumière. Trop brillante, tellement intense…

Des voix. L'une n'est pas inconnue.

Les sons s'éloignent, la lumière faiblit. Le noir.

– Je crois qu'il se réveille.

Un œil s'entrouvre. Clarté aveuglante.

– Jeff, c'est moi…

Voix féminine. Lucie ?

Est-il de l'autre côté ?

Il a mal. La poitrine, le bras gauche. La tête. Très mal.

Il est donc en vie. Il frissonne.

Il se souvient : le tueur. Comment celui-ci a-t-il pu le rater ?

Il tente de discerner les formes autour de lui. Un contact doux sur sa main gauche.

– Réveillez-vous, je vous en prie.

– Ne le brusquez pas, dit une voix d'homme.

Blouse blanche. Odeur d'hôpital.

– Il ouvre les yeux ! Jeff, tout va bien. Vous êtes sauvé.

Ann.

Jeff serre sa main.

– J'ai eu tellement peur, dit-elle. Vous avez failli mourir.

– Le… tueur ?

– Mort.

– Comment ?

– Il était cassé de partout. Rien que son crâne était fracturé à cinq endroits. C'est incompréhensible qu'il ait pu se relever après le choc que vous lui avez infligé avec votre voiture. Il a perdu au moins un litre de sang à se traîner de l'endroit de l'impact à celui où vous étiez. Au moment où il abaissait son poignard, il était certainement déjà mort. Il s'est écroulé sur vous.

Jeff soupira :

– C'était ma dernière piste.

– S'il était vivant, vous-même ne le seriez pas. La lame s'est enfoncée jusqu'à un centimètre de l'aorte.

– Il faudra tenter d'identifier ce type.

– C'est fait.

– Déjà ? Mais comment ?

– Vous avez été dans le coma près de trois jours.

Jeff se redressa mais une douleur lancinante le ramena sur l'oreiller.

– Trois jours !

– Allez-y doucement. Vous avez failli y passer, ne l'oubliez pas.

Jeff prit soudain conscience que la conversation l'avait épuisé.

– Qui est ce tueur ? réussit-il à articuler.

Le docteur, suivi d'une infirmière, les interrompit pour procéder à quelques examens. Ceux-ci terminés, il s'adressa à Jeff :

– Vous avez eu de la chance, monsieur Mulligan. Mais vous êtes hors de danger.

– Faut-il que je le laisse dormir ? demanda Ann.

– C'est préférable, en effet. Il a besoin de beaucoup de repos.

Ann déposa un baiser sur le front de Jeff.

– Je passe demain en fin de matinée.

À peine était-elle sortie que Jeff fermait les yeux et s'assoupissait.

À onze heures du matin, Ann s'assit au chevet de Jeff. Après une nuit de sommeil, cette force de la nature semblait déjà en pleine possession de ses moyens.

– Je vous attendais avec impatience, sourit-il.

– Je voulais vous laisser dormir.

– J'étais réveillé dès sept heures. J'ai eu le temps de cogiter. Pourquoi a-t-on tué Buchanan, à votre avis ?

– Parce qu'il avait un lien direct avec le coupable et risquait de nous mener jusqu'à lui ?

– Sans doute. Cela fait deux fois que l'on me zigouille un témoin. Comme si l'on surveillait tous mes faits et gestes... Le tueur savait que j'étais après lui, puisqu'il m'a tendu une embuscade.

– En tout cas, affirma Ann, son assassinat prouve qu'Henry Buchanan était innocent.

– Du meurtre de Lucie, peut-être. Mais il avait quelque chose à cacher. Quelque chose qui n'est certainement pas sans rapport avec son traitement.

– À ce propos, dit Ann... Une autopsie a été pratiquée.

– Oui, c'est la routine. Mais les causes de la mort semblent claires, non ?

– Il est en effet mort des suites de l'accident. Il y avait néanmoins des éléments troublants. D'abord, j'ai vu le corps Méconnaissable.

– Normal, après un tel choc.

– Ce n'est pas ça. Le visage n'était pas abîmé. Mais ce n'était pas le Buchanan que nous avons rencontré.

– Comment ça ?

– C'était comme s'il avait... vieilli.

– Vieilli ?

– C'est une impression personnelle. Mais ça m'a fait un choc. En l'espace de quelques jours, il avait tellement changé : il était ridé, flétri comme si dix ans étaient passés. Le légiste n'a rien noté, puisqu'il ne le connaissait pas. En revanche...

– Oui ?

Ann poursuivit, songeuse.

– Quelque chose l'a beaucoup étonné. Son cœur, son foie, ses reins étaient dans un état bizarre. À certains endroits, aussi jeunes que les organes d'un adolescent. À d'autres, au contraire, en état d'hyperoxydation avancée. Le toubib a dit qu'il n'aurait pas vécu longtemps.

– De quoi était-il atteint ?

– Il a dit qu'il l'ignorait. Il m'a en tout cas affirmé que cela n'avait aucun rapport avec les symptômes d'une SLA. Selon toute apparence, il n'avait jamais vu ça.

Jeff réfléchit quelques instants.

– Ce traitement est bien la clé du mystère.

– Il semble qu'il ne fonctionnait pas bien.

– Quand nous l'avons rencontré, Henry Buchanan paraissait en pleine forme.

– Mais alors ?

– Et s'il avait cessé de le prendre ?

– Qu'est-ce qui vous fait croire ça ?

– La SLA est une maladie dégénérative, non ? Imaginez un médicament miracle qui régénère et rajeunisse les cellules. Tant qu'il le prend, tout va bien. Aussitôt qu'il arrête...

– Ça ne colle pas. Dans une SLA, ce sont les neurones qui dégénèrent, pas les cellules du foie ou du cœur.

– Le produit agissait peut-être en rajeunissant tout le corps, ce qui expliquerait que certains organes aient un aspect anormalement jeune à certains endroits.

– Votre théorie n'explique pas le vieillissement accéléré d'autres parties des mêmes organes.

– Un dysfonctionnement du traitement ? Un contrecoup de l'arrêt ?

– Mais pourquoi aurait-il suspendu un traitement qui lui sauvait la vie ?

– Parce qu'il avait pris conscience, comme son fils peut-être, du prix humain qu'il coûtait ?

– Supputations.

Jeff fit une pause, sourcils froncés.

– Vous avez raison. D'autant qu'il est difficile d'expliquer que le commanditaire de l'assassinat de Buchanan ait pris le risque de laisser son corps à la merci d'une autopsie susceptible de révéler des secrets compromettants.

– Il ne comptait pas prendre ce risque, dit Ann.

– Comment ça ?

– Le coffre du tueur renfermait plusieurs bidons d'essence. Il avait l'intention de brûler la voiture et le cadavre.

– Alors cela semblerait bien confirmer que Buchanan est au cœur de l'affaire.

– C'est probable.

– Et qu'il y a un mystère autour de sa santé. Au fait, vous me disiez hier que le tueur était identifié ?

– Il s'appelle Jorge Higuera.

– Qu'est-ce qu'on sait de plus ?

– Pas grand-chose. Né à Mexico. Plusieurs arrestations pour des affaires de meurtre, mais aucune condamnation. Il habitait Juarez.

– C'est une ville au nord du Mexique. Ça me rappelle vaguement quelque chose…

– Exact. J'ai moi-même fait le rapprochement : Blanchard, à la clinique des Sept Veilles. Il a évoqué une œuvre humanitaire installée à Juarez.

– Mais oui ! Et son vénéré gourou, le professeur Irkalla, s'y rend fréquemment. Mais…

Jeff secoua la tête, songeur.

– Qu'est-ce qui vous chiffonne ?

– Il y a autre chose. À propos de Juarez. Je ne sais pas si c'est mon coma, mais ma mémoire me joue des tours.

L'infirmière de service entra, porteuse d'un plateau-repas.

– Si c'est important, ça va revenir. Je vais moi-même aller déjeuner.

Jeff passa la journée entière à tenter de réveiller sa mémoire embrumée, en vain. Tendu, épuisé, il ne put s'endormir que tard dans la nuit.

Au plus profond de son sommeil, il fut réveillé en sursaut. Il lut péniblement l'heure sur son téléphone : cinq heures quinze du matin. C'est alors qu'il tressaillit.

Il se souvenait.

Juarez...

C'était le nom qu'avait mentionné Leticia. À propos de son cousin Raul Espejo.

La ville où l'on signalait de multiples disparitions.

Au matin, Jeff raconta à Ann son souvenir nocturne et exigea de quitter l'hôpital. On lui dit que c'était une folie. Il n'en démordit pas et dut signer une décharge. Surexcité, il entraîna la jeune inspectrice chez un loueur pour se procurer une nouvelle voiture.

– Nous brûlons ! déclara-t-il en conduisant fiévreusement.

– Jeff, où allons-nous ?

– À l'aéroport. Nous embarquons pour Juarez.

– Si nous prenions le temps de réfléchir un peu…

– Tout converge !

– Ce n'est pas parce que ce tueur était originaire de cette ville que…

– Le professeur Irkalla s'y rend régulièrement. Et Lucie Milton a découvert quelque chose qui lui a coûté la vie à propos d'un traitement mis au point par cet homme.

– C'est maigre.

– En outre, Leticia m'a parlé de cette ville à propos de la disparition de son cousin.

– Et alors ?

– Cela ne peut être un hasard.

– Et pourquoi pas ?

– Je ne crois plus au hasard.

Ann eut un sourire amer.

– J'oubliais. Vous êtes guidé… Vous recevez des messages de l'au-delà.

– Il est des phénomènes auxquels ne peuvent croire que ceux à qui ils arrivent. Depuis le début, chaque fois que j'en ai eu besoin, quelque chose s'est produit, un signe, une coïncidence.

– Et vous êtes convaincu qu'il y a une intention derrière tout ça.

– J'ai douté aussi longtemps que cela m'a été possible.

Ann prit une longue inspiration en se massant lentement les tempes.

– Jeff, vous rendez-vous compte que vous ne raisonnez plus du tout selon une logique d'enquêteur ? Vous interprétez des événements en fonction de ce que la victime d'un meurtre cherche à vous dire à travers eux !

– La vie est peut-être plus mystérieuse que ce que l'on croit habituellement.

Un silence s'installa qu'Ann finit par rompre.

– Et qu'allez-vous chercher, exactement, à Juarez ?

– Je suis convaincu qu'il existe un rapport entre le tueur de Juarez, les activités du professeur Irkalla et la disparition du cousin de Leticia.

– Et le meurtre de Lucie Milton ?

– Et le meurtre de Lucie Milton.

– Et que sommes-nous censés faire, là-bas ?

– Enquêter sur la disparition de ce Raul Espejo. Le commanditaire de son enlèvement et le meurtrier de Lucie sont probablement la même personne.

– Jeff, répondez-moi honnêtement : dans une logique *policière*, avez-vous un seul motif rationnel de penser cela ?

Jeff hésita un instant.

– Sans doute que non.

Ann fit basculer sa tête en arrière pour détendre sa nuque.

– Et ça ne vous dérange pas, je suppose ?

– Ça ne me dérange plus.

Ann prit l'avion avec Jeff de fort mauvaise humeur. Intérieurement, elle pestait contre lui et les croyances absurdes qui lui servaient à justifier ce voyage. Mais naturellement, il était inutile d'en parler, le délire mystico-paranormal dont il était captif le privait de tout esprit critique.

Peu à peu, toutefois, sa colère se retourna contre elle-même. Elle pouvait bien lui en vouloir de l'entraîner dans une expédition irrationnelle et dangereuse, elle-même n'avait aucune raison valable de suivre Jeff. Pourquoi se retrouvait-elle assise dans cet étroit fauteuil à dix mille mètres d'altitude, serrée contre lui ? La réponse était simple.

Parce qu'il n'y avait qu'à ses côtés qu'elle se sentait bien.

Vivante.

Elle-même.

Ann se rendait à Juarez parce qu'elle était amoureuse.

Exactement comme Jeff.

La seule différence étant qu'elle aimait un vivant, lui une morte.

Elle lui jeta un coup d'œil à la dérobée. L'euphorie de son compagnon était retombée. Un abattement profond semblait l'avoir saisi. Le regard fixe, il était perdu dans ses pensées. Sans doute rêvait-il de Lucie.

L'irritation d'Ann s'était muée en une lourde tristesse.

Jeff, quant à lui, était effectivement plongé dans la plus sombre des mélancolies. Car il savait désormais pourquoi c'était à lui, et non à un autre, que Lucie s'était manifestée au moment de sa mort.

Fréquentant Leticia, Jeff était le seul à pouvoir faire le lien entre des éléments aussi éloignés que le meurtre de Lucie et les disparitions de Juarez.

Le dernier en date des signes de Lucie, qui l'avait d'abord enthousiasmé comme chaque fois qu'il avait reçu confirmation qu'elle était là pour le guider, lui apportait la démonstration qu'il n'avait été élu par elle qu'à la faveur de sa position privilégiée pour opérer les recoupements dont elle avait besoin.

Ce n'était pas *pour lui-même* qu'elle l'avait choisi.

Ils atterrirent à Tucson, en fin d'après-midi, d'où ils gagnèrent le poste-frontière d'El Paso qu'ils traversèrent sans être contrôlés. Ann fit remarquer que le passage entre États-Unis et Mexique était plus aisé qu'elle ne l'aurait imaginé. Dans ce sens, oui, précisa Jeff. Mais l'entrée aux États-Unis était l'objet de contrôles drastiques – raison pour laquelle les candidats à l'émigration clandestine tentaient leur chance par milliers à travers le désert où, s'ils ne périssaient pas de soif, d'épuisement ou sous les balles de faux passeurs ayant abusé de leur confiance, ils étaient récupérés par la police américaine et renvoyés chez eux plus démunis que jamais. Quant à ceux qui parvenaient à pénétrer sur le territoire américain… Il lui raconta l'histoire de Leticia.

Cette dernière avait donné à Jeff le nom complet de l'épouse de Raul Espejo, que celui-ci allait voir le jour de sa disparition : elle se nommait Teresa Esteban Morales. Mais elle ignorait son adresse à Juarez.

– Comment allons-nous la trouver ? demanda Ann.

– Simple, dit Jeff.

Il l'entraîna dans un poste de police, prononça quelques phrases en espagnol qu'Ann ne comprit pas et sortit.

– Demain après-midi, nous aurons le renseignement.

– Il y a des accords de coopération entre polices américaine et mexicaine ?

Jeff éclata de rire. Sa candeur de néophyte contrastait délicieusement avec le courage et le cran dont elle savait faire preuve.

– Vous êtes adorable ! La police de Juarez est une des plus corrompues au monde, et elle se fiche bien d'un flic américain même s'il s'agissait du directeur du FBI en personne ! Je leur ai parlé le langage qu'ils comprennent.

– Et quel est-il ? bougonna Ann, vexée.

Jeff sortit de sa poche une liasse de billets verts qu'il brandit, s'attirant les regards.

– Le seul langage universel.

Ils louèrent deux chambres dans un petit hôtel et sortirent prendre la température du centre-ville.

Les deux tours de la cathédrale dominaient les alentours. L'édifice à l'architecture coloniale était garni de haut-parleurs diffusant musique religieuse et prêches en espagnol. La place, entourée de bars devant lesquels se postaient de nombreuses prostituées, était remplie des étals d'un marché sauvage où voisinaient fruits, légumes, souvenirs artisanaux, vêtements et matériel hi-fi. Jeff et Ann y flânèrent quelques minutes. Un homme ne tarda pas à aborder Jeff qui l'envoya rudement promener.

– Que voulait-il ? demanda Ann.

– Il m'a proposé de l'excellente brune de Colombie.

Ann pointa du doigt les caméras de surveillance accrochées au sommet d'un haut mât planté au milieu de la place.

– Ça ne les arrête pas ?

– Ces petits négociants travaillent pour la mafia de Juarez. Celle-ci est en cheville avec les grands industriels et arrose copieusement les politiques, de dollars ou de balles en fonction de leur complaisance. C'est une des organisations criminelles les plus violentes au monde. Les caméras et les flics qui patrouillent sur cette place veillent simplement à ce que tous les petits trafics s'opèrent dans le calme et la discrétion.

– Et toutes les disparitions signalées dans cette ville, c'est aussi à cause de la mafia ?

– En partie. Les meurtres sont légion. Mais Juarez se signale par l'inhabituelle proportion de femmes portées disparues.

– On tue plus de femmes que d'hommes, ici ?

– Non. Les assassins, comme partout, sont en majorité des hommes et ils tuent essentiellement leurs pareils, dans des règlements de comptes ou de simples rixes. Mais dans le reste du Mexique, sur dix victimes d'un meurtre, vous avez une femme. Ici, quatre. Et encore, la plupart du temps, la police ne conclut pas à un crime, mais à une simple disparition.

– Pourquoi ?

– On ne retrouve pas les corps. La coutume locale est de les plonger dans une préparation spéciale nommée *lechada*. C'est un liquide corrosif composé de chaux vive et d'acides. Les chairs et les os sont dissous sans laisser la moindre trace.

– C'est à cause de vos origines que vous vous êtes intéressé à cette ville ?

– Je me fous de mes origines. C'est le crime qui m'intéresse. Depuis que j'ai quatorze ans, je consacre mes loisirs à sonder la pourriture du monde. Je pourrais vous en raconter autant sur le cartel de Cali ou la mafia géorgienne.

Ils s'arrêtèrent à la terrasse d'un café. Jeff commanda un *pulque*, Ann une tequila.

– Et comment comptez-vous retrouver le cousin de votre amie si son corps a été décomposé dans un bain d'acide ? poursuivit-elle.

– Parmi les disparus, certains sont encore vivants.

– Comment pouvez-vous le savoir ?

– On en retrouve parfois. Malheureusement, ils sont souvent hors d'état de parler de ce qu'ils ont vécu. Certains sont fous à lier, ce qui constitue un alibi commode pour ne tenir aucun compte de ce que racontent tous les autres. Quand on revient de l'enfer, il est préférable de se taire et de faire semblant d'oublier…

– L'enfer ?

– Certains évoquent des tortures, d'autres des messes noires ou des sacrifices humains… On en retrouve parfois avec un ou plusieurs organes en moins. Le trafic d'organes est une industrie florissante. Difficile de faire la part des choses.

Ann finit son verre d'un trait.

Ils gardèrent le silence durant tout le dîner et se couchèrent tôt.

Le lendemain en milieu d'après-midi, Jeff se rendit au commissariat. Son interlocuteur ne lui communiqua pas une adresse précise car la rue qu'il cherchait n'avait pas de nom, mais il lui remit un plan de la *colonia* d'Anapra sur lequel des flèches et une croix indiquaient comment se rendre chez la femme de Raul Espejo.

Ils prirent l'unique bus antique et brinquebalant qui menait à ce quartier, celui de la ligne 10, qui les laissa à son terminus. La ville continuait à perte de vue mais le bitume s'arrêtait net, laissant place à des rues de sable et de poussière. Se repérant difficilement, ils mirent deux bonnes heures à localiser la maison de Teresa. Celle-ci était située aux confins de la ville, à moins de cent mètres de la frontière américaine, marquée par une voie de chemin de fer et une simple clôture de barbelés. En se tournant vers le sud apparaissait le désert de Chihuahua. Trois petites maisons blanches au toit de tôle ondulée étaient alignées. Ils frappèrent à la première d'entre elles. Une femme entrouvrit la porte, laissant deviner une longue chevelure noire et des yeux perçants.

– Teresa Esteban Morales ?

– Que voulez-vous ? dit-elle en espagnol.

– Nous enquêtons sur la disparition de Raul Espejo. Nous avons des éléments nouveaux.

La jeune femme passa un visage méfiant dans l'entrebâillement pour dévisager Ann. Très typée, de taille moyenne mais plutôt belle, elle impressionnait par l'intensité de sa présence.

– Qui êtes-vous ?

– Nous appartenons à la police de New York. Je suis un ami personnel de Leticia Gonzales Esparza, cousine de votre mari. Nous avons de bonnes raisons de penser que son enlèvement est lié à une affaire de meurtre commis sur notre territoire.

Elle les observa quelques secondes comme si ses yeux scannaient la moindre de leurs pensées. Un garçonnet apparut entre ses jambes, les considérant avec le regard grave et pénétrant de sa maman.

– Puis-je vous offrir un café ? finit-elle par dire en anglais, comme si elle avait senti qu'Ann ne parlait pas espagnol.

Elle les fit entrer dans l'une des deux pièces qui composaient la maisonnette.

– Excusez mon accueil, dit-elle sans le moindre accent tout en les servant. Dans cette ville, la confiance est une maladie mortelle. Surtout envers des policiers. Guillermo, n'embête pas la dame !

L'enfant s'était installé spontanément sur les genoux d'Ann.

– Il ne m'embête pas, répondit-elle en lui caressant les cheveux.

Teresa sourit.

– Je me fie à lui. Il sent les gens.

– Quel âge a-t-il ?

– Trois ans. Pensez-vous que Raul est vivant ?

– Je l'ignore, répondit Jeff. Mais je n'en serais pas étonné.

Il se tut. De fait, il sentait que Raul vivait. Pourquoi était-il animé de cette conviction ? Il peinait à se l'avouer, mais la réponse était claire. Chez Leticia, une prière était montée de son cœur, lorsqu'elle lui avait parlé de son cousin. Une prière à Lucie. « Fais que l'on retrouve Raul Espejo. » La supplique était totalement irrationnelle et il se l'était immédiatement reprochée. Mais elle prenait désormais tout son sens. La disparition du cousin de Leticia était en relation avec l'affaire du meurtre de Lucie. Et si une telle demande s'était formulée, en lui mais comme malgré lui, c'était que...

Que quoi, au juste ?

Que Raul était vivant ? Et qu'on allait le retrouver ?

C'était une logique de fou.

Mais il n'arrivait pas à s'en départir.

Jeff, décidément, ne se reconnaissait plus.

Un silence gêné s'était installé, que Teresa rompit :

– En quoi puis-je vous aider, au juste ?

Ann regarda Jeff comme s'il avait la réponse. Mais il se sentait absolument vide et cherchait désespérément quoi dire pour justifier sa présence au domicile de cette femme.

Il avait lu dans la fiche de police qu'Espejo avait disparu en se rendant chez elle, mais qu'elle ne l'avait pas vu. Elle avait dit aux policiers qu'ils ne se fréquentaient plus depuis plus de deux ans. Que pouvait-il attendre d'elle ? Quelle question pouvait-il lui poser ?

C'est alors que la porte s'ouvrit brutalement. Ann sursauta. Une voix forte cria en espagnol :

– Personne ne bouge !

Teresa, bouche bée, fixait un point derrière le dos de Jeff, qui tentait de se retourner le plus lentement possible.

L'homme reprit, sur un ton qui trahissait une extrême nervosité :

– Qui sont ces *gringos*, Teresa ?

Un automatique était braqué sur eux. Son détenteur, un homme jeune au visage jaune et fatigué, de la sueur perlant à ses tempes, semblait prêt à tirer à tout moment.

– Raul..., souffla Teresa d'une voix inaudible.

Sans un mot, Guillermo se précipita vers l'homme et lui attrapa une jambe contre laquelle il se blottit.

Profitant de son bref moment d'inattention, Jeff dégaina son revolver et le braqua à son tour.

– Ne tirez pas ! hurla Teresa. C'est Raul.

Jeff baissa son arme mais l'autre ne l'imita pas.

– *Qui sont ces gringos* ? répéta Raul, agressif.

– Ce sont des amis, supplia Teresa.

– Je n'ai pas d'amis.

Raul Espejo fit un pas vers Jeff, de la haine dans les yeux.

– C'est Irkalla qui vous envoie !

Ann ouvrit la bouche. Ignorant l'espagnol, elle avait identifié la consonance de ce nom familier.

– Quel nom avez-vous prononcé ? articula Jeff, stupéfait.

Sentant son vis-à-vis sincère, Raul vacilla et baissa légèrement son arme.

– Vous connaissez le professeur Irkalla ? insista Jeff.

L'autre esquissa une grimace menaçante, mais le doute sur la personnalité des visiteurs de Teresa semblait avoir diminué son adrénaline, et la montée de la fatigue creusait ses traits à vue d'œil.

– Si vous travaillez pour ce monstre, vous ne sortirez pas d'ici vivant, lâcha-t-il.

– Raul, intervint Teresa, ces gens sont des policiers américains.

– Nous enquêtons sur les activités du professeur Irkalla dans le cadre d'une affaire de meurtre. Vous devez nous dire ce que vous savez.

Raul rempocha son arme.

– Je n'ai plus la force de me battre, souffla-t-il en s'asseyant lourdement.

Sa femme lui apporta un verre d'eau et lui essuya le visage. Guillermo voulut grimper sur ses genoux et il le prit dans ses bras. L'air totalement épuisé, il le câlina silencieusement durant quelques minutes en chuchotant son prénom. L'enfant, étonnamment calme, s'abandonnait à l'étreinte en serrant l'index de son père dans sa petite main. C'était comme s'il se nourrissait de ce corps paternel qui lui avait été soustrait si longtemps et qu'il avait reconnu, en un instant, dans une évidence charnelle que le doute ne pouvait atteindre.

Puis sa mère lui murmura qu'il était temps d'aller se coucher. Il se laissa mener sans protester dans la pièce attenante.

Teresa revint.

Alors Raul se mit à parler et le temps s'arrêta.

Jeff traduisait à Ann.

Celle-ci tentait de contenir la colère qui la submergeait à l'évocation de ces atrocités commises par un homme qui se prenait pour Dieu et décidait de la vie et de la mort de ceux qui tombaient entre ses mains.

Jeff aussi avait les poings serrés.

Espejo allait aborder le récit de son évasion.

Mais il n'en eut pas le temps.

Car dans la petite maison de Teresa, ce fut soudain l'enfer.

QUATRIÈME PARTIE

Dois-je, moi aussi, redevenir argile, et moi,
ne me faudra-t-il pas, comme lui, me coucher
pour ne plus me relever, jamais, jamais ?

Épopée de GILGAMESH
(fin du 3e millénaire avant J.-C.)

Ma bien-aimée pour l'éternité,

Mon œuvre t'est dédiée.

Tout ce que j'ai créé, c'est pour toi que je l'ai voulu, pour toi que je l'ai réalisé.

Afin que celle qui fut la plus intense de toutes les vivantes devienne par le scandale de sa mort source de Vie éternelle pour l'Humanité.

Le premier être qui offrit son corps au service de la Vie s'appelait Walter Azarro. Lorsque je fis sa connaissance il était sans domicile et vivait de mendicité. C'était pourtant un homme d'une certaine culture et dès le départ, il fut conscient de l'importance de l'œuvre qui allait s'accomplir. Il avait accepté de vivre chez moi. Notre collaboration dura sept mois. Lorsqu'il mourut, je perdis le sommeil à jamais.

Je ne pus garder le deuxième que douze jours. Une imprudence de ma part. Désireux d'épargner des vies, j'avais voulu aller trop vite. Le sacrifice de James Axford fut le seul à ne m'apporter aucune donnée scientifique significative. Je ne me le suis jamais pardonné.

Bill Watkins, Andy Wilmore, Shirley Hargreaves... Mes premières découvertes. Mon premier succès. Shirley était une adorable vieille femme dont le fils unique travaillait à Wall Street et qui mendiait à la sortie d'un supermarché. Elle eut la coquet-

terie de ne jamais m'avouer son âge. Ce fut grâce à elle que je parvins à mettre au point mon premier cocktail véritablement performant. J'entendrai toujours le petit rire de Shirley contemplant son reflet dans le miroir. Un matin, je la retrouvai dans son lit, le visage paisible. Elle ne respirait plus. Morte de sa belle mort.

Qui a consacré sa vie à s'enrichir se désole du constat que l'argent le protège de tout, à l'exception du temps qui passe. Je proposai ma première pilule de Jouvence à quelques vieillissantes épouses de milliardaires. Toutes en furent enchantées. Certaines communiquèrent leur secret à leur mari. Je pus faire la confidence de mon projet. L'argent se mit à affluer.

Le Club était né.

Recrutant ses membres par une rigoureuse cooptation, entouré d'un impénétrable secret, le Club s'étendit très rapidement. Chacun de ses membres bénéficiait, en contrepartie de ses généreuses donations, des plus récentes de mes découvertes validées par l'expérimentation humaine.

Durant six ans, un ranch isolé dans l'Illinois me tint lieu de laboratoire. Un troupeau et quelques authentiques activités fermières constituaient une excellente couverture. Des hommes de main assuraient la tranquillité du lieu et le recrutement de mes collaborateurs.

Mes succès scientifiques m'octroyèrent la possibilité de créer un centre de soins tout à fait officiel qui me permettrait à la fois de préparer la mise sur le marché de mes traitements et de recruter des chercheurs. Ainsi la Clinique des Sept Veilles vit-elle le jour. Certains scientifiques, attirés par l'appât du gain, mais surtout par la grandeur de l'œuvre, me suivirent au Ranch.

Celui-ci s'avéra bientôt insuffisant. Le territoire américain se prêtait peu à la création d'un laboratoire clandestin de l'ampleur souhaitée. J'avais besoin d'un lieu vaste, protégé et suffisamment proche des États-Unis. Le désert de Juarez s'avéra d'autant plus propice que des accords discrets avec les autorités de l'État de Chihuahua purent être conclus

J'avais enfin tous les moyens nécessaires à ma disposition.

Le reste n'est qu'une question de temps, mon amour. De temps.

Toi, je n'ai pu te sauver et l'homme que je fus est mort avec toi. Je ne te survis que pour cette œuvre, née de notre amour et qui à jamais le perpétuera. Je t'offre chaque seconde de cette vie consacrée à vaincre pour toujours ce qui nous a séparés, je t'offre mes nuits sans sommeil, hantées par le spectre de ces hommes et ces femmes sacrifiés au service de la plus élevée de toutes les causes.

Et j'en prête le serment : aucune de ces morts n'aura été vaine. Car pour toi, je vaincrai.

Nous vaincrons, mon amour.

Tranchant brutalement avec les ombres du soir tombant, une aveuglante lumière blanche venait d'envahir la petite pièce tandis que crépitait une interminable rafale de mitraillette faisant trembler les murs.

Une voix métallique crachotant d'un mégaphone hurla des ordres secs :

– La maison est encerclée. Le quartier est bouclé. Tout le monde sort les mains en l'air ou cette maison est pulvérisée.

Ann surprit le regard échangé par Jeff et Raul. Il n'y avait aucune chance.

– Il faut obéir, dit Jeff.

Il déposa son arme sur le sol et s'avança vers la porte.

– Je ne peux pas laisser Guillermo, dit Teresa.

Elle courut prendre l'enfant endormi. Tous quatre se dirigèrent vers la porte.

Raul sortit le dernier.

– Il y a des policiers, dit Ann avec espoir. Et des militaires.

Jeff ricana sombrement.

– C'est le pire qui puisse nous arriver.

La petite maison était proprement assiégée par une trentaine d'hommes en uniforme lourdement armés. Deux lance-roquettes étaient pointés. Un petit homme brun et moustachu en treillis s'avança et désigna du doigt Jeff, Ann et Raul.

– Vous venez avec nous.

– Nous sommes des citoyens américains, commença Ann, et…

Une gifle du revers de main l'interrompit.

– Tu ouvres encore la bouche, *puta*, c'est une balle dans les ovaires.

Tremblante de douleur et de terreur contenue, Ann se tourna vers Jeff. Mâchoire crispée, celui-ci fixait l'homme la mort dans les yeux. Le commandant de l'escadron n'était pas un militaire. Son uniforme n'appartenait pas à l'armée mexicaine, c'était une tenue de milicien. Au-dessus du cœur était inscrit son nom : MENDOZA.

Ce dernier donna un ordre. On les poussa en direction d'un fourgon. Tout autour, des policiers en tenue repoussaient le voisinage qui s'attroupait, obéissant aveuglément au chef des miliciens.

Ce dernier s'adressa à Teresa. Dans ses bras, Guillermo terrorisé clignait des yeux.

– Je t'emmènerais volontiers avec moi, ma belle, pour m'occuper de toi personnellement. Mais tu es connue dans le quartier, on se poserait des questions… Alors tu vas rester ici, mais écoute-moi bien. (Le milicien prit le menton de Teresa entre ses doigts et approcha son visage du sien :) La vérité officielle, celle qui sera demain dans les journaux, c'est que nous sommes venus arrêter trois dangereux criminels. Si tu parles, on prend ton fils et tu ne le revois jamais. *Entiendes ?*

La jeune femme, la peur dans le regard mais le dos bien droit, hocha la tête sans un mot.

Dans le fourgon, les trois captifs furent encagoulés sans ménagement et menottés à une barre métallique.

Le véhicule démarra.

Les prisonniers traversèrent des kilomètres de désert jusqu'au laboratoire secret qu'avait décrit Raul, où Jeff et Ann furent séparés de ce dernier. Traînés sans ménagement à travers des couloirs, poussés dans une pièce, on leur enleva leur cagoule. Ils se trouvaient dans un bureau meublé d'une lourde table d'acajou et d'étagères remplies de dossiers parfaitement alignés. Presque immédiatement, un homme en blouse blanche fit son entrée. Jeff et Ann se figèrent, médusés. Pour l'avoir contemplé de nombreuses fois en photo lors de leur enquête, ils reconnaissaient le personnage qui s'asseyait en face d'eux. Il s'agissait de Steve Buchanan.

Ainsi, le jeune associé du professeur Irkalla dont Raul leur avait parlé sans mentionner son nom n'était autre que l'homme qu'ils avaient d'abord cru mort et que, depuis peu, ils recherchaient activement dans le but de le sauver !

– Vous vous êtes approchés trop près du soleil, articula ce dernier d'une voix lointaine, comme indifférente à tout.

L'esprit en déroute, Ann tentait de comprendre. Depuis le début de l'affaire, elle avait éprouvé une certaine sympathie pour le fiancé de Lucie Milton. Il lui semblait qu'ils avaient quelque chose en commun, une même blessure par rapport à la reconnaissance paternelle… Comment pouvait-il appartenir à cette bande de tortionnaires ?

– Nous vous surveillons depuis le début, vous le savez, poursuivait-il. Et nous savons tout de vous. Nous avons tranché certains liens. Il y avait une probabilité infime que vous parveniez jusqu'à nous. En d'autres circonstances, je dirais que vous avez eu une chance incroyable.

Les yeux mi-clos, Jeff observait le scientifique. Blond aux yeux bleus, il était grand, athlétique, le type même du beau gosse. Mais Jeff se demandait comment un être aussi éteint pouvait avoir suscité l'amour de Lucie. Il semblait vidé de lui-même et habité par une force glaciale tendant vers un but auquel tout son être était asservi.

– Pourquoi nous avoir enlevés ? l'interrogea-t-il.

– À partir du moment où vous entriez en contact avec Espejo, c'était cela ou vous tuer.

– Pourquoi ne pas nous avoir tués ?

– Vous vous êtes tellement intéressés à notre œuvre qu'il fallait bien que vous la serviez.

– De quelle œuvre parlez-vous ? demanda Ann d'une voix dont elle ne réussit pas tout à fait à masquer le tremblement.

Buchanan sourit imperceptiblement.

– Vous l'avez deviné, n'est-ce pas ?

– Vous pratiquez des recherches médicales…

– Nous poussons la médecine à son point ultime d'accomplissement. Depuis toujours, l'homme a lutté contre la mort. Avec l'invention de la science médicale, il a appris à remporter des batailles. Mais *elle* gagnait toujours la guerre.

– Vous pensez vaincre la mort ? maugréa Jeff.

– Nous sommes sur le point d'y arriver. Mais à quel prix ! cria Ann. Vous torturez des gens !

– Nous détestons la souffrance autant que la mort. Mais vous êtes encore jeune… N'est-ce pas la maturité d'admettre que tout désir a un prix ? Particulièrement le plus haut désir de toute l'humanité. Et maintenant…

Il fit signe aux deux sbires qui les détachèrent et les firent lever.

– … Si vous le voulez bien, nous allons faire plus ample connaissance.

– Où nous conduisez-vous ?

– Au laboratoire d'analyses médicales. Vous allez faire l'objet d'un *check-up* complet.

Ann et Jeff furent séparés et passèrent la nuit chacun dans une cellule, incapables de dormir. Ann était tordue d'angoisse à l'idée de ce qui l'attendait. Jeff, quant à lui, réfléchissait. Ainsi, Lucie avait réussi à le conduire jusqu'à ce qu'elle voulait qu'il découvre ; à présent, il devait trouver un moyen de mettre fin à l'activité criminelle odieuse qui était la cause de son assassinat. Car elle était morte pour avoir découvert quelque chose au sujet des activités clandestines d'Irkalla. Connaissait-elle l'existence du laboratoire mexicain ? Il était probable que non. Elle n'avait pu pousser ses investigations jusque-là. Mais ce qu'elle avait appris en analysant le médicament d'Henry devait être suffisamment compromettant pour que l'on juge nécessaire de l'assassiner.

Stupéfiante ironie, songea Jeff : on avait supprimé Lucie Milton parce qu'elle en savait trop, mais ce qu'elle avait pénétré de son vivant n'était certainement qu'un aspect très partiel de la vérité et, selon toute apparence, ce n'est qu'après sa mort, depuis cet au-delà mystérieux où elle résidait désormais, qu'elle avait reçu une vision d'ensemble de l'odieuse machination fomentée par Irkalla.

Ainsi, Lucie n'avait pu guider Jeff jusqu'au cœur du mystère… que parce qu'on l'avait tuée !

Mais qu'attendait-elle de lui en ce qui concernait Steve ? Elle l'avait aimé. Ou du moins avait-elle aimé en lui l'image, l'illusion qu'elle s'était faite à son sujet. Et de l'autre côté, elle avait découvert ce qu'il était réellement : un criminel, une ordure de la pire espèce. Jeff serra les poings. Il n'avait qu'une envie, c'était de le tuer de ses propres mains ! Se pouvait-il que ce fût ce que souhaitait Lucie ?

Au matin, Ann et Jeff se trouvèrent réunis pour subir les examens que l'on avait infligés à Raul avant eux. Ils ne purent communiquer vraiment que par des regards. Ann semblait proche de craquer et Jeff s'efforça de lui transmettre un peu de force. Elle portait encore les stigmates du coup reçu et Jeff en était bouleversé à un point qui le surprenait lui-même. Il souhaitait ardemment recroiser la route de l'homme qui l'avait frappée, ce Mendoza.

Durant quelques secondes, ils se trouvèrent proches l'un de l'autre et Jeff, bien que menotté, put lui frôler l'épaule :

– Courage, murmura-t-il à son oreille. Nous allons nous en sortir.

Plus à la faveur du furtif contact que de cette parole, Ann sentit un peu d'énergie revenir irriguer son corps. Mais ils furent de nouveau séparés. La jeune femme, jugée apte à servir de sujet d'expérience, fut conduite au centre de traitement. L'état de Jeff après son accident imposait quelques jours de repos. Considéré comme dangereux, il ne fut pas amené au centre de villégiature d'où Raul s'était évadé mais consigné dans une petite chambre individuelle gardée en permanence par deux hommes armés.

Pour Ann, l'enfer commençait.

La première matinée de son calvaire, Ann la passa en compagnie de Steve Buchanan. Elle était étendue sur son lit et ce dernier, tout en veillant à la bonne administration des produits que l'on commençait à lui inoculer, lui prodiguait toutes les explications demandées. On allait tester sur elle un protocole très prometteur de reprogrammation cellulaire. Il s'agissait de lui injecter, de manière locale, un virus transgénique dont la capacité proliférative était neutralisée. Fusionnant avec ses cellules et leur injectant son ADN, il dotait celles-ci d'un nouveau programme génétique conçu pour que les concentrations de deux enzymes antioxydants soit plus élevés que la normale. On prédisait ainsi un ralentissement important du vieillissement cellulaire.

Ann, s'efforçant d'oublier la substance que l'on transfusait dans ses veines, observait ce jeune homme froid qui lui parlait comme s'il récitait une leçon. « Nous vous considérons comme notre collaboratrice, avait-il commencé, et vous avez un droit imprescriptible à tout connaître des manipulations effectuées sur votre organisme. » Que ce chercheur ayant renoncé à toute humanité obéisse à des principes éthiques était le plus effrayant de tout.

– Quels sont les risques pour moi ? réussit-elle à demander.

– Chaque enzyme sécrété par un gène participe d'un ensemble de réactions interdépendantes. Son action entraîne nécessairement d'autres modifications métaboliques. On ne peut prévoir celles-ci de manière théorique. Or les expérimentations animales sont insuffisantes. Un animal ne réagira pas de la même manière que l'être humain. C'est en quoi votre participation nous est si précieuse.

Ann ferma les yeux un instant. Rester calme. Ne pas braquer ce fou dont sa vie dépendait.

– Vous ne répondez pas à ma question.

– Si je le pouvais, expérimenter sur votre organisme serait inutile. Nous ne sommes pas en mesure de prévoir ce qui peut advenir et c'est pourquoi, grâce à vous, nous allons emmagasiner de précieuses données.

Un tremblement secoua soudain le corps d'Ann qui ne put retenir ses larmes. Des larmes de peur et de rage, aussi. Elle n'était qu'un objet entre leurs mains, un vulgaire rat de laboratoire. L'intimité de son corps était considérée comme un simple champ d'investigation, un instrument au service de leur but insensé !

Steve s'approcha doucement de la jeune femme et lui posa une main sur l'épaule. Étrangement, ce contact lui apporta un réconfort. La main de cet homme dégageait une chaleur apaisante qui contrastait avec son attitude glaciale. Ann eut un peu d'espoir. Il ne fallait pas qu'elle cède à la panique. Elle avait peut-être une chance si elle parvenait à réveiller ses sentiments. Cherchant ses yeux, elle s'adressa à lui :

– Steve, vous n'êtes pas un monstre. Comment avez-vous pu en arriver là ?

– Votre situation ne vous permet pas de me comprendre, rétorqua-t-il avec une étrange douceur. Il faudra beaucoup de temps pour que notre entreprise soit reconnue.

– Vous étiez heureux, vous aviez tout, dit-elle, s'efforçant de contrôler sa respiration et de garder un ton calme. Pourquoi avoir tout quitté, laissé croire à votre mort des gens qui vous aimaient, votre compagne, votre père ?

Buchanan réglait la transfusion sans la regarder

– Le bonheur est souvent une apparence. Comme l'amour…

– Vous ne vous sentiez pas aimé ?

Une expression amère passa rapidement sur le visage de Steve.

– Qu'est-ce que l'amour ?

– Se réjouir de l'existence d'un autre.

La réponse d'Ann avait fusé plus vite que sa pensée, accompagnée d'une tristesse profonde qu'elle ne s'expliquait pas.

– Mon père ne se réjouissait pas de mon existence.

– Mais Lucie ?

– Je ne sais pas. Elle, peut-être, savait aimer. Mais son amour me faisait mal.

– Parce que vous aviez l'impression de ne pas le mériter ?

Buchanan s'interrompit pour la contempler silencieusement.

L'espoir envahit Ann. Peut-être Steve Buchanan n'était-il pas le psychopathe qu'il semblait devenu mais un homme perdu dont elle avait effleuré l'humanité. Elle devait pousser son avantage :

– C'est la maladie de votre père, n'est-ce pas, qui a provoqué votre décision ?

– Plutôt sa guérison. Lorsque j'ai appris que mon père était atteint d'une maladie dégénérative incurable, je me suis confié au professeur. Il m'a dit de ne pas perdre espoir et m'a proposé d'admettre mon père à la Clinique des Sept Veilles. À son entrée, il avait presque perdu l'usage de la parole. Il en est ressorti totalement guéri. J'ai demandé au professeur comment il avait réussi un tel miracle…

Buchanan parlait d'un ton monocorde, comme à distance de sa propre histoire :

– « Désirez-vous vraiment le savoir ? » m'a-t-il répondu. J'ai hésité, comme si je pressentais que de ma réponse à cette question allait dépendre la suite de ma vie. J'ai dit oui. Le professeur m'a poussé dans le premier avion pour Juarez et m'a fait visiter le laboratoire secret. Puis il m'a demandé de devenir son directeur de recherches.

– Il vous l'a *demandé* ? Votre père avait besoin de son médicament miracle. S'il cessait de le lui fournir…

– Vous pensez que le professeur me faisait chanter. Non, il n'en a pas eu besoin.

– Vous avez vraiment souhaité disparaître, tout quitter, passer le reste de votre vie dans cette prison ?

– On n'a jamais vu dans l'histoire de grand accomplissement sans sacrifice. Le professeur Irkalla m'a prouvé qu'il était en mesure de réaliser l'idéal humain le plus inestimable : vaincre la mort. Il m'a dit avoir besoin de mon aide et vouloir faire de moi son successeur.

Ann demeura silencieuse. Elle comprenait mieux, à présent, comment le fiancé de Lucie Milton en était venu à se muer en ce monstre froid. La mort annoncée d'Henry Buchanan, ce père qui l'avait adopté dans un but tellement précis – faire de lui son successeur – et qu'il avait osé décevoir, le laissait redevable d'une dette dont il ne pourrait jamais s'acquitter. Il avait certainement rêvé de le faire en suscitant un jour sa fierté par une réussite exceptionnelle dans la branche qu'il s'était choisie… Et voilà qu'Irkalla, son deuxième père qui, lui, avait approuvé et encouragé ses choix professionnels, réglait d'un coup la dette de Steve en sauvant la vie de son père adoptif ! Lui révéler en même temps le prix exorbitant de ce miracle médical était une manière diabolique de placer le jeune chercheur dans une inextricable impasse de conscience. N'ayant pu refuser de sauver la vie de son père qu'il croyait perdu, il lui était dès lors bien difficile de condamner les méthodes par lesquelles un tel résultat avait été obtenu… Pour s'acheter un semblant de paix intérieure, Steve n'avait alors d'autre choix que d'adhérer aveuglément au projet de son mentor. Restait-il un point faible dans la cuirasse tragique de cet homme perdu ? Il fallait tout tenter.

– Le professeur Irkalla vous fascine, n'est-ce pas ? reprit-elle avec douceur.

– Il est mon père. Car lui m'a véritablement adopté.

– Et que cet homme ait fait assassiner votre père, ainsi que la femme que vous aimiez, ça ne vous a pas..

Steve se leva avec une telle brusquerie que sa chaise se renversa.

– Qu'est-ce que vous osez dire ? hurla-t-il, le visage décomposé par la rage.

Le corps d'Ann se tendit dans un réflexe de peur et une douleur dans ses poignets lui rappela qu'elle était sanglée solidement à son lit.

– Vous… vous l'ignoriez ?

Le chercheur semblait s'être repris.

– Vous me décevez, dit-il froidement. Vous espérez échapper à votre destin en calomniant le professeur. C'est pitoyable.

– Steve, proféra Ann en s'efforçant de conserver son calme, qui s'occupe des questions de sécurité pour ce laboratoire ?

– Mendoza.

– Et vous vous occupez exclusivement de la partie recherche.

– Nous avons des réunions régulières, présidées par le professeur, auxquelles participent le chef de la sécurité, le responsable logistique et tous les patrons de départements. Les questions de sécurité sont abordées publiquement. J'étais au courant de la progression de votre enquête et j'ai appris votre capture dans l'heure qui a suivi.

– On ne vous a pas tout dit. C'est en enquêtant sur l'assassinat de Lucie Milton que nous sommes parvenus jusqu'à vous.

– Pur hasard. Vous avez découvert nos activités parce que vous avez soupçonné à tort le professeur de ce meurtre dont le coupable est sous les verrous.

– Nous avons été aiguillés vers Juarez en découvrant l'identité du tueur qui a assassiné votre père.

– Mon père est mort dans un accident de la route !

– Sa voiture a été poussée dans un ravin. Nous étions présents.

– Vous mentez !

– Connaissiez-vous Jorge Higuera ?

– Ce nom ne me dit rien et nous allons cesser cette conversation. Nous avons du travail.

– C'est l'assassin de votre père.

Buchanan se leva et mit en marche l'appareil à perfusion.

– Vous devriez vous taire, mademoiselle, dit-il d'un ton glacé. Vous allez avoir besoin de toute votre énergie.

Il se dirigea vers la porte.

– Votre traitement a commencé, articula-t-il sans se retourner.

Jeff, attaché à son lit jour et nuit, se morfondait en attendant une occasion d'agir : car il craignait pour Ann. Elle l'avait suivi contre toute raison dans une aventure où elle avait tout à perdre, et l'idée qu'elle souffre ou que sa vie soit menacée lui était insupportable.

Au bout d'une semaine de repos et après de nouveaux examens, à son tour il fut jugé apte à être utilisé comme sujet d'expérience. Dès qu'il fut en présence de Steve Buchanan, il lui demanda des nouvelles d'Ann.

– Elle va bien. Sa réaction au traitement est positive. Nous amassons beaucoup d'informations intéressantes.

Si Jeff n'avait pas été attaché, il l'aurait étranglé.

– Espèce d'ordure, je vous parle de sa santé !

– Nous y veillons.

Jeff serra les dents. Il était à la merci de cette inhumaine cervelle à pattes.

– Est-ce que je pourrais partager sa chambre ?

– Ce n'est pas souhaitable. Nous voulons minimiser les interférences. À présent, je vais vous expliquer le protocole de recherche auquel vous allez collaborer.

Jeff darda sur le jeune homme un regard de haine.

– Écoute-moi bien. Je ne suis pas ton collaborateur. Je ne suis pas là de mon plein gré. Et tu t'apprêtes à procéder sur moi à un acte criminel dont je serai la victime.

– La manière dont on raconte une histoire importe finalement assez peu, monsieur Mulligan. Vous préférez subir que participer, c'est votre droit. Pour le reste, l'Histoire jugera.

Le dos tourné, Buchanan effectua quelques manipulations sur des appareils reliés par des fils au corps de son cobaye et s'en alla.

Jeff, à son tour, pénétrait en enfer.

Les jours passaient. Ann ne ressentait pas de douleur à proprement parler, mais c'était pire : d'atroces nausées se succédant par vagues ininterrompues lui retournaient le cœur. Le plafond blafard de sa chambre tournait en permanence et, quand elle essayait de fermer les yeux pour mettre fin à la sarabande vertigineuse, c'était son corps entier qui était avalé dans un abyssal tournoiement. Incapable de fixer sa pensée sur un objet, s'empêchant de dormir tant que l'épuisement le lui permettait, réveillée en sursaut par le terrifiant vertige dès qu'elle sombrait dans les ténèbres d'un mauvais sommeil, elle n'espérait plus qu'en une mort rapide pour être délivrée de son supplice. Mais le temps semblait ne plus passer, rythmé par les rares visites de Steve qui ne lui adressait pas la parole, se contentant d'effectuer des prélèvements et d'ajuster les réglages de ses perfusions.

L'organisme de Jeff réagissait mal aux substances qu'on lui inoculait, protestant sans cesse contre la violence qui lui était faite par de terribles douleurs. Ses membres étaient tétanisés par des crampes qui ne désertaient un muscle que pour s'emparer d'un autre. Sa poitrine était prise dans un étau qui le serrait plus fort chaque heure qui passait.

Les jours et les nuits se succédaient, Ann et Jeff ne les comptaient plus.

Même Jeff perdait espoir.

Un matin, Jeff se réveilla plus détendu. Pour la première fois, il avait dormi plusieurs heures d'affilée. La douleur avait reflué. Buchanan pénétra dans sa chambre.

– Vos résultats sont excellents, inspecteur Mulligan. Votre organisme ne rejette plus le traitement. Nous progressons.

Steve entreprit de poser sur le bras de Jeff une seringue pour lui prélever du sang. Ce dernier le contemplait avec une répugnance incrédule.

– Comment une femme comme Lucie a-t-elle pu aimer un homme comme vous ? murmura-t-il.

– Vous n'avez pas connu Lucie. Et vous ne me connaissez pas réellement.

– Elle aimait et respectait la vie. Ce que vous faites l'horrifie.

Steve, qui transférait le sang de Jeff dans un tube à essais, interrompit son geste et le fixa.

– Lucie Milton est morte.

– Moins morte que vous. Elle vous voit. Elle déteste ce qu'elle voit.

– Il n'y a rien après la mort. Lucie n'existe plus. Sinon dans le souvenir de ceux qui l'ont aimée.

– Si vous gardez le souvenir d'elle, pensez-vous qu'elle aurait approuvé votre entreprise ?

Buchanan sembla hésiter un instant.

– En quoi imaginer rétrospectivement son approbation a-t-il la moindre importance ?

– « Je t'aime parce que ton regard sur moi me dévoile à moi-même ma vérité... »

Steve sursauta mais se reprit très vite.

– Vous avez appris par cœur notre correspondance, ricana-t-il. Je lui ai écrit cela lorsqu'elle était vivante. À présent, son regard n'est plus posé sur moi.

– Et c'est pour cela que vous êtes à ce point séparé de votre être profond...

Jeff tressaillit. Cette phrase, il ne l'avait pas préméditée, c'était comme s'il s'était entendu la dire. Le chercheur, visiblement décontenancé, le fixa quelques secondes en plissant les yeux. Il se reprit :

– Vous avez décidément passé beaucoup de temps à étudier son style. Essayer de me manipuler en parlant à sa manière est une ruse subtile mais elle ne prend pas.

Buchanan tenta d'accrocher le regard de Jeff pour le défier mais celui-ci avait fermé les yeux. Une onde de jubilation née dans sa poitrine parcourait tout son corps.

Il la sentait. De nouveau, elle le guidait.

Quand il fixa de nouveau son vis-à-vis, ce fut avec un sourire épanoui qui décontenança ce dernier.

– Lucie est là.

– Vous êtes complètement fou, articula Steve tout en se levant avec difficulté.

Jeff parvint à agripper sa blouse du bout des doigts, le retenant. Leurs regards se croisèrent et Steve vacilla un court instant.

– Et elle ne vous lâchera pas, proféra Jeff avec une joie féroce.

L'autre se dégagea avec brusquerie et quitta la chambre.

Buchanan revint deux jours plus tard, affichant grise mine. De son lit, Jeff le toisa avec un sourire sardonique.

– Ça n'a pas l'air d'aller fort...

– Nous avons quelques petits soucis.

– Laissez-moi deviner. Des pannes de matériel ?

L'autre fronça les sourcils avec étonnement.

– Effectivement. Nous avons des bugs avec le logiciel qui centralise nos données. Nos informaticiens sont sur la brèche mais lorsqu'un problème est résolu d'un côté, un autre se présente ailleurs.

– Quelle malchance... Et pas d'autre bizarrerie ?

Steve le fixa d'un air soupçonneux.

– Que voulez-vous dire ?

– Je ne sais pas... Il y a parfois des phénomènes étranges. Des portes qui s'ouvrent sans explications... Des bruits énigmatiques, des objets qui se déplacent sans cause apparente...

Pour la première fois, le chercheur sortit de sa réserve. Il le saisit brusquement par le col.

– Que savez-vous ? cria-t-il.

Jeff éclata de rire.

– Reprenez-vous, mon vieux. Un esprit aussi cartésien que le vôtre...

– Est-ce vous qui êtes à l'origine...

– Comment voudriez-vous ? Je suis attaché à ce lit en permanence et les couloirs de cet établissement sont solidement gardés.

– Alors comment avez-vous deviné…

– C'est elle.

– De qui parlez-vous ! hurla Buchanan.

– Je croyais, moi aussi, que la mort était une fin. Et puis j'ai rencontré Lucie.

– Si vous ne vous exprimez pas clairement, c'est Mendoza qui vous tirera les vers du nez.

– Je savais ce qui allait vous arriver pour la simple raison que Lucie, lorsqu'elle a voulu attirer mon attention, a recouru aux mêmes moyens.

– Je ne comprends rien à ce que vous dites.

– Lucie s'est manifestée à moi après sa mort.

– Je ne crois pas aux fantômes.

– Je n'y croyais pas non plus. Mais ce dont je vous parle n'a que peu à voir avec ce qu'on imagine sous le nom de fantôme. J'ai senti de nombreuses fois sa présence, à tel point que c'est comme si je la connaissais. Et c'est elle qui m'a guidé jusqu'à vous.

– Vous êtes un illuminé.

– C'est elle qui détraque vos appareils. C'est elle qui vous réveille la nuit en provoquant des phénomènes inexplicables.

Une ombre de terreur, qu'il réprima, passa très vite dans le regard de Steve. Il était troublé, mais exerçait sur lui-même un remarquable contrôle.

– Monsieur Mulligan, il y a pour tout phénomène une cause rationnelle. Et on finit toujours par la trouver, pour peu que l'on ne comble pas une lacune provisoire du savoir par une pseudo-théorie mystico-farfelue.

– *Tu penses pour ne pas sentir.*

Durant un instant, le temps fut comme suspendu. Les deux hommes se regardaient fixement, aussi interloqués l'un que l'autre par les mots que Jeff s'était entendu prononcer.

– Cette parole n'est pas dans notre correspondance, murmura Steve comme pour lui-même.

– C'est Lucie qui vous disait cela, n'est-ce pas… ?

– Comment pouvez-vous le savoir ?

– Elle est là. Elle m'inspire.

Buchanan agrippa Jeff par les épaules et le secoua.

– Vous mentez ! Vous me manipulez !

– Parce que vous croyez que ça m'amuse de jouer les intermédiaires entre Lucie et vous ? Elle est là, je vous dis, elle a planté ses dents dans votre cul d'assassin et elle ne vous laissera plus tranquille !

Buchanan relâcha sa prise. Il avait des yeux de fou.

– Et vous savez pourquoi ? ajouta Jeff avec une étrange douceur amère.

Son interlocuteur le contemplait sans esquisser un mouvement.

– Après vous l'avoir dit, la seule chose qui pourrait me soulager serait de vous tuer de mes mains. Lentement…

Jeff ferma les yeux.

– Parce qu'elle vous aime, lâcha-t-il en serrant les poings.

Durant trois jours, Steve ne se montra pas. Au matin du quatrième, il refit son apparition. Jeff l'observa attentivement. La maîtrise qu'il affichait n'était qu'une façade.

– Vous m'avez manqué, dit Jeff, ironiquement.

– J'avais des problèmes urgents à régler.

– Vos soucis ne semblent pas s'arranger…

– Non, convint le scientifique. Nos informaticiens s'arrachent les cheveux.

– Et vos nuits sont agitées, n'est-ce pas ?

– Je ne crois pas aux prétendus phénomènes paranormaux.

– Mais si les faits contredisent vos croyances, n'êtes-vous pas prêt à les changer ?

– J'ai mis Mendoza sur le coup. Il trouvera la cause ou le responsable de ces désordres. Et si vous avez quelque chose à voir avec ce qui se passe, vous êtes un homme mort.

– Et que se passe-t-il donc ?

– Cette nuit, j'ai été réveillé par un choc violent. J'ai retrouvé la photo de Lucie, qui était posée sur mon bureau, brisée à l'autre bout de la pièce.

– Ainsi, vous gardiez une photo d'elle…

– L'ignoriez-vous vraiment ?

Jeff désigna ses liens du menton.

– Est-ce bien… rationnel de me soupçonner ?

Steve fronça les sourcils.

– Nous trouverons l'explication. Et alors…

– *Depuis quand n'as-tu pas souri ?* le coupa Jeff.

La phrase avait jailli de sa bouche sans passer par sa pensée. La mâchoire de Buchanan s'affaissa lentement

– Vous essayez de me rendre fou… Mais je…

Jeff, sans aucune préméditation, l'interrompit. Son cerveau n'était plus maître de sa parole, c'était comme s'il l'entendait proférée par un autre.

– *Je ne te vois plus. Je t'ai perdu. Tu t'es perdu, Steve. Ton sourire, est-ce que tu t'en souviens ? C'était toi. Il te prenait par surprise, tu ne savais pas le contrôler, il exprimait ce que tu es bien mieux que ta pensée, me regarder te faisait simplement sourire, incapable de parler ni de penser tu étais beau et je t'ai dit je t'aime après avoir vu le premier sourire naître sur ton visage sans que tu le veuilles… Mais tu ne souris plus.*

– Assez, hurla Steve en posant sa main sur la bouche de Jeff.

Celui-ci aurait voulu stopper le flot de paroles qui traversait son corps. Mais une force en lui le dégagea de la prise de son adversaire et les mots se remirent à fuser de ses lèvres. C'était bien sa voix mais ce n'était plus lui qui parlait.

– *Tu es mort, Steve, tu es mort. Tu crois combattre pour la vie en luttant contre la mort mais tu n'es que le jouet de ta peur de vivre. La mort fait partie de la vie, naître, mourir et naître encore. Ce n'est pas mourir qui est à craindre mais d'être mort de son vivant, pétrifié par la peur de la vie.*

Les doigts de Buchanan enserrèrent le cou de Jeff.

– Taisez-vous ! Taisez-vous !

Au moment où un voile rouge et noir obscurcissait la vision de Jeff, deux gardiens firent irruption dans la chambre.

– Un problème, professeur ?

Le scientifique relâcha sa prise et recula.

– Tout va bien…

– Vous êtes sûr, monsieur ?

– Tout va bien, je vous dis. Regagnez votre poste.

Steve quitta la chambre sans un regard pour Jeff.

Ce dernier, peinant à reprendre son souffle, se dit alors que Lucie venait de jouer sa dernière carte.

Et que tout était perdu.

Ann sombrait lentement dans l'inconscience. Lors de ses dernières lueurs de lucidité, elle se disait qu'elle était en train de mourir et que c'était mieux ainsi. Car elle ne souffrirait plus.

Jeff sentait ses forces revenir lentement mais n'espérait plus être en mesure de les utiliser. Attaché à son lit, il voyait s'égrener les jours. Steve ne reparaissait pas.

Lucie avait essayé.

Elle avait échoué.

Deux vies étaient perdues dans sa tentative, la sienne et celle d'Ann. Étrangement, il n'en voulait pas à Lucie. C'était lui-même et personne d'autre qui avait entraîné sa jeune coéquipière dans cette fatale aventure. Il était le seul coupable. Et il n'arrêtait pas de penser à elle. Était-ce seulement à cause du remords de l'avoir entraînée dans cet enfer ?

Ann était un être pur, une belle personne. Et aussi, il se l'avouait à présent, une femme délicieuse.

Il aurait tout donné pour la sauver.

Il est quatre heures du matin et Steve Buchanan ne dort pas. Rien n'est venu le réveiller, pourtant. Mais c'est lui qui attend.

Mais *elle* ne vient pas.

Il a failli y croire.

Croire que la seule femme qu'il ait jamais aimé, lui qui ne savait pas aimer, était revenue du royaume des morts pour le ramener à la vie.

Illusion.

Tout n'est qu'illusion.

Et ce futile espoir n'a réussi qu'à lui faire prendre conscience à quel point il déteste la vie qu'il s'est pourtant choisie.

Lutter contre la mort, à quoi bon ?

À quoi bon lutter contre quoi que ce soit ?

Ne jamais mourir ne suffira pas à donner un sens à une vie qui en est irrémédiablement dépourvue.

Steve se lève de son lit et ouvre la fenêtre.

Une légère brise adoucit la sécheresse implacable du désert. Il offre son visage à sa caresse.

Comme elle aimait le faire, dans une expression d'abandon qui n'appartenait qu'à elle.

Le sens de la vie, c'est d'être vivant.

C'était l'aube. Ils regardaient ensemble le soleil naître à l'horizon dans un incendie de beauté. Elle avait murmuré cette phrase.

Lucie.

Aux limites du ciel nocturne et de la terre aride apparaissent les premières lueurs du levant.

Alors, un bref instant, dans la tendresse furtive de l'aurore, elle est là.

Il la sent.

Elle.

C'est une bouffée de joie immense, irraisonnée, sauvage, qui parcourt tout son corps. Il se sent aimé. Il se sent capable d'aimer. Et la morsure terrible du doute : a-t-il rêvé ?

Puis l'impression disparaît comme un souffle, ne laissant en Steve qu'un vide atroce.

Des larmes coulent le long de sa joue.

Un torrent de larmes qu'il n'essaye même pas d'arrêter.

Jeff est à moitié assoupi lorsque Buchanan pénètre dans sa chambre.

– Quelle heure est-il ? demande-t-il d'une voix pâteuse.

Le scientifique détache les sangles qui enserrent ses poignets. Aucun gardien. Dans un réflexe qui prévient toute pensée, Jeff le plaque contre le lit d'une prise foudroyante.

– Lâchez-moi, bredouille sa proie. Je suis en train de vous libérer.

Jeff relâche sa prise.

– Pourquoi feriez-vous cela ?

– Je vous ai apporté une arme.

Il sortit de sa poche un Glock 9 mm dont le chargeur contenait quinze balles. Jeff le soupesa en observant son vis-à-vis. Un bon flingue.

– Conduisez-moi auprès d'Ann.

Buchanan se dirigea vers la porte. Jeff le suivit, inspectant furtivement le couloir avant de s'y engager. Il était désert.

– J'ai envoyé les vigiles inspecter le sous-sol. Nous sommes tranquilles pour quelques minutes.

La chambre d'Ann était située deux niveaux plus bas. Ils prirent l'escalier.

– En revanche, le premier, où réside votre amie, est solidement gardé, car c'est aussi l'étage où se trouve Espejo.

– Combien d'hommes ?

– Cinq.

– Avez-vous une autre arme ?

– Non.

Jeff prit quelques secondes pour réfléchir. Si Buchanan avait pu délivrer et armer Espejo, à eux deux et avec l'effet de surprise... Mais seul, il ne pouvait s'en sortir, du moins pas sans coups de feu qui déclencheraient à coup sûr une alerte. Il fallait procéder autrement.

– Avancez-vous dans le couloir, appelez un des gardiens et attirez-le jusqu'ici.

Steve obtempéra. Un homme armé s'avança d'un pas lourd. Quand il vit Jeff au détour du couloir, pour lui, il était trop tard. Celui-ci l'avait saisi d'une main à la gorge, le bâillonnant de l'autre. Sous la prise qui lui coupait totalement la respiration, il s'écroula comme un paquet de chiffons. Jeff le désarma, mit l'un de ses revolvers dans sa poche et tendit l'autre à Steve.

– Allez délivrer Espejo et donnez-lui cette arme. Puis appelez dans sa chambre les deux hommes en faction devant sa porte. Dites à Raul de les neutraliser, silencieusement s'il le peut. Je m'occupe des deux autres.

Le chercheur disparu, Jeff s'avança dans le couloir en titubant. Une main sur le ventre, il grimaçait, laissant échapper un râle indistinct. Alertés, les gardiens pointèrent leurs armes sur lui, mais les abaissèrent lorsqu'il s'effondra sur le sol.

L'un des deux se pencha sur lui tandis que l'autre sortait de son étui un émetteur radio.

Jeff ne pensait plus. Son corps agissait. Sa conscience, témoin neutre et comme hors du temps, contemplait la scène dans un état de jubilation pure.

Les deux hommes étaient étendus, inconscients. Jeff avait assommé le premier d'un coup de crosse à la tempe et, ne laissant pas au second le temps de dégainer son arme, l'avait précipité à terre d'un foudroyant balayage avant de coller son revolver contre sa nuque et de le plonger dans un profond coma par un étranglement chirurgical.

À cet instant, Raul jaillit de sa chambre, tenant Steve en joue.

– Laissez-le, dit Jeff. Il est avec nous.

– Je ne serai jamais avec ce monstre.

– Il nous aide. C'est lui qui m'a libéré.

– Et vous lui faites confiance !

Jeff s'était avancé près d'Espejo à le toucher.

– Il n'a aucun intérêt à faire ce qu'il fait. Et nous n'avons pas le choix : sans aide, nous sommes morts.

Il s'adressa à Buchanan.

– Où est la chambre d'Ann ?

L'autre pointa une porte du menton.

Jeff s'y précipita.

Lorsqu'il vit la jeune femme, son cœur se serra. Amaigrie, exsangue, elle semblait aux portes de la mort. Il posa sa main sur son front.

– Ann...

Elle ouvrit faiblement les yeux.

– Je vais vous sortir d'ici, dit-il en la détachant.

Il la prit dans ses bras et tenta de la relever.

– Elle est trop faible, fit observer Raul. Il faut la laisser là.

– Non !

Raul lui mit la main sur l'épaule dans un geste de compassion qui surprit Jeff.

– Nous avons du boulot. Si nous sommes repris, elle ne sera pas sauvée.

Jeff, le regard posé sur Ann, prit une longue inspiration.

– Que proposez-vous ?

– Le plus urgent est de libérer le maximum de prisonniers et de s'armer. Dès que l'alerte sera donnée, ce sera la guerre et...

Une voix masculine aux intonations triomphales l'interrompit.

– *C'est* la guerre, messieurs, et vous avez perdu. Personne ne bouge. Lâchez vos armes.

Mendoza venait de faire irruption dans la chambre. Derrière lui, une dizaine d'hommes armés jusqu'aux dents se pressaient dans le couloir.

Ann se redressa à moitié sur son lit. Jeff lui caressa la tête d'un geste apaisant mais, intérieurement, il bouillonnait de rage. Leur chance était-elle passée ?

– Buchanan, articula Mendoza à l'adresse du chercheur... Je savais que je ne pouvais pas vous faire confiance.

– Ils m'ont menacé, bredouilla le chercheur.

– Imbécile, nous avons des caméras de surveillance partout. Nous avons tout vu. Vous avez trahi et cela doit se payer.

– Le... le professeur Irkalla...

– Notre patron est un homme sensible. Il a versé une larme devant l'écran de contrôle.

– Il est ici ?

– Il est arrivé cette nuit.

– Laissez-moi lui parler.

Mendoza pointa son arme sur le front du scientifique.

– Il n'en a pas formulé le souhait.

Quelques secondes passèrent. Le tueur semblait prendre un malin plaisir à observer la terreur de l'homme qu'il tenait à sa merci. Son doigt se crispait lentement sur la gâchette. Jeff et Raul, sans esquisser un mouvement, analysaient la situation. Mendoza, sûr de son fait, s'était avancé de trois pas dans la chambre mais, derrière lui, deux de ses hommes seulement avaient eu la place de rentrer complètement dans la pièce. Avec les deux autres qui s'encadraient dans l'embrasure, cela faisait quatre hommes qui les tenaient en joue. Ils avaient lâché leur arme de poing mais possédaient chacun un autre revolver dissimulé sous leur chemise d'hôpital. S'ils ouvraient le feu rapidement, ils avaient une chance.

– Alors, professeur, ça fait peur, la mort ? grimaça Mendoza.

Soudain, un bruit de moteur rompit le silence. C'était un hélicoptère, ou un petit avion qui survolait le camp. C'était sans doute inattendu, voire inquiétant, car Mendoza, surpris, tendit l'oreille et sa concentration faiblit un bref instant. Raul et Jeff échangèrent un regard furtif. C'était le moment.

Jeff plaqua brusquement Ann sur son lit en dégainant son automatique. Au même moment Raul en fit autant et la fusillade éclata.

Jeff et Raul, dans une synchronisation parfaite, s'étaient jetés à terre à l'opposé l'un de l'autre et tiraient avec une précision glaciale. Les quatre miliciens n'eurent pas le réflexe de se mettre à l'abri et furent à terre en moins de cinq secondes. Un seul d'entre eux n'était pas mort sur le coup. Plus instinctif, Mendoza avait saisi Steve pour faire de son corps un rempart. Trois balles criblèrent le corps du chercheur qui s'écroula sur le chef des miliciens. Une quatrième traversa son bras et vint se ficher dans la joue de Mendoza, lui faisant éclater la mâchoire.

Des miliciens restés hors de la chambre, un seul eut l'audace de s'encadrer dans l'embrasure de la porte pour ouvrir le feu. Une de ses balles atteignit Raul au bras gauche. Jeff l'exécuta de deux coups de feu dans la tête.

Il y eut un bruit de course dans le couloir. Les survivants s'enfuyaient.

Puis ce fut le silence.

Jeff se releva doucement. Ann était vivante. Elle le regardait, de la terreur dans les yeux.

– Tout va bien, murmura-t-il.

Il fit face à Mendoza. Celui-ci, à moitié relevé, tâtonnait pour trouver son arme. Cet instant, Jeff l'avait porté en lui depuis que la brute avait levé la main sur Ann. Il s'avança vers lui et le gifla violemment sur la joue opposée à sa mâchoire brisée, ce qui lui arracha un hurlement de bête. Jeff le désarma minutieusement, posa son revolver sur le front de l'homme qui le fixait terrorisé et, sans qu'une pensée vint troubler la spontanéité de son acte, appuya sur la gâchette.

Puis il se dirigea vers Buchanan.

Le corps de ce dernier, étendu sur le ventre, était secoué d'un tremblement. Il le retourna doucement et sut d'un coup d'œil qu'il n'y avait plus rien à faire. Sa bouche vomissait le sang de trois blessures qui rougissaient son ventre et sa poitrine. Les balles, entrées par le dos, avaient traversé son corps de part en part, touchant des organes vitaux. S'il bougeait encore, la vie avait déjà déserté ses yeux vitreux.

La sensation d'un vide glacial envahit soudain Jeff. En un éclair comme hors du temps, il voyait.

Le plan de Lucie. Du début à la fin.

Elle avait un seul objectif. Sauver l'âme de l'homme qu'elle aimait. Et le retrouver, là où elle était.

Pour cela, elle avait utilisé Jeff.

Elle avait réussi. Steve était redevenu l'homme qu'elle avait aimé. Les deux amants étaient désormais réunis.

Et de lui Lucie n'avait plus rien à faire.

Raul lui posa la main sur l'épaule : « Il faut agir. »

Jeff se releva sans un mot.

En moins d'une minute, les deux hommes élaborèrent un plan. Ils enfileraient d'abord une tenue de milicien pour multiplier leurs chances de passer inaperçus. Raul délivrerait le maximum de prisonniers, les armant avec l'artillerie prise sur les cadavres des vigiles, et se mettrait en quête d'un entrepôt de munitions. Jeff, quant à lui, chercherait le cerveau de l'œuvre sinistre qui les avait réunis : le professeur Irkalla.

Ann émit le souhait de l'accompagner mais, quand elle tenta de se mettre debout, ses jambes flageolantes la ramenèrent sur le lit.

Raul sortit.

– Vous restez ici, dit Jeff. Je reviens vous chercher le plus vite possible.

La mort dans l'âme, Ann s'étendit, trop épuisée pour protester.

– S'il vous plaît, murmura-t-elle. Restez un peu.

Jeff s'assit à côté d'elle et lui prit la main. Comme pour exorciser sa douleur, d'une voix faible, Ann commença de lui raconter son calvaire et ses conversations avec Steve Buchanan. Au bout de quelques minutes, elle s'était endormie. Jeff s'éclipsa doucement.

Les vigiles ayant survécu à la fusillade avaient donné l'alerte et le bâtiment résonnait de cris et d'ordres affolés. Privés de chef, la milice semblait avoir du mal à s'organiser. Vêtu d'un uniforme mal ajusté à son gabarit, prenant l'air affairé de celui qui a reçu des consignes précises, Jeff fendait les couloirs, se dirigeant vers l'aile administrative. Il n'eut aucun mal à dénicher le bureau d'Irkalla, au troisième étage, non loin de celui de Steve Buchanan. Mais la pièce était déserte. Les murs étaient tapissés d'une impressionnante bibliothèque exclusivement remplie d'ouvrages philosophiques, métaphysiques et mythologiques. Jeff s'en étonna : l'absence de livre scientifique était inattendue dans le bureau d'un chercheur de pointe. Il ne s'attarda pas. Une perquisition était inutile. Ce qu'il voulait, c'était l'homme. Et il n'y avait pas de temps à perdre. Il devait le coincer avant qu'il ne réussisse à organiser la riposte.

Sortant du bureau, Jeff tomba nez à nez avec une patrouille dont le chef le regarda avec suspicion, prêt à dégainer son arme.

– Je cherche le professeur, proclama-t-il sans se démonter On a besoin de lui au QG.

Le milicien se détendit.

– On l'a vu se diriger vers le sous-sol.

Jeff tourna les talons sans un mot. Au bout de quelques mètres, il avisa la porte d'un escalier et descendit.

Le sous-sol était totalement silencieux, contrastant avec le brouhaha des étages. Jeff s'y engagea sans allumer de lumière et en s'efforçant de ne faire aucun bruit. Il ne connaissait pas son ennemi et c'était sans doute un homme dangereux. Au bout de plusieurs minutes de marche à l'aveuglette dans une obscurité presque totale, une lueur au bout d'un corridor attira son attention. Il se dirigea vers elle. Se rapprochant, la lumière grandissait et Jeff prit conscience qu'il se dirigeait vers une très large pièce. Celle-ci, creusée à même la roche, était éclairée par plusieurs rangées d'immenses torches. Au milieu se dressait un étrange monument d'au moins quatre ou cinq mètres de haut : une roche d'un seul tenant, entièrement noire, qui devait être du granit et peser plusieurs dizaines de tonnes. Jeff se demanda comment on avait pu la transporter jusque dans ce souterrain. Il s'avança et vit des inscriptions gravées dans la pierre. Il y avait des noms, au moins une centaine... dont celui de Lucie Milton et d'Henry Buchanan ! La liste était surmontée d'une phrase mystérieuse, dans un alphabet que Jeff ne connaissait pas.

Ce fut alors que, réverbérée par la hauteur des murs, une voix profonde retentit :

– *Dois-je, moi aussi, redevenir argile, et moi, ne me faudra-t-il pas, comme elle, me coucher pour ne plus me relever, jamais, jamais ?*

Jeff se retourna en dégainant. En face de lui se tenait un homme à l'épaisse chevelure blanche. Ses yeux étaient cernés comme ceux d'un insomniaque. Mais son visage, sans âge, était étrangement dépourvu de rides... De taille moyenne, l'allure très droite sans être rigide, il en imposait par la tranquille énergie qui émanait de lui et par des yeux pâles et lumineux qui semblaient vous transpercer quand ils vous regardaient.

– C'est du sumérien, inspecteur Mulligan.

– Vous êtes le professeur Irkalla ?

– Reculez-vous, je vous prie.

Décontenancé par le ton impérieux de l'ordre, Jeff s'aperçut qu'il avait opéré un pas en arrière.

– Vous êtes devant un monument aux morts. Adoptez une attitude de respect.

Jeff grinça :

– Vous érigez un monument à vos victimes ?

Sans répondre, Irkalla s'approcha de Jeff, qui brandit aussitôt son arme. Mais le professeur avait fermé les yeux : perdu dans un songe douloureux, du bout des doigts, il caressait les noms gravés dans la pierre. Puis il reprit, comme pour lui-même :

– Sachez que j'ai aimé déraisonnablement chaque collaborateur de mon œuvre. Je ne me remets de la mort d'aucun d'eux. Chaque être humain est unique, sa disparition vole à l'univers une irremplaçable partie de lui-même.

Il rouvrit les yeux et fixa Jeff d'un regard hypnotique, comme s'il sondait les profondeurs de son âme. Celui-ci luttait contre une sensation d'engourdissement qu'il ne connaissait pas.

– Arrêtez vos discours, rétorqua-t-il. C'est vous qui les tuez. Vous ne leur laissez pas le choix.

– Laisse-t-on le choix aux soldats que l'on envoie à l'absurde boucherie ? Et aux populations que l'on noie sous les bombes ? Et pour quelle fin ? À quoi sert une guerre ? Que rapporte-t-elle, sinon des morts, des morts, des morts... ? Et tout le monde s'en accommode, on est habitué à la mort, n'est-ce pas, on l'aime, on la répand. Moi, je lutte de toutes mes forces contre le seul véritable ennemi de l'être humain. Oui, j'ai des pertes et, croyez-moi, mes nuits sont hantées par le visage de chaque être que je n'ai pu sauver. Mais mes pertes sont infiniment moindres que la moins meurtrière des guerres. Et je ne sacrifie des vies que pour servir la vie.

Jeff s'efforçait de ne pas se laisser démonter par les arguments de cet homme singulier qui résonnaient en lui plus favorablement qu'il n'aurait voulu.

– Vous êtes un criminel. Vous avez fait assassiner Lucie Milton et Henry Buchanan.

– Lucie Milton... Henry Buchanan...

Irkalla avait prononcé ces deux noms avec un infini respect mêlé à de la tendresse, comme s'il invoquait leur présence dans un rituel de mémoire. Il laissa passer un temps de silence.

– Eux aussi, je les ai pleurés. Mais ils se dressaient contre une œuvre dont l'accomplissement seul fera que leur mort et celle de mes martyrs aient un sens.

– Et en quoi Lucie constituait-elle une menace ?

– Elle avait analysé le médicament d'Henry Buchanan. Croyez-vous qu'une telle femme, ayant découvert l'inconcevable, se serait arrêtée avant d'avoir percé l'énigme ?

– Mais en quoi ce traitement était-il si compromettant ?

Irkalla eut un sourire énigmatique.

– Il prouve que nous touchons au but.

Jeff leva un sourcil incrédule.

– Vous êtes fou...

– Cent trente-sept morts, inspecteur Mulligan. Hélas, bientôt un cent trente-huitième. Combien y aura-t-il de noms inscrits sur ce monument lorsque nous serons à même de tout arrêter ? Moins de deux cents, peut-être... Nous sommes proches.

– Proches de vaincre la mort ? Allons donc...

– Lucie l'avait compris, elle. Elle m'aurait posé des questions. Elle n'aurait pas accepté. Mais quand on fait la guerre, c'est pour la gagner, qu'en pensez-vous ? Il faut accepter de se salir. Vous le savez vous-même intimement, inspecteur Mulligan, qui luttez pour la justice avec tant de sang sur les mains... Est-ce ce paradoxe tellement humain qui vous empêche de dormir, comme j'ai moi-même perdu le sommeil depuis si longtemps ?

Jeff demeurait pétrifié. Steve Buchanan ne leur avait pas menti : on s'était renseigné, on savait tout d'eux. Mais c'était comme si le professeur Irkalla, par-delà les informations qu'il avait récoltées sur lui, détenait la faculté de lire dans son âme.

– Lucie Milton, reprit ce dernier, était tellement... intransigeante. Une idéaliste. Vouloir le Bien sans le prix du Bien...

– Qu'avait-elle découvert, exactement ? coupa Jeff. Qu'est-ce que le traitement d'Henry Buchanan a de si extraordinaire ?

– Il prend la vie à sa racine. Une opération d'une simplicité divine, tellement difficile à orchestrer... Savez-vous par quel miracle les premières cellules d'un embryon se distinguent d'emblée en des dizaines d'organes différents ? Les cellules souches, inspecteur... Elles produisent un agent de transformation et c'est celui-ci qui confère leurs caractéristiques spécifiques aux cellules de chaque organe. Pendant les premiers mois de la vie intra-utérine, chaque cellule de l'être humain en devenir produit cette substance qui la programme pour se reproduire au service de la fabrication d'un organe précis. Puis tout s'arrête. L'organisme constitué, la vie cesse de s'autogénérer. Mais nous avons découvert que, sous l'action d'une combinaison de gènes mutants, il était possible de réactiver dans les cellules la production de cet agent de transformation et d'en contrôler l'action. Et l'organisme s'autorégénère...

Jeff eut le vertige. Malgré la répulsion qu'il éprouvait pour le personnage, Irkalla parvenait à lui transmettre sa fièvre visionnaire. Et lui-même commençait à croire à l'inconcevable.

– Mais alors pourquoi l'autopsie d'Henry Buchanan a-t-elle établi que ses organes présentaient également des symptômes de vieillissement prématuré ? demanda-t-il, fasciné.

– Il avait arrêté de prendre son traitement. Après votre visite, il m'a téléphoné pour me demander des explications sur la disparition de son fils. Il pensait que je l'avais convaincu de disparaître en le menaçant de ne plus fournir le médicament dont il avait besoin. Il avait vu juste.

– Vous avez exercé un chantage sur Steve Buchanan ? Ce n'est pas ce qu'il a affirmé à Ann.

– Il a préféré se raconter l'histoire de cette manière... On a besoin de se faire croire qu'on est le maître de sa vie, n'est-ce pas ?

– Vous êtes vraiment une ordure, murmura Jeff.

Il s'aperçut que sa voix était moins assurée qu'il n'aurait voulu.

Le vieil homme le fixait comme s'il le perçait à jour. Son visage se détendit dans un sourire empli d'une étrange compassion.

– À quel âge la mort vous a-t-elle arraché votre mère, Jeff ? questionna-t-il d'une voix douce. Neuf ans ? Dix ans ? Vous ne vous en souvenez plus exactement. Et pourtant, ressentez-vous à quel point votre vie a été déterminée par cet événement ? À quel point vous vous êtes construit pour ne pas ressentir l'atroce douleur qui vous aurait entièrement consumé si vous ne l'aviez pas mise à distance de vous-même, en vous interdisant toute sensibilité, en recouvrant votre sentiment d'abandon par une rage meurtrière que votre profession vous a parfois permis d'extérioriser assez pour qu'elle ne vous détruise pas de l'intérieur ? Quel homme auriez-vous été, Jeff, si votre maman n'était pas morte trop tôt ? Un homme capable d'aimer, peut-être ?

Jeff avait baissé son arme. Il se sentait comme vidé de sa substance, happé par les mots qui sortaient de cet être qui semblait le connaître mieux que lui-même.

– Nous avons le même ennemi, Jeff. *Elle*. Elle que Dieu laisse régner en maîtresse de ce monde. *Elle* qui nous a pris ce que nous avions de plus cher, ne nous laissant que la colère. Nous sommes frères de combat. Ne vous trompez pas.

Irkalla tendit une main à Jeff. Celui-ci, les larmes aux yeux, voyait soudain le visage de sa mère comme si elle était là, ce visage dont il avait oublié les traits depuis si longtemps et qui était soudain tellement présent, ce visage tellement aimant. Perdu dans son songe, il baissa malgré lui son arme. Il sentit les doigts du professeur Irkalla se refermer sur sa main.

– C'est bien, murmura celui-ci. Nous allons faire de grandes choses, ensemble.

C'est à ce moment que la brume opaque et douce qui enveloppait Jeff se déchira avec une brutalité inouïe. Soudain pétrifié, le professeur eut un mouvement de recul qui rompit le contact de leur deux corps, abolissant l'envoûtement dans lequel il le tenait. Jeff mit plusieurs secondes à reprendre contact avec la réalité. Et à prendre conscience de la succession de déflagrations sonores qui transperçaient l'espace.

À mesure que le corps du professeur Irkalla s'affaissait sous les balles, une expression d'étonnement se peignait sur ses traits. Une fois au sol, il agrippa la terre en une ultime crispation.

Puis il ne bougea plus.

Jeff leva les yeux du corps inerte à jamais. La silhouette d'Ann se découpait à l'entrée de la salle, tremblante à la lueur des torches.

– Vous l'avez tué, murmura Jeff.

– Vous étiez en train de vous faire embobiner par ce salaud.

– Vous l'avez tué…

– Je vous ai sauvé.

Reprenant lentement contact avec la réalité, Jeff contemplait pensivement le corps de son ennemi.

– Et vous aviez besoin de huit balles pour cela ?

Ann le regarda, soudain perdue :

– Huit balles ?…

Jeff désigna les impacts sanglants dans le dos et la tête du professeur.

– Sans parler des balles perdues. Je n'ai pas fait le décompte. Je ne vous croyais pas capable de tant d'acharnement.

Le revolver encore fumant dans la main, Ann s'effondra à genoux.

– Seigneur, murmura-t-elle.

Jeff lui posa doucement la main sur l'épaule. Elle sanglotait sans un bruit.

– Je ne suis pas digne d'être flic. Je ne mérite pas ma plaque.

Jeff la prit dans ses bras. Sans cesser de pleurer, elle s'abandonna.

Quand ils remontèrent au rez-de-chaussée, les événements se précipitèrent. Un bruit d'explosion les fit sursauter, immédiatement suivi de nombreuses détonations. À travers la fenêtre d'un bureau, ils purent analyser la situation. Raul avait fait sauter le portail qui séparait l'espace du laboratoire secret des autres parties du camp. À la tête d'une trentaine de prisonniers en armes, hommes et femmes relativement valides qu'il était allé libérer du quartier de villégiature, il échangeait des coups de feu dans la cour principale avec un important groupe de miliciens.

Sans un mot, Jeff se dirigea vers le sous-sol.

– Où allez-vous ? demanda Ann.

– Mettre fin au combat.

Portant sur ses épaules le cadavre d'Irkalla, Jeff remonta bientôt et prit l'escalier en direction des étages. À une fenêtre du quatrième, il tira plusieurs coups de feu dont la provenance attira l'attention des combattants. Tenant au-dessus de sa tête le corps du maître des lieux comme un trophée, il le jeta dans le vide au milieu des miliciens.

Le résultat ne se fit pas attendre.

Déjà dépossédés de leur chef de guerre, les séides d'Irkalla, voyant leur patron mort, ne pensèrent plus qu'à fuir. Ils se dispersèrent en se couvrant de tirs de barrage, chacun à la recherche d'un véhicule pour quitter les lieux. Les prisonniers, sous la conduite de Raul, purent en abattre quelques-uns mais plusieurs 4x4 s'enfuyaient déjà dans le désert.

– Ces ordures parviennent à s'échapper, murmura Ann.

– Pas pour très longtemps. Regardez.

À l'horizon, dans l'air trépidant de chaleur, s'élevait un énorme nuage de poussière témoignant de l'avancée d'une colonne motorisée.

– Les appareils qui nous ont survolés, dit Jeff... C'était pour localiser le laboratoire. On dirait que les autorités de ce pays prennent les choses en main.

En quelques minutes, le camp fut encerclé par une trentaine de véhicules de guerre, tandis que les fuyards étaient poursuivis.

Quand Raul ouvrit le lourd portail, derrière le groupe spécial d'intervention qui pénétrait dans les lieux, il vit surgir Teresa. La jeune femme se jeta dans ses bras.

– Mon amour, murmura-t-elle à son oreille, j'ai eu tellement peur de te perdre...

– Comment as-tu fait ? interrogea Raul en désignant les militaires qui prenaient possession du camp.

– J'ai écrit un long article racontant ton histoire et mentionnant l'existence d'un laboratoire secret situé en plein désert dans l'État de Chihuaha, travaillant avec des cobayes humains kidnappés avec la bénédiction tacite des autorités. J'ai réussi à avoir le gouverneur de l'État au téléphone et je l'ai menacé de divulguer l'affaire à la presse internationale. Compte tenu du fait que deux citoyens américains comptaient parmi les victimes, une enquête était inévitable et le camp aurait forcément été localisé. Scandale international, opprobre sur le Mexique, le gouverneur aurait servi de bouc émissaire... Il a préféré passer pour le héros mettant fin à l'horreur.

– Tu n'as pas craint pour Guillermo ?

– Si. Mais aussi pour toi. Et je ne veux pas pour mon fils une mère qui cède à la menace.

Jeff, qui s'était approché, avait entendu la fin de la conversation. Il glissa quelques mots à l'oreille de Raul.

Les deux hommes s'éclipsèrent.

Quand Ricardo Perez, gouverneur de l'État de Chihuaha, flanqué de sa suite, arriva sur les lieux, Jeff et Raul venaient d'achever le dernier volet de leur œuvre.

Perez remercia les héros par un éloge vibrant, puis demanda où étaient situés les laboratoires. Alors, d'un geste sec, il fit signe à trois hommes portant d'épaisses lunettes qui en prirent immédiatement la direction.

– Qui sont ces types ? demanda Raul.

– Des chercheurs, répondit Perez.

– Vous devriez leur dire de ne pas pénétrer dans ce bâtiment.

– Et pourquoi ?

Raul présenta sa main droite au nez du gouverneur. Entre ses doigts se trouvait un petit détonateur

– Le professeur Irkalla ne laissera pas d'héritage.

– Qu'est-ce que cela signifie ?

– Il y avait dans ce camp un véritable arsenal de guerre. Nous avons miné le laboratoire.

– Attendez ! Il y a peut-être là-dedans des découvertes qui…

Les scientifiques n'étaient plus qu'à une quinzaine de mètres du bâtiment.

– Rappelez vos hommes si vous ne voulez pas qu'ils soient pulvérisés.

Le doigt de Raul se crispa sur le détonateur.

Perez adressa un ordre aux trois chercheurs qui se figèrent.

Raul appuya sur le bouton.

Un courant de jubilation parcourut le corps de Jeff.

Dans un grondement de fin du monde, le laboratoire du professeur Irkalla redevint poussière.

Jeff offrait la peau de son visage à la caresse de l'air brûlant. Il se sentait en paix.

Le dernier cadeau de Lucie, Jeff le reçut dans l'avion qui le ramenait aux États-Unis.

Ann, étendue à ses côtés sur une couchette spécialement disposée pour elle, est endormie. Les étoiles illuminent la nuit. Dans sa rêverie, Jeff voit défiler des images de sa mère. Il repense au jour de sa mort. Il rentrait à la maison, illuminé de cette joie parfaite qui avait pris possession de son âme lors de cette promenade.

Assis contre le tronc blanc d'un bouleau, l'essoufflement se mêle au souffle du vent qui rafraîchit sa peau. Il ne sent plus les limites de son corps et se fond dans la substance de l'arbre. Il est un avec toute chose, pleinement heureux dans un instant d'éternité où tout n'est qu'amour. Et puis...

Jeff est penché sur le cadavre de sa mère. Son premier cadavre. La joie est encore là, pourtant, mais progressivement submergée par la vague de l'horreur qui envahit son âme. Lentement. Inexorablement. Cri silencieux qui ne sort pas de sa poitrine. Il s'enfuit en courant dans cette nature où il ne sent plus qu'hostilité et rejet. Coupé du monde à jamais.

Au moment où Jeff tente encore de chasser ces images contre lesquelles il a toujours victorieusement lutté, la lumière se fait en lui.

Soudain, il sait pourquoi c'est à l'instant même où sa mère périssait sous les coups de poignard d'un drogué que lui a été donné de vivre ce moment de pur et vrai bonheur, le seul de toute son existence. La présence infiniment aimante qu'il avait éprouvée, *c'était sa mère elle-même* qui s'était manifestée une toute dernière fois à lui au moment de le quitter. Comme Lucie lui était apparue à l'instant de sa mort, sa mère, vingt-cinq ans plus tôt, était venue envelopper son petit garçon de son amour, pour inscrire dans son corps dilaté de joie ce message qu'il mettrait si longtemps à entendre : il n'y a rien à craindre. La mort n'est pas la cessation de la vie, elle n'en est qu'une pulsation. Un passage vers le Grand Ailleurs...

La Vie ne saurait avoir de fin.

Le sergent Mulligan, réintégré dans la police et décoré de surcroît, retrouva le *precinct* du 19e district. Il ne revit pas Millar : Woodruff avait obtenu sa mutation. Dès le premier soir, il réunit les inspecteurs sous ses ordres dans le bar où ils avaient leurs habitudes et, à leur grande surprise, offrit une tournée générale. Levant son verre, il leur dit simplement que, même si cela devait prendre du temps, il désirait désormais établir avec eux un rapport de confiance.

Un soir, il se rendit chez Leticia pour lui dire au revoir. Raul lui avait obtenu un travail à Mexico. Elle rentrait au pays. La jeune femme s'affairait joyeusement au milieu des cartons et des valises.

Jeff l'aidait pensivement à démonter une étagère lorsqu'elle lui fit observer :

– La police était tout pour toi, n'est-ce pas ?

Il opina silencieusement du chef sans cesser de s'activer.

– Tu as réintégré ton commissariat. Tu as obtenu ce que tu voulais.

– Et alors ?

– Tu n'as pas l'air heureux.

– Mais si.

Leticia posa son tournevis et l'entoura de ses bras.

– Jeff, qu'est-ce qu'il te manque ?

Leticia voyait juste.

À leur retour du Mexique, Ann, mal en point, avait été prise en charge par sa famille. Dès lors, elle n'avait plus donné de nouvelles. Elle ne répondait ni à ses messages ni à ses lettres. Jeff était parvenu à échanger quelques mots avec sa mère au téléphone. D'un ton courtois mais sans appel, celle-ci lui avait affirmé ne pas savoir où sa fille se trouvait.

Jeff ignorait qu'Ann avait le plus grand mal à se remettre du geste qu'elle avait commis en exécutant Irkalla. Traversant une profonde dépression, elle passa plusieurs semaines de soins et de convalescence dans une clinique privée puis dans une propriété familiale au cœur des Catskills. S'interrogeant douloureusement sur elle-même et sur son existence, elle fuyait tout contact avec le monde extérieur.

Son absence et son silence furent pour Jeff l'occasion de prendre conscience à quel point elle comptait pour lui.

Puis un matin...

Le jour se levait doucement. Assis derrière sa table encombrée de dossiers, Jeff, sirotant un mauvais café, contemplait à travers la fenêtre la lumière rosée qui montait dans le bleu sombre du ciel. Le commissariat bruissait de conversations étouffées et du bourdonnement de quelques imprimantes. L'inspecteur avait passé la nuit entière à rédiger des rapports qui traînaient et à mettre sa paperasse à jour. Il se détendait enfin.

Soudain, un bruit imperceptible attira son attention. Il se retourna.

Comme dans un rêve, la silhouette d'Ann s'encadrait dans l'entrée de son bureau.

La maladie l'avait rendue longue et pâle. Ses yeux brillaient d'autant plus de cet éclat particulier, qu'il lui avait toujours connu et qui lui avait tant manqué, où l'innocence d'une vraie pureté d'âme le disputait à l'intransigeance la plus farouche.

Le souffle coupé, Jeff fut soudain saisi par la crainte irraisonnée qu'elle ne disparaisse. Il se leva en bousculant sa chaise qui s'abattit avec fracas et, comme pour la retenir, lui prit la main. Celle-ci, chaude, ferme, vivante, se referma sur la sienne. D'une pression, il enjoignit la jeune femme d'entrer, ferma la porte derrière elle et tira les stores.

– Je t'aime, lui avoua-t-il.

Un frisson la parcourut.

– Enfin, murmura-t-elle.

Elle passa ses bras autour de son cou. Il l'embrassa longuement. Puis, s'écartant doucement d'elle pour la regarder dans les yeux, il lui dit :

– Tu es une formidable partenaire. J'adorerais faire équipe avec toi dans la vie comme au boulot.

Mais elle lui sourit énigmatiquement.

– Tu ne veux pas ? insista-t-il.

Elle posa sa tête contre son épaule.

– Pour la vie, c'est oui. Pour le boulot... Je viens à l'instant de démissionner de la police.

À la grande joie de son père, Ann s'engagea comme stagiaire dans son cabinet tout en préparant une licence de droit. Il l'accueillit à bras ouverts, mais aussi en triomphateur : n'avait-il pas toujours prévu ce retour de la fille prodigue ?

Une fois diplômée, Ann devint avocate. Elle exerça auprès de son père tout juste une année, qui lui suffit pour apprendre tout ce qu'elle souhaitait des roueries du métier.

Alors elle s'engagea, pour un salaire trois fois inférieur, comme procureur de l'État. Elle se consacra de tout son cœur à une tâche qui consistait à monter, en collaboration avec les forces de police, des dossiers d'enquête assez solides pour résister à ces attaques procédurières dont les avocats comme son père avaient fait leur spécialité. Travaillant étroitement, et dans un strict cadre légal, avec l'inspecteur Mulligan, elle devint très vite la terreur de la pègre et une vedette du tribunal.

Lorsque le procureur Ann Lawrence prit un congé maternité pour s'occuper du premier enfant que lui donna Jeff Mulligan, une petite fille extrêmement tonique, au regard farouche et dont le sens de la justice s'affirma très vite par de virulentes colères, Robert Lawrence respira mieux durant quelques mois.

Car il ne redoutait rien plus qu'une affaire où un de ses avocats devait affronter sa fille.

Raul devint un héros national. Il confia l'exclusivité du récit de ses aventures à Teresa dont le livre-réquisitoire fut un best-seller. Le gouverneur Perez, même si l'on ne put prouver sa complicité active, n'échappa pas à la destitution. Le couple s'installa dans une hacienda à Mexico et Teresa, soutenue par son mari, s'engagea en politique.

Ainsi le dossier « Lucie Milton » se refermait-il, du moins officiellement.

Car dans l'ombre...

Condamnés sévèrement au terme d'un procès retentissant, les meilleurs scientifiques de l'équipe d'Irkalla ne croupirent pas plus de quelques mois dans les sinistres geôles mexicaines. L'effervescence retombée, au terme d'une entrevue ultra-secrète entre quelques agents haut placés de la NSA mandatés par leur gouvernement et les autorités fédérales de l'État mexicain, ils se virent proposer un marché : poursuivre leurs recherches dans des structures étatiques officieuses contrôlées conjointement par les deux pays, en échange d'une liberté relative et de beaucoup d'argent. Personne n'en sut jamais rien. Les disparitions continuèrent, noyées dans les statistiques d'une criminalité toujours croissante.

Étrangement, Ann et Jeff ne reparlèrent pas de l'aventure qui avait donné naissance à leur amour. Pour la jeune femme, l'homme qu'elle aimait avait habillé ses intuitions géniales d'un délire qui, au bout du compte, s'était avéré une excellente auto-thérapie. Jeff n'ignorait pas le scepticisme de sa compagne, mais n'éprouvait pas le besoin de la convaincre.

Et s'il pensait encore parfois secrètement à Lucie Milton, c'était seulement pour lui exprimer sa gratitude. Car leur mystérieuse rencontre, par-delà la plus infranchissable des séparations, l'avait transformé et révélé à lui-même. Désormais, la vie l'émerveillait, il aimait l'être humain. Et son rapport à la mort avait changé. Jadis, s'il croyait ne pas craindre celle-ci, c'est qu'il détestait l'existence. À présent qu'il était enfin heureux, il désirait vivre de tout son être, mais n'était pas pour autant effrayé par la perspective de mourir. Car, au plus profond de lui, il en était convaincu sans le moindre doute : l'amour est plus fort que la mort.

OUVRAGES DE DENIS MARQUET

Aux Éditions Albin Michel

COLÈRE, roman, 2001.

PÈRE, récit, 2003.

LA PLANÈTE DES FOUS, roman, 2005.

Composition Nord Compo
Impression : Imprimerie Firmin-Didot, mai 2008
Éditions Albin Michel
22, rue Huyghens, 75014 Paris
www.albin-michel.fr

ISBN 978-2-226-18662-1
N° d'édition : 25597 – N° d'impression : 90445
Dépôt légal : juin 2008
Imprimé en France